PREGUNTA POR ANDREA

NOELLE W. IHLI

PREGUNTA POR ANDREA

TRADUCCIÓN DE
AUXILIADORA FIGUEROA

PRINCIPAL NOIR

Para Nate.
Te atormentaré (pero solo porque te quiero).

Primera edición: enero de 2025
Título original: *Ask for Andrea*

Diseño de cubierta: Taller de los Libros
Imágenes de cubierta: Eastlyn Bright - Adobe Stock
Corrección: Raquel Bahamonde, Elisenda Nierga

Publicado por Principal de los Libros
C/ Roger de Flor, n.º 49, escalera B, entresuelo, oficina 10,
08013, Barcelona
info@principaldeloslibros.com
www.principaldeloslibros.com

ISBN: 978-84-10424-07-4
THEMA: FHS
Depósito legal: B 1200-2025
Preimpresión: Taller de los Libros
Impresión y encuadernación: Liberdúplex
Impreso en España — *Printed in Spain*

1. MEGHAN

MONTAÑAS OQUIRRH, UTAH

HACE UN AÑO

El cerebro me gritó que huyese a pesar de que él estuviera aplastándome con su peso.

«Huye», me exigió mientras el hombre gruñía y tiraba con más fuerza del pañuelo —mi pañuelo— que me envolvía el cuello.

En lugar de eso, permanecí inmóvil, igual que un ratón bajo la zarpa de un gato, hasta que, de pronto, la presión y el dolor remitieron.

Mientras se ponía de pie, dedicó unos segundos a mirarme con los labios arqueados hacia abajo en una mueca de asco. Estaba jadeando. Su rostro pálido se cernió sobre mí en la oscuridad; el distintivo lunar de la mejilla era como un destacado signo de puntuación.

Luego, dejó caer a mi lado el lánguido pañuelo verde y rosa.

«Huye», volvió a bramarme el cerebro. «¡HUYE!».

Pero no moví un dedo. Ni pestañeé.

Él se volvió hacia el coche que había aparcado de cualquier manera en el arcén del camino de tierra lleno de baches.

Solo podía conjeturar sobre lo que había dejado en el maletero, pero no me cabía duda de que, si me quedaba allí, lo descubriría.

Así que fue en ese momento cuando por fin hui; salí corriendo hacia las sombras de los pinos que me prometían un escondite, puede que incluso seguridad.

Bajé a la desbandada por un pronunciado terraplén en dirección al lecho de un arroyo seco mientras me esforzaba muchísimo en ir más rápido y ponía toda mi voluntad en no caerme; ya ni siquiera era consciente del dolor del cuello.

No estaba segura de a dónde iba. Lo único que sabía era que necesitaba distanciarme todo lo posible del impecable Kia Sorento y, lo que era más importante, debía escapar del hombre tremendamente atractivo y de voz suave que lo conducía: «la aguja», tal y como lo había llamado cuando le hablé a Sharesa de nuestra cita inminente. Es decir, la aguja en el hondo pajar de solteros de la aplicación MatchStrike: padres divorciados con hijos, complicados convenios de custodia y selfis en los baños del gimnasio que daban vergüenza ajena.

Jimmy era diferente. Con unos ojos de color ámbar oscuro, la barba rasurada a lo largo de una mandíbula angulosa y la raya del pelo a un lado con *sidecut,* resultaba la viva imagen de Chris Hemsworth.

De hecho, cuando le enseñé su foto a Sharesa, gimió.

Yo, por otro lado, mantuve las expectativas a raya. No era una recién llegada a la escena de las citas por internet, así que tomé un Uber al Gracie's Spot de Salt Lake al salir del trabajo y me preparé para conocer al primo rarito de Chris Hemsworth. Hasta le envié un mensaje a Sharesa cuando iba de camino. «¿Me llamas en una hora con una excusa?». Vi los globos de texto aparecer inmediatamente después de pulsar enviar. «Como quieras, pero ya sabes que estás hambrienta». Puse los ojos en blanco. Más globos. «… Te llamaré <3».

Charlamos en el reservado al fondo del Gracie's hasta que llegó la última ronda, a las once. Le envié a Sharesa un mensaje desde el baño para decirle que, después de todo, no había necesidad de que me rescatara.

Enseguida contestó: «Hambrrrrrrrienta», como siempre.

Mientras me lavaba las manos, me llamó la atención un cartel pegado en el espejo del aseo.

¿LA CITA NO ESTÁ YENDO BIEN? ¿TE SIENTES INSEGURA O UN POCO INCÓMODA? PREGUNTA POR ANDREA EN LA BARRA. NOS ASEGURAREMOS DE QUE LLEGUES A CASA SANA Y SALVA.

Sonreí mientras me secaba las manos, agradecida por no tener que preguntar por ella. Esa noche, no. No con él.

Dejé de mirar el cartel y examiné mi reflejo. Le había dedicado más tiempo de la cuenta al pelo, que normalmente dejaba caer recto y liso a la altura del hombro. Antes de la cita, conseguí ondularlo con esfuerzo y, a la luz del restaurante, parecían hebras de oro. Volví a aplicarme un poco del pintalabios rosa intenso que se había convertido en mi accesorio distintivo y apreté los labios mientras me preguntaba si me besaría más tarde.

Me tomé dos cervezas a lo largo de la noche. Eso no bastaba para emborracharme, pero era suficiente para relajar los nervios, porque, en realidad, no se parecía al primo rarito de Chris Hemsworth. Era amable y divertido. Incluso el enorme lunar que tenía en la mejilla lo hacía de alguna manera incluso más atractivo.

Él bebió *ginger-ale.* No me desconcertó. Al fin y al cabo, vivía en Utah.

Lo último que recuerdo fue sentirme un poco acalorada de más y muy muy feliz. De pronto, las luces color sirope que resplandecían en la moderna lámpara de araña con forma de satélite se encontraban rodeadas por unos pequeños halos. Así que ni dudé cuando me sugirió que lo dejase llevarme a casa en coche en vez de esperar a un Uber con el frío.

El vehículo tenía fundas de papel arrugado sobre los asientos, como si acabaran de limpiarlo.

Eso es lo último que recuerdo hasta que desperté con sus manos —y mi pañuelo— alrededor del cuello. Las luces cálidas del Gracie's habían desaparecido y se habían visto reemplazadas por los pinchazos de las agujas de pino, el barro bajo el cabello y la turbulenta oscuridad del gélido aire nocturno.

Durante unos segundos no fui capaz de comprender lo que sucedía. No podía gritar ni moverme. No era capaz de decir dónde me encontraba. Lo único que sabía era que me dolía todo.

El recuerdo de nuestra cita atravesó el aturdimiento y abrió una brecha cuando vi sus ojos centelleando sobre mí. Ya no eran cariñosos, ni siquiera de color ámbar, como en la mesa del Gracie's. Aquellos ojos eran fríos, estaban abiertos como platos y llenos de rabia.

Pensé en el cartel del baño del bar. «Pregunta por Andrea».

Andrea ya no era capaz de ayudarme. Nadie podía.

Avancé más rápido que en toda mi vida; el martilleo en la cabeza y el pecho y la presión demoledora del pañuelo cayeron en el olvido.

Me daba igual a dónde fuera. Lo único que me importaba era alejarme de él todo lo posible, aunque eso significara correr de cabeza al interior del amenazador bosque.

Me pareció oír a alguien llamarme a gritos mientras me lanzaba por la cuesta escarpada del lecho poco profundo del arroyo. Sonaba como una mujer.

La ignoré y seguí corriendo.

Él no me siguió.

No hacía falta.

Porque, cuando por fin dejé de huir, me di cuenta para mi asombro de que no estaba sin aliento.

Con la misma rapidez, el asombro se tornó en terror.

No jadeaba porque no respiraba en absoluto.

2. BRECIA

BOULDER, COLORADO

HACE DOS AÑOS

Me di cuenta de que había muerto de la misma forma en la que eres consciente de que estás soñando. Aunque supongo que es al revés, porque la pesadilla era real.

Al principio no supe qué había sucedido. Durante unos segundos, no. No hasta que me puse de pie… mientras mi cuerpo permanecía quieto. Miré el suave pijama de cambray. Me lo había puesto al llegar a casa del trabajo, y ahora estaba sucio y empapado. Una de mis pantuflas había salido volando, así que se podía apreciar el descascarillado pintaúñas melocotón de mis dedos desnudos. Mi cabello, largo y oscuro, tenía vetas de algo pegajoso y más oscuro. Ya no notaba el martilleo en la cabeza ni la terrible presión en el cuello.

Él también me miraba. No a mí como persona, sino a mi cuerpo. A mis ojos de color avellana, inyectados en sangre, que ya no parpadeaban. Jadeaba, inexpresivo, todavía con el alargador en la mano.

Se había dejado crecer una barba a lo Joaquin Phoenix que casi le tapaba el lunar oscuro de la mejilla, aunque no del todo. Lo hacía parecer diez años mayor que la última vez que lo había visto. Si hubiese llevado la barba por aquel entonces, seguramente no habríamos salido ni una vez. No me malinterpretéis: no puedo resistirme a una barba de tres días, pero esa cosa era el material perfecto para hacer un nido. Lo bajaba de un nueve alto a un tres inamovible.

Un año antes, salimos durante exactamente una semana. ¿Cómo lo sé? Porque se molestó cuando pasé nuestro «aniversario de una semana» con mis amigas. No comprendí por qué lo fastidió tanto. Era el cumpleaños de Lanelle y, como he dicho, llevábamos saliendo una semana. Aun así, hablaba de él constantemente. No había tenido muchas citas desde mi última ruptura, un par de años antes, y sentaba bien volver a pronunciar la palabra «novio». Sentaba bien responder, entre unos margaritas de sandía, a todas las preguntas jugosas sobre si besaba bien —sí—, si era bueno en la cama —ni idea, todavía era pronto— y cómo nos habíamos conocido. Esa última contestación la maquillaba un poco. No estaba orgullosa de haberme vuelto tan desesperada como para hacerme un perfil en MatchStrike, así que esquivaba la pregunta. Decidí que, si durábamos, lo admitiría.

Al principio no supe qué pensar cuando me topé con él al salir del restaurante después de la fiesta de Lanelle. Esbozó su preciosa sonrisa y actuó como si aquella fuese una loca coincidencia. Así fue como disimulé ante Lanelle y el resto de mis amigas. Estoy segura de que pensaron que era mono, que había pillado a uno bueno, así que ignoré la sensación de incomodidad que notaba en el estómago mientras intentaba recordar si antes le había mencionado el nombre del local. Estaba bastante segura de que no.

Dejé que me llevase a casa, incluso a pesar de que eso significaba que mi coche se quedara en el aparcamiento del Barbacoa. En un primer momento, solo parecía que se alegraba de verme, pero se anduvo con rodeos cuando quise saber con quién había quedado en el local, por lo que insistí. Fue entonces cuando podría decirse que explotó.

Empezó a hablar sin parar sobre que lo había menospreciado para quedar con mis amigas. Luego, despotricó sobre que ni siquiera me había alegrado de verlo en el restaurante.

Después, esa misma noche, le envié un mensaje para decirle que creía que debíamos romper. Él me llamó de inmediato y, cuando no respondí, volvió a llamar. Una vez. Y otra. Puse el teléfono en modo avión y me fui a la cama, todavía notaba el efecto de los margaritas de sandía y deseé no haberles hablado a Lanelle y las chicas de él.

Cuando desperté a la mañana siguiente, tenía veintidós mensajes esperándome. Los primeros eran más o menos tiernos. El día anterior había sido horrible y simplemente tenía muchas ganas de verme. Comprendía por qué me había molestado. ¿Podía darle otra oportunidad? Para cuando llegué al último, yo era una zorra gorda. Una zorra gorda que le había hecho perder el tiempo. Veía que yo había leído sus mensajes, así que ¿por qué no le contestaba? Le había hecho perder el tiempo, le había roto el corazón, y ahora ni siquiera le respondía.

Los mensajes llegaron a cuentagotas durante los tres días siguientes, incluso a pesar de que no le contesté. Por fin bloqueé su número y denuncié su perfil de MatchStrike con la idea de que quizá les ahorraría a otras chicas la molestia.

Una vez dejó de escribirme, prácticamente me olvidé de él.

Redecoré mi dúplex. Conseguí un trabajo nuevo y un aumento de sueldo. Me corté el flequillo y me hice reflejos en el pelo. Borré MatchStrike después de un puñado de tíos que ni siquiera conseguían pasar de una segunda cita y adopté un gato: un siamés *red point* llamado Frank.

Así que, cuando esa noche saqué el cubo de la basura al patio lateral en pijama, él era la última persona a la que esperaba ver.

Al principio ni siquiera lo reconocí con esa barba espantosa. Estaba ahí, casi con un aire despreocupado, como si pudiera tratarse de alguna extraña coincidencia, igual que aquella noche en el Barbacoa. Excepto que esta vez se encontraba en mi patio lateral. Detrás de la valla.

Estuve a punto de gritar. Solo me reprimí cuando reconocí sus ojos. Sinceramente, me alivió un poco que no fuese un extraño.

Entonces, me enfadé. Había pasado todo un año. ¿Qué cojones tenía en la cabeza, cómo se le ocurría aparecer así? ¿Asustarme de esa manera? ¿Se pensaba que ahora iba a aceptar que volviese conmigo?

Ese fue el momento en el que sacó el alargador: mi alargador. Lo reconocí a cámara lenta cuando se acercó a mí. No me había molestado en meterlo en casa después de usarlo para enchufar las luces de Navidad que al final me animé a poner.

Por si os interesa, se tarda mucho en estrangular a alguien. Lo oí una vez en un episodio de *Investigation Discovery*. Os aseguro que se hace todavía más largo cuando eres tú al que estrangulan. Me ardía la garganta. Me ardía la cabeza. Me ardía el pecho. Incluso tenía la sensación de que me habían prendido fuego en los ojos. No pude emitir ni un sonido. Ni siquiera era capaz de ver mientras las lágrimas me caían a raudales por las mejillas.

Supongo que para él también se hizo demasiado largo porque, al final, me estrelló la sien contra la calzada. Después de eso, todo se volvió oscuro. De pronto, el insoportable ardor desapareció, junto con el frío del aire y la sensación áspera y húmeda del pavimento.

Cuando eché el primer vistazo a mi... bueno, todavía no sé cómo llamarlo —¿mi alma?, ¿mi espíritu?, ¿mi eco?—, fue algo así como verme reflejada en un espejo. Solo que ya no estaba viva. Seguía con el pijama y las zapatillas puestas, pero parecían limpias, igual que habían estado un par de minutos antes.

En cuanto él se dio cuenta de que estaba muerta —que fue un instante después que yo misma fuera consciente de que me había muerto—, se piró por la verja trasera. Me quedé ahí de pie, junto a mi cuerpo y el cubo de basura que acababa de sacar a rastras del garaje.

Fui tras él y descubrí que era capaz de seguirle el ritmo sin esfuerzo, algo que jamás podría haber dicho de mí mientras estaba viva. De hecho, lo agarré del brazo y contemplé mis dedos apoyarse ligeramente sobre su hombro. Por algún motivo, esperaba que pasasen a través de la articulación.

Él no reaccionó, no exactamente. De todas formas, aceleró el paso mientras cruzaba el oscuro camino de entrada y recorría la acera hasta llegar al Kia azul que había dejado al final de la calle.

Cuando abrió la puerta del lado del conductor, yo me lancé al coche de cabeza con él. No iba a arriesgarme a dejarlo escapar si me cerraba la puerta en las narices.

Mientras lo observaba apresurarse para entrar en el vehículo, supe que no podía hacer nada por la chica tirada en la acera con el pelo ensangrentado. No podía hacer nada por Frank, que seguramente seguiría durmiendo en el sillón capitoné de mi dormitorio.

Nadie más iba a buscarme esa noche. Nadie más se daría cuenta de que me encontraba en paradero desconocido, y mucho menos sin vida, hasta que no apareciese en el trabajo al día siguiente. Nadie era capaz de ayudarme.

Antes de que se alejase en el coche, usó un paquete de toallitas para limpiarse las manos. Concienzudamente. Casi con cariño. Como si no acabase de usarlas para envolverme el cuello con un alargador sucio junto a mis cubos de basura, en mi patio lateral, hasta que por fin dejé de resistirme.

Echando la vista atrás, ese fue el momento en el que decidí que iba a atormentarlo.

Lo examiné desde el asiento del copiloto mientras conducía. Sus ojos ambarinos, negros en la oscuridad del vehículo, permanecían clavados en la carretera mientras recorríamos el trayecto de aproximadamente veinte minutos para volver a su casa.

No era el apartamento del que me había hablado el año pasado, con un compañero de piso que se dejaba los calcetines en la cocina incluido. En cambio, se trataba de una casita de ladrillo de un solo piso estilo años setenta en Broomfield. Una luz del porche se había fundido.

Lo seguí por el camino que atravesaba el jardín delantero de la casa y dejé atrás una bicicleta Big Wheel volcada sobre un parterre descuidado y una maraña de Barbies medio desnudas en los escalones.

La única bombilla del porche centelleó un pelín cuando giró el pomo y entró en la casa. Cerró la puerta tras él y me dejó allí un ratito más, con la vista clavada en los juguetes y el tumulto de azaleas de los parterres que tenía claro que él no había plantado.

Una vez él hubo entrado, descubrí que no podía simplemente atravesar la puerta, así que me alegré de haberme metido en el coche cuando se me presentó la oportunidad.

Me quedé en el porche un rato porque, a pesar de todas las películas de terror que había visto, no había aprendido ninguna información útil sobre estar muerta. ¿Podía conseguir que se moviese el pomo de una puerta si me concentraba muchísimo? No. ¿Qué pasaba si gritaba? Lo intenté. Me oí bien, pero, por la reacción del tío paseando a su perro al otro lado de la calle, nadie más lo hacía.

Bueno, eso no es del todo exacto. El perro —un pequeño *schnauzer* gris— dejó de caminar y clavó la vista en el porche delantero.

Entonces, crecieron mis esperanzas.

—¡Ey, chico! ¡Ey!

El *schnauzer* gruñó un poco y luego siguió andando. El dueño ni siquiera levantó la vista del resplandor azul de su *smartphone*.

Al final, le di la espalda al perro inútil y me senté en el porche. Me examiné las manos o, mejor dicho, el reflejo de estas. Observé la forma en la que descansaban sobre la imagen de mis rodillas. La forma en la que los pies se apoyaban en el hormigón resquebrajado. Apenas lo tocaban, como si estuviesen hechos de algo un poco más pesado que el aire.

Le asesté un buen golpe a una hoja que había en el escalón y la contemplé balancearse de una forma demasiado imperceptible como para saber si la había movido el aire de la noche o no.

«Estás muerta», me dije con determinación. «Ponte triste».

Cuando mi tía favorita falleció en un accidente de coche, el consuelo de la negación me duró toda una hora. Resultaba algo demasiado grande. No era capaz de asumirlo. En el momento en el que por fin me afectó, sentí como si me hubiese quedado sin aire de un puñetazo. Había sentido lo mismo. Pero esta vez, algo realmente terrible me había ocurrido a mí.

Vi unas siluetas borrosas moverse detrás del cristal esmerilado de la ventana de la cocina, sobre el parterre. Me adentré en las azaleas y observé mi reflejo desparramarse por los espacios entre las flores de tallos alargados. Las plantas no se movieron. Yo lo hice.

Habría sido completamente asombroso si no acabasen de asesinarme; sin embargo, me dio una idea. No podía atravesar paredes ni coger nada. Al parecer, toda la fuerza que tenía era comparable a la del aire nocturno. Ni siquiera a la del viento. A la del aire.

Me quedé un rato sentada pensando en aquello, contemplando las hojas de la azalea estremecerse con la ligera brisa. Luego, alcé la mano hacia la planta más próxima e intenté alcanzar un ramillete de flores. Entonces observé con más atención cómo la mano se deslizaba, más o menos como el humo, entre dos enormes flores magenta.

Yo no era viento, sino aire. Pero el aire podía trasladarse. Eso me dio una idea.

Rodeé la casa hasta que llegué a la entrada lateral, que se encontraba cerrada. Vi el patio —y sus cubos de basura— a través de los listones. En ese momento, me concentré en el aire que los separaba y avancé.

Me disgregué a través de la valla con bastante facilidad.

A continuación, posé la vista en una gatera ligeramente entornada que conducía al garaje y también la atravesé. Sin problema.

La luz encendida iluminaba un garaje impoluto con varias hileras de cajas apiladas en un lado y un monovolumen en el otro. Eché un vistazo rápido a las cajas. Tenían pegatinas con las palabras «cocina», «baño», «dormitorio», etcétera. Un montón de etiquetas y un rotulador permanente descansaban sobre la caja de arriba del todo.

Se mudaba.

Oí un estrépito tras de mí y me giré a tiempo de ver un gato calicó entrar corriendo en el garaje por la gatera.

—Hola, minino —lo saludé en voz baja, y juro que se sentó y me miró directamente durante unos segundos. Después, se acomodó delante de un cuenco de comida para gatos.

Mientras comía, fui tras él y me agaché en cuclillas a su lado. Pensé en Frank y en su maullido cantarín. Era probable que ahora estuviese haciendo pedazos la moqueta del pie de las escaleras para protestar porque todavía no le hubiese dado de comer.

Sabía que no podía llorar lágrimas de verdad. Aun así, noté un escozor familiar en la parte posterior de los ojos y cómo la pena se expandía por el centro de mi ser. No volvería a tocar el suave pelaje de la barbilla de Frank ni a escuchar su ronroneo sordo cuando se dejaba caer junto a mí en la cama con los ojos cerrados.

A medida que el sentimiento crecía, oí una especie de explosión y, de pronto, el garaje se sumió en la oscuridad.

Me quedé petrificada mientras escuchaba el suave tintineo del filamento de la bombilla.

—Creo que he sido yo —susurré al gato, que continuó masticando.

Había puntitos de luz rodeando la puerta de la casa, y me acerqué a ellos y al sonido de las voces amortiguadas al otro lado.

Hacía una hora, él me había arrebatado todo lo que tenía.

E ignoraba cómo, pero planeaba devolverle el favor.

3. SKYE

KUNA, IDAHO

PRESENTE

Ese verano, vino mucho a la cafetería Daily Grind mientras yo trabajaba.

Eso no me molestaba. De hecho, lo esperaba con ganas. Dejaba propinas. Era mono. Se trataba de uno de los pocos tíos blancos en Idaho que no intentaban entablar una conversación frívola sobre de dónde era yo realmente o aprovechar la oportunidad para poner a prueba su español de principiantes. (Para disgusto de mi madre, había cursado un año de español como asignatura optativa en secundaria).

Me llamaba «Dolly» porque llevaba una camiseta de Dolly Parton el primer día que vino a por chocolate caliente. Nunca pedía café. Siempre chocolate caliente. Aquello resultaba un poco fuera de lo normal, así que recordé lo que pedía. Empecé a añadir una carita sonriente en el vaso junto a su nombre, James.

—Gracias, Dolly —me decía cada vez con una sonrisa que hacía que me sonrojara.

Y, por supuesto, yo balbuceaba algo torpe y me giraba para preparar el siguiente pedido. Sus ojos ámbar —juro que parecían oro oscuro y líquido— se detenían en mí mientras yo fingía no darme cuenta.

De vez en cuando, mi gerente, Ken, me tomaba el pelo con él. Me decía que debería escribirle mi número en el vaso a la próxima que volviera.

—El tío del chocolate caliente que se parece a Chris Hemsworth está tonteando cien por cien contigo —me comentó meneando las cejas—. La pelota está en tu tejado, cari.

Estuve a punto de hacerlo. A veces le daba vueltas a esa idea mientras tostaba el *bagel* de alguien o añadía exactamente cinco toques y medio de sirope de caramelo a un *frappuccino.* Me avergonzaba admitir —incluso a mí misma— que nunca había tenido una cita de verdad, no hablemos ya de dar el primer paso. Me decía que la universidad estaba para eso. De alguna manera, cuando entrase en ella aquel otoño, mudaría de piel y perdería toda la vergüenza al atravesar el umbral del campus de la Estatal de Idaho.

Ese verano se volvió normal verlo tres o cuatro veces por semana; sin embargo, unas pocas semanas antes de que me marchase en coche a la Universidad Estatal de Idaho, de pronto dejó de venir. Extrañamente, eso me entristeció. Como si hubiese perdido mi oportunidad o algo así. Imaginaba su rostro mientras trabajaba y me sentía nostálgica porque, con toda probabilidad, no lo volvería a ver. Era mucho mayor que yo; si tuviera que decir un número, le echaría veintimuchos. La verdad es que era tan guapo, con esos ojos caramelo, el pelo oscuro y aquel lunar estilo famoso del mundo del espectáculo, que me daba igual.

El último día de trabajo antes de marcharme a la universidad, atravesó las puertas con una enorme sonrisa y pidió lo de siempre. Parecía cosa del destino. Noté que las mejillas se me ponían coloradas mientras intentaba intimidarme a mí misma para escribirle mi número de teléfono en el vaso de chocolate caliente. Me dije que era práctica o algo por el estilo. Para demostrar que estaba preparada para la universidad (no era el caso). Pero me entró el canguelo. Concluí que me marchaba para empezar las clases en dos días, así que ¿qué sentido tenía?

Le dije en un balbuceo apresurado que ese era mi último día. Sería la última vez que me vería en el Daily Grind. Él aparentó una desilusión sincera y después encogió un poco los hombros.

—Bueno, te echaré de menos, Dolly.

Las mejillas me resplandecieron aún más y fingí que la máquina de expreso se estaba desbordando hasta que se fue. «Idiota», pensé para mis adentros. Las palabrotas no se me olvidaban.

Terminé el turno a las cuatro y devolví el delantal y la tarjeta identificativa. Le di un abrazo a Ken y le prometí que le escribiría. Luego, fui andando hasta la parada de autobús. Estaba a punto de pulsar «enviar» en un mensaje a mi madre sobre la cena —¿pupusas de nuestro *food truck* favorito? Me había saltado la comida y me estaba muriendo de hambre— cuando vi un coche aminorar la marcha junto a mí en el centro comercial.

Era él.

Me brindó esa sonrisa, como si estuviese tan sorprendido como yo. Como si fuera una serendipia. Entonces, dijo:

—Ey, Dolly, ¿quieres que te lleve?

Ni siquiera dudé. El universo me había dado una segunda oportunidad después de haberla dejado pasar antes y todas esas otras veces. No me costó apartar de un plumazo la vocecita que metió baza para preguntarme por qué seguía en el aletargado centro comercial dos horas después de haberlo visto por última vez.

—Claro, ¿por qué no? —le contesté, satisfecha con que mi voz hubiese sonado tan relajada, incluso cuando notaba que el corazón me estaba aporreando el pecho.

«No es para tanto —me dije—. No es que sea un extraño». Me arreglé los rizos, que estaban revueltos, igual que siempre después del trabajo.

Luego, entré en el Kia azul y me abroché el cinturón de seguridad.

—¿Te apetecería pillar primero algo de comer? —me preguntó.

Y noté que el corazón se me sosegaba un poco.

—Claro, me muero de hambre —le respondí a la vez que me sonrojaba y establecía contacto visual con el oscuro lunar de su mejilla.

Eso significaba que se trataba de una cita. Estaba deseando escribirle luego a Ken. Estaría tan orgulloso de mí...

Él sonrió.

—Bueno, voy a llevarte a mi sitio favorito, ¿vale? Está un poco apartado, pero merece la pena.

La voz en mi cabeza volvió a meter baza. Llevaba toda la vida viviendo en Kuna. No había muchos sitios que no hubiera visitado, especialmente cuando se trataba de comida.

—¿Cómo se llama? —quise saber.

Él negó con la cabeza.

—Ya lo verás.

Me hizo preguntas mientras íbamos en el coche. Preguntas sobre mi familia. Si había visitado alguna vez El Salvador (una, cuando era un bebé). Qué tipo de música me gustaba. Qué quería estudiar. Si era madrugadora o noctámbula. Preguntaba sin cesar, como si yo fuese la persona más interesante del mundo. Y todo con una sonrisa. Me lanzó miraditas de reojo cuando entramos en la interestatal en dirección a Boise.

«Relájate», me dije a mí misma. Boise estaba a media hora en coche, pero tenía más restaurantes.

Me concentré en lo que decía e intenté disfrutar un poco. Me estaba contando una historia sobre uno de sus compañeros de piso, que había llevado un *growler* en lugar de un barril pequeño de cerveza para la última fiesta. Yo me reí, sin tener muy clara la diferencia entre las dos cosas, pero sin querer que lo supiese. Me pareció un poco mayor para seguir celebrando fiestas, pero ¿qué sabía yo?

Cinco minutos después, señalizó que iba a salir de la interestatal y alcé la vista al letrero. Blacks Creek. Carretera Kuna-Mora. Me dio un vuelco en el estómago. Él no vaciló mientras continuaba narrando su historia. Había estado una vez en Blacks Creek haciendo senderismo. Que yo supiera, no había ningún restaurante en esa dirección. Solo colinas y cañones.

En ese momento, me empezó a doler el estómago.

—¿Esta es la salida correcta? —pregunté tan de pasada como fui capaz.

Me seguía preocupando echarlo todo a perder. Herir sus sentimientos. Decepcionarlo. Desvelarle que era una cría que nunca había tenido una cita de verdad ni besado a un chico. Ken —que tenía novio— era el único chico con el que había pasado algo de tiempo.

—¿No has estado en el Moe? —preguntó a la vez que me echaba un vistazo de sorpresa sincera—. ¿Y tú has crecido aquí?

Entonces me dedicó una sonrisa pícara y yo le creí.

Por si acaso, decidí enviarle un mensaje a mi madre.

—Ah, ¿el Moe? —pregunté tirándome el farol—. Ah, sí, siempre he querido ir. —Y tragué saliva mientras me sacaba el teléfono del bolsillo—. Voy a escribirle a mi madre para que lo sepa. Le he dicho que llegaría a casa pronto.

Mientras hablaba, miré la pantalla y vi que no tenía cobertura.

Sobrevolé el recuadro de texto con los pulgares mientras leía el último mensaje de mi madre una y otra vez. «Te quiero, *mija*».*

Volvió la sensación de náusea y, cuando alcé de nuevo la vista para mirarlo, vi que me estaba observando. Esbocé una sonrisa falsa.

Él se lo tomó con calma.

—No hay cobertura en unos tres kilómetros…, pero en cuanto pasemos esa colina, tendrás unas tres barras. Sin problema. ¿Quieres que pare ahí para que puedas enviarle el mensaje?

La repentina sacudida al pasar del terror al alivio hizo que me marease, y conseguí esbozar una sonrisa sincera. A lo mejor el Moe sí que existía. A lo mejor todo iba bien. Me estaba poniendo de los nervios por nada. Como siempre.

—Claro —le dije con el tono más desenfadado que fui capaz de poner—. Si no, se preocupará.

Unos minutos después, tomamos una curva de la carretera. Había una señal de «Salida a rancho» justo delante, así que redujo la velocidad del coche e indicó con el intermitente que se iba a meter por lo que parecía poco más que un camino de tierra. Yo bajé los ojos hasta el móvil mientras los neumáticos crujían y chirriaban por la superficie desigual y pedregosa.

Seguía sin cobertura.

Entonces, señaló más allá del coche y comentó, como si acabase de leerme la mente:

* En español en el original. *(N. de la T.)*

—Si aún no tienes barras, debería haber allí abajo, junto al arroyo. —Y sonrió—. Lo averigüe por casualidad cuando mi amigo Greg tuvo que echar una meada saliendo de aquí.

Me reí un poco y salí del coche sin apartar la vista del teléfono mientras me dirigía al arroyo.

Aún no tenía ni una barra.

Sostuve el teléfono en alto, avancé unos pasos y lo volví a intentar.

Nada.

Fue en ese momento cuando me agarró por la espalda. Con una mano me tiró bruscamente del pelo hacia atrás, y con la otra me envolvió el cuello mientras me derribaba de un empujón. Caí bocabajo a plomo, pero el único sonido que fui capaz de emitir fue un quejido amortiguado cuando me inmovilizó con las rodillas.

Intenté gritar. Intenté retorcer el cuerpo para girarme y quitármelo de encima. Intenté defenderme.

Lo único en lo que podía concentrarme era en tratar de apartarle las manos de mi cuello.

Cuando estaba en cuarto de primaria, el vecinito de al lado —se llamaba Dewey— se ahogó en el *jacuzzi* del patio trasero. Se metió mientras su madre preparaba el almuerzo, y la tapa se cerró sobre él. Después de aquello, a veces me costaba quedarme dormida por las noches. No paraba de pensar en cómo habría sido para él.

Ahogarse era la peor forma de morir que imaginaba.

Hasta ahora.

No pasaron más de dos minutos antes de que perdiese la consciencia, pero me daba la sensación de que los segundos se alargaban mientras intentaba —sin éxito— dar con la manera de conseguir que parase.

En el momento en el que por fin se hizo la oscuridad, el dolor y la presión se desvanecieron con la claridad.

Cuando volvió la luz, todavía lo oía refunfuñar detrás de mí. Todavía veía la tierra y la grava bajo mi rostro. Todo lo demás se había adormecido.

Sin embargo, y para mi asombro, me aparté rodando de entre sus manos.

Me quedé horrorizada cuando él no se dio ni cuenta; y es que la chica de rizos oscuros y despeinados que yacía bocabajo en la tierra no movió ni un dedo.

Había visto los especiales del programa *Dateline* sobre personas que habían pasado por experiencias extracorpóreas, por vivencias cercanas a la muerte, así que enseguida decidí que eso era lo que me sucedía.

—¡Suéltame! —grité a la vez que me lanzaba hacia él.

Mis puños aterrizaron en su espalda con toda la fuerza del ala de una mariposa.

—¡Para, para, para! —aullé.

Sabía que no me oía. Ni siquiera estaba segura de hacerlo yo.

La chica en el suelo —yo— ya no oponía resistencia. Sus labios eran de un color lavanda intenso. Había un largo camino de baba saliéndole de la comisura de la boca. No tenía los ojos cerrados, pero tampoco abiertos.

El sonido lejano de un vehículo en la interestatal fue lo que por fin hizo que dejara de ensañarse con el cuerpo. No estaba cerca, pero allí se encontraba completamente expuesto, y lo único que podía ofrecerle cobijo era algún arbusto de salvia y el arroyo poco profundo.

Lo observé cuando al final se puso de pie y se examinó las manos antes de regresar hasta el Kia azul.

No volvió la vista al cadáver tirado en el suelo.

Mientras oía sus neumáticos crujir por el camino, esperé a que ocurriera. A que mi alma volviera a ser uno con el cuerpo cubierto de polvo y sin vida sobre la tierra.

Me agaché y me acerqué todo lo que pude a mi cadáver.

—Se ha ido —susurré—, ya puedes despertarte.

Imaginé que me reunía con mi cuerpo a la vez que me concentraba todo lo posible en lo que había sentido durante los segundos previos a que todo se volviese oscuro. Me tumbé a mi lado con la esperanza de volver a notar de repente el dolor y la desesperación por respirar. Eso era lo que sucedía en el episodio de *Dateline.* Te veías desde fuera del cuerpo y, luego, ¡zas!, volvías en medio de un estruendo o algún tipo de ser amable aparecía para decirte que aún no había llegado tu momento de conocer a Dios.

—Vuelve —susurré.

Pensé en mi madre, que ya estaría en casa después del trabajo y se preguntaría por qué no habría llegado antes que ella. Por qué no le habría enviado un mensaje. Si querría dos o tres pupusas.

El teléfono yacía en la tierra junto a mí. Atisbé una esquina atrapada bajo mi muslo.

Permanecía inmóvil, sin emitir ningún ruido.

Igual que yo.

4. MEGHAN

MONTAÑAS OQUIRRH, UTAH

HACE UN AÑO

Tardé toda la noche en encontrar el camino de regreso hasta mi cadáver por el tenebroso bosque.

Una luna con forma de guadaña proporcionó la luz justa para conducirme de vuelta al barranco pedregoso. Desde allí, aquello resultaba un laberinto indescifrable de artemisa, caliza que se desmoronaba y cientos de pinos escuálidos que parecían idénticos.

No hubo tropiezos ni caídas que me ralentizaran mientras avanzaba a través de la negrura, pero resulta que ser un fantasma no incluía una aplicación de mapas ni hacía que me diese menos miedo la oscuridad. La noche estaba repleta de ramas que se partían y murmullos sobrenaturales. Gritaba de terror y frustración cada pocos minutos, pero el sonido no reverberaba.

A pesar de esforzarme al máximo para moverme como los espíritus que había visto en la televisión, mis pies permanecían en el suelo y dentro de los zapatos planos de cordones que llevaba antes.

Sobre mi cabeza, las estrellas brillaban más de lo que había visto nunca. Todo lo demás a mi alrededor se encontraba completamente envuelto en una intensa negrura.

Siempre había disfrutado de las acampadas —bueno, las pocas veces que había ido— y, aun así, era la más rápida en apalancarme alrededor de la hoguera o encerrarme en mi tienda cuando se ponía el sol. La naturaleza era bonita a cierta distancia. De cerca, resultaba aterradora.

Cada vez que una ramita se rompía o un arbusto crujía, me quedaba petrificada o chillaba.

Desde algún lugar a lo lejos, oí el coro exaltado de unos coyotes.

No es que temiese porque me fuera a pasar algo malo. Lo peor ya había sucedido. Sentía el miedo de una forma diferente a cuando estaba viva. El corazón no se me aceleraba. La respiración, tampoco. Solo sentía en cada parte que quedaba de mí el terror de encontrarme sola, de estar perdida y de haber muerto.

Cuando rodeé una curva y vi un par de ojos enormes y brillantes que me devolvían la mirada desde un saliente rocoso, solté un alarido.

Los ojos no se esfumaron. Si acaso, se acercaron un poco más antes de que yo echara a correr. Las diminutas estrellas se arremolinaron ante mí mientras avanzaba cada vez más rápido, sin dejar de gritar por una ayuda que sabía que no llegaría.

Fueron los coyotes los que me guiaron de vuelta hasta mi cadáver mientras el cielo se tornaba gris acero sobre el montañoso horizonte.

Ya habían dejado de llamarse los unos a los otros, pero, cuando trepé por un terraplén que me pareció vagamente familiar, oí unos gruñidos y bramidos procedentes de más allá del barranco.

Lo primero que vi fue uno de mis zapatos coralinos: el maltrecho gemelo mortal de los prístinos reflejos en mis pies. Estaba tirado en la tierra con una costra de algo oscuro sobre la lengüeta.

Había cinco coyotes al otro lado del zapato. Estaban delgados y eran lo bastante pequeños como para no temerlos a la luz del día, pero la historia cambiaba en las tinieblas. Resultaban algo completamente distinto con las espaldas unidas y encorvadas, los ojos que lanzaban destellos verdes mientras se ladraban y comunicaban entre ellos, y las quijadas renegridas con sangre.

Noté cómo el miedo aumentaba hasta que fue demasiado grande como para poder contenerlo.

—¡Fuera! —grité a la vez que daba un paso hacia ellos.

Para mi sorpresa, las cinco cabezas se giraron hacia mí a la vez que cesaba el parloteo entre gruñidos.

El coyote que se hallaba más cerca, una hembra con una mancha oscura en la cabeza, retrajo los labios para dejar a la vista unos dientes que parecían agujas.

—¡Fuera de aquí! —volví a chillar al tiempo que me acercaba a ellos.

Echaron las orejas hacia atrás ligeramente y olfatearon el aire mientras arrastraban un poco las patas para apartarse de mi cadáver.

Entonces, di un paso más sin dejar de gritar.

No puedo decir que se encogieran del miedo. De todas formas, tampoco volvieron a su comida.

La coyote de la mancha oscura emitió un murmullo gutural y rodeó al resto de sus compañeros, lo que me permitió echar un vistazo detrás de ella.

Era la primera vez que veía un cadáver en persona.

No digamos ya mi propio cuerpo.

El temor y la aversión me atravesaron de golpe como una descarga eléctrica, y me aparté del cadáver mutilado y lleno de sangre que se encontraba en el suelo. Una de las piernas estaba hecha jirones a partir de la rodilla y se mantenía sujeta a la articulación gracias a unos hilos oscuros. Me habían rasgado el vientre, con lo que una parte de las brillantes entrañas se había desparramado por el suelo.

Me habían perdonado la cara, pero la piel del cuello que quedaba a la vista, la que el pañuelo rosa y verde no tapaba, era un amasijo de cardenales visibles incluso a la tenue luz.

La coyote de la mancha oscura en la cabeza dio la vuelta trazando un amplio círculo mientras olfateaba el aire. Tenía el hocico empapado en sangre y no dejaba de emitir ese murmullo desde el fondo de la garganta.

Aturdida, alargué una mano para tocarla, pero ella soltó un ladrido agudo y se dirigió a zancadas hacia el barranco, con las orejas pegadas a la cabeza leonada.

Los demás la siguieron hacia la oscuridad de color gris acero.

Y yo me senté en la tierra, a unos metros del punto donde el suelo se volvía oscuro y pegajoso, hasta que por fin el sol bañó mis restos.

5. BRECIA

BOULDER, COLORADO

HACE DOS AÑOS

Esto fue lo que aprendí tras vivir en su casa durante tres días. Las Barbies desnudas del jardín delantero pertenecían a sus dos hijas, Emma y Kimmie. Nunca se me había dado bien calcular la edad de los niños, pero, si tuviera que adivinar, diría que las dos pequeñas de cabello rubio casi blanco que parecía plumón tenían seis y cuatro años. Seguían siendo muy pequeñas. Casi siempre mantenía la distancia con ellas, suspicaz ante cualquier cosa que él hubiese tocado.

Las azaleas de aspecto descuidado bajo la ventana de la cocina las había plantado su mujer, April, que resultaba lo opuesto a todo lo que era yo cuando estaba viva. Era callada. Rubia. Tan delgada que parecía un palo. Paciente y obsequiosa hasta decir basta. Cuando no me dedicaba a perseguir a su marido de una habitación a otra rebosante de odio, la vigilaba a ella. Fregaba los platos, doblaba la ropa limpia, recogía los juguetes, daba de comer al gato, leía un libro y preparaba el desayuno. Se acurrucaba junto a él por la noche y le daba un beso por la mañana. Al principio, no me cupo duda de que, si la observaba con la suficiente atención, vería que era igual que él: que estaba podrida en lo más profundo de su ser. Pero, cuanto más la miraba, más confundida me sentía. Para ser sincera, al principio la odié —puede que más de lo que lo habría hecho si ella hubiese sido alguien horrible— porque parecía tan feliz y decididamente ajena; igual que yo cuando salía con su marido hace un año. Excepto que esta mujer llevaba años casada con él.

El gato del garaje se llamaba Oscar. A diferencia de todos los habitantes de la casita de ladrillo en Boulder, él era el único que parecía tener el buen sentido común de odiar al hombre de la casa tanto como yo. Siempre que se abría la puerta del garaje, se incorporaba en su cama para gatos en la esquina junto a las bicicletas y estiraba el cuello para ver quién era. Si eran April o una de las chicas, hacía un ruidito cariñoso con la garganta y se apresuraba hacia ellas, con la esperanza de que lo cogiesen en brazos y lo llevasen dentro de la casa. Si se trataba de él, se quedaba quieto. O se escabullía del garaje.

Para ser justos, yo tampoco le caía bien. Cada vez que me acercaba, el gato dejaba lo que estuviera haciendo y fijaba la vista durante unos segundos. Si intentaba tocarlo, reculaba y se iba a otra parte. Aquello me resultaba extrañamente reconfortante. Al parecer, significaba que alguien era consciente de que seguía existiendo, incluso a pesar de que solo fuese un minino naranja atigrado.

Las cajas del garaje, apiladas en perfectas hileras meticulosamente etiquetadas con un rotulador negro permanente, tenían como destino Herriman, en Utah. Ya había pagado el camión de la mudanza de la empresa U-Haul.

Aquel primer día lo seguí igual que una sombra invisible. Mientras tomaba el desayuno en la mesa de la cocina de estilo *mid-century;* cuando se afeitó la barba de Joaquin Phoenix, de la que me preguntaba si no se la habría dejado crecer con el único propósito de volverse menos reconocible, y mientras hacía cosquillas a Kimmie y Emma cuando bajaba las escaleras.

Intenté todo lo que se me ocurrió para hacer las cosas que supuestamente los fantasmas son capaces de hacer, y os diré una cosa: o bien *Entre fantasmas* era un montón de pamplinas, o bien en la serie había otro tipo de fantasmas, porque yo no podía golpear puertas. Tampoco era capaz —bueno, hasta donde creía por la reacción de él— de bajar la temperatura de la habitación de golpe, y no se me oía.

En realidad, no podía hacer nada.

Durante un segundo, pensé en intentar encontrar el camino a casa, pero descarté la idea de inmediato. No estaba familiarizada con Boulder. No habría dado con él ni queriendo.

Parte de mí sentía morriña por Frank y el apartamento, pero sabía que lo único que me esperaba allí era mi cadáver. Probablemente, ni siquiera eso. Robin, mi gerente, habría denunciado mi desaparición al no presentarme en el trabajo y, conociéndola, se habría encargado de ir a comprobar si me había pasado algo antes de llamar a la policía.

Esperaba que se hubiese llevado a Frank.

Él hacía cosas normales durante la mayor parte del día. Tenía un despacho en el sótano en el que desaparecía justo después de desayunar.

Me sorprendió que no hubiese mentido sobre a qué se dedicaba. Era programador, y tenía un empleo en una empresa tecnológica emergente llamada TreeHaus. No podía asegurar exactamente en qué trabajaba. Todo era código y más código.

Seguía usando MatchStrike con un perfil nuevo que usaba la misma foto borrosa y seductora en su perfil, y decía las mismas mentiras que me atrajeron:

Que estaba soltero.

Que su nombre era Jamie Carver.

Que estaba buscando a su media naranja.

A estas alturas, había llegado a la conclusión de que se llamaba James Carson.

Abría la aplicación de MatchStrike compulsivamente en un buscador de incógnito para comprobar los mensajes que le habían enviado desde la última vez que había iniciado sesión.

Estaba chateando con cuatro chicas distintas.

Nicole. Allie. Tena. Danae.

Nicole era su favorita, estaba claro. Era la que más rápido y a menudo respondía. Él se pasaba la mayor parte del tiempo escribiendo los mensajes que le mandaba. Luego, los copiaba y pegaba en el resto de chats cuando se le ocurrían detallitos que le gustaban.

Pensé en todos los mensajes que me había enviado en MatchStrike durante el último año y me pregunté cuántos de ellos habría copiado y pegado en otros chats, o cuántos habría sacado de otras conversaciones. Cuántas redes habría lanzado al mar en el momento en que decidió quedar conmigo por primera vez.

Me pregunté qué le habría contado a su mujer, April, durante la semana que tuvimos citas. Jamás se quedó una noche en mi apartamento ni nada, pero pasábamos horas frente a frente en la pequeña cafetería en la esquina cerca de mi apartamento. Tenía planeado invitarlo a casa.

Por fin, usó el buscador de incógnito para indagar sobre mí. Primero tecleó «Brecia Collier». Luego, «Brecia Collier asesinato».

El primer titular rezaba: «Mujer aparece asesinada en el patio trasero de su casa en Denver».

Leí a toda prisa porque no quería perderme ni una palabra por si, de pronto, cerraba el artículo.

Cuando la policía llegó a casa de Brecia Collier, una vecina de Colorado cuya desaparición se denunció el viernes por la tarde, descubrió que la habían estrangulado hasta la muerte en su patio lateral.

Según los registros del juzgado publicados el sábado en internet, los compañeros de la mujer denunciaron su desaparición cuando no se presentó en el trabajo.

Unos datos espeluznantes han revelado la confirmación de los forenses de que el arma homicida fue un alargador que probablemente sacó de la basura de Collier. Según los registros del juzgado, se ha confirmado que la causa de la muerte fue asfixia por estrangulamiento y una contusión en la nuca.

La policía pide a los posibles testigos o a cualquiera que pueda tener información sobre el asesinato de la joven que se presente de inmediato en comisaría.

«No existen pruebas de agresión sexual. Creemos que a Brecia la sorprendieron mientras sacaba los cubos de basura al patio lateral en torno a las ocho y media de la tarde del jueves», reza la declaración de la causa probable.

Nadie abrió la puerta cuando los agentes llegaron al hogar de la mujer la tarde del viernes, después de que un compañero de trabajo informase a la policía de que la joven no había acudido a su trabajo. Sin embargo, el coche de la víctima se encontraba aparcado fuera y no contestaba a su teléfono móvil.

En una declaración ante los medios de comunicación el sábado por la mañana, la hermana de Collier dijo: «Esta terrible tragedia sin sentido ha devastado a nuestra familia. Los amigos y familia de Brecia la queríamos muchísimo. Estamos desesperados por conseguir cualquier información relativa a su muerte. Por favor, si saben algo, contacten con la policía».

Me dio tiempo a leer dos veces la declaración de mi hermana antes de que cerrase la página y volviese a MatchStrike. Estaban desesperados por conseguir cualquier información, lo que significaba que no tenían ninguna.

Ignoraban quién había perpetrado aquello. No aparecerían destellos de luces rojas y azules en la ventana.

Traté de recordar a quién le había hablado sobre Jamie o sus mensajes después de que lo nuestro acabara. A mi hermana. A Lanelle. A Robin. A un par de amigos más, quizá. Pero la vida continuó. Y, para cuando apareció en mi patio lateral, él ya era agua pasada.

La verdad perturbadora era que sus mensajes eran lo normal. Muchas amigas me habían contado la misma historia. Las citas *online* eran una ruleta de hombres a quienes no les gustaba escuchar la palabra «no», aunque jamás podría haberme imaginado a alguno de ellos apareciendo en mi patio lateral con un alargador.

—¿Qué puto problema tienes? —le susurré al oído.

No reaccionó. En lugar de eso, redactó un nuevo mensaje para Nicole: «¿El sábado por la noche? ¿Quedamos en el O'Michaels?».

La mujer respondió que sí casi al instante.

El trozo de papel que había sobre el ordenado archivador de correo era un recibo de U-Haul. Había alquilado el camión para el domingo.

Observé la miniatura de la foto de Nicole en la ventana del chat. Tenía un precioso pelo castaño con unos reflejos que se fundían perfectamente. Una sonrisa deslumbrante. Sabía a ciencia cierta que en ese momento Nicole estaba pendiente de todas y cada una de las palabras que le decía «Jamie Carver».

Porque él también era guapo. El tipo de guapo que te atrae incluso antes de considerar el hecho de que las cosas bellas pueden resultar venenosas.

Mientras él leía la respuesta, los labios se le curvaron en una sonrisa mínima, que desapareció cuando el sonido de unos pasitos retumbó por el techo del despacho acompañado de los alaridos de una risa.

La ira que llevaba cociéndose a fuego lento dentro de mí durante los últimos tres días bulló para convertirse en algo candente mientras lo observaba cerrar el buscador de incógnito y ponerse los auriculares. Si aún tuviese un cuerpo, estaría temblando, pero como ya no era así, fue como si todo a mi alrededor se volviera confuso y cargado.

Fue entonces cuando escuché una pequeña explosión y la pantalla del ordenador se apagó.

Él desconectó los auriculares de la toma del ordenador y los lanzó contra el escritorio, molesto, como si ellos fuesen la fuente del problema.

Clavé la vista en la pantalla negra del ordenador a la vez que la sensación de efervescencia desaparecía y se veía reemplazada por algo parecido a la esperanza.

¿Yo había hecho eso? Los ordenadores se escacharraban cada dos por tres. Igual que las bombillas. Tal vez fuera una coincidencia.

Pero no lo creía.

6. SKYE

KUNA, IDAHO

PRESENTE

Fue mi teléfono inservible el que los condujo a mi cadáver en las estribaciones cercanas a la carretera de Blacks Creek. Tres días después de cuando se suponía que debía estar en la carretera de camino a la universidad.

Incluso sin cobertura, la señal rebotó en las torres de telefonía de Boise y Kuna. Cuando la policía por fin se puso a buscar, no resultó especialmente complicado dar conmigo.

Velé mi cuerpo durante al menos media hora antes de perder la esperanza de que fuese a despertar.

Obviamente, no lo hice. Porque no se trataba de una experiencia cercana a la muerte, sino que era la muerte y punto.

La piel ya se me estaba poniendo cenicienta y un poco marrón grisáceo. Alargué la mano para tocar los polvorientos rizos negros que me enmarcaban los ojos medio cerrados y después la aparté. Esa ya no era yo. Solo se trataba de una chica muerta.

Incluso después de admitir que estaba totalmente sin vida, seguí esperando un poco más. ¿Me transportaría Dios con un rayo? ¿Dónde estaba la luz de la que hablaba todo el mundo?

«Tonta»,* me regañé por albergar esperanza.

* En español en el original. *(N. de la T.)*

Al final, simplemente comencé a andar. Regresé por la vía que habíamos tomado con el coche para adentrarnos en las estribaciones junto a la carretera de Blacks Creek. Conocía el camino.

Muerta o viva, solo deseaba llegar a casa con mi madre.

Me mantuve en el penoso arcén de la angosta carretera de dos carriles que serpenteaba a través de las áridas colinas. Estaba bastante segura de que podía caminar directamente por el centro de la calzada si me apetecía, aunque no tenía claro qué me ocurriría si me atropellaba uno de los pocos coches que pasaban mientras el crepúsculo avanzaba cada vez más. ¿Había otro nivel de muerte al que llegaría si acababa aplastada? ¿La muerte era como un videojuego de diferentes niveles? En caso afirmativo, ¿cuántos había?

No me interesaba ninguna otra sorpresa relacionada con mi mortalidad, así que me quedé en el arcén.

Ya era bien entrada la tarde cuando me puse en camino. En poco tiempo, el sol se zambulló tras las paredes del cañón, pero yo seguí andando.

En un momento dado, una familia de ciervos salió de las colinas y se interpuso en mi camino, sumido en la penumbra. La cierva mayor alzó la cabeza cuando me acerqué y miró a través de mí a la vez que retorcía las largas orejas hacia delante y atrás mientras escuchaba. Sus crías —un par de cervatillos de rodillas huesudas— se le pegaron con fuerza a ambos costados. No los atravesé exactamente. Bueno, no de la forma que habría esperado. De alguna manera, me disgregué a su alrededor en las bolsas de aire entre sus patas y flancos.

Ellos me observaron hacerlo. Juro que fue así. Luego, volvieron a buscar en las islas de tiernas briznas verdes que asomaban entre los tallos marrones llenos de cardos a lo largo de la carretera.

Yo continué caminando mientras el sol desaparecía por completo y me resultó complicado ver nada aparte de la carretera frente a mí.

Pensé en mi cuerpo, tumbado en la tierra junto al barranco poco profundo, y me sentí culpable por haberlo abandonado tan fácilmente.

Pensé en él; en los ruidos que hizo; en la forma en la que se limpió las manos en los vaqueros mientras volvía a toda prisa a su coche, lejos del cuerpo en el suelo.

Reflexioné sobre lo que encontraría cuando por fin consiguiese atravesar las colinas silenciosas e infinitas. ¿Mi madre habría llamado ya a la policía? ¿Ken les hablaría sobre el único tío que venía a por su chocolate caliente sin excepción y a flirtear conmigo?

La verdad es que no estaba del todo segura de a cuántos kilómetros de casa me encontraba. Puede que a quince, por decir un número. Lo único que tenía claro era que habría tardado toda la noche y puede que también el día siguiente en recorrer esa distancia si estuviese viva.

Como no tenía que parar, descansar ni preocuparme por mantenerme hidratada ni por que los ojos relucientes que vi más atrás en las colinas acabasen con mi vida, encontré el camino de vuelta a la calle principal de Kuna después de lo que me parecieron unas cuantas horas.

Las calles estaban en silencio de una forma en la que nunca antes las había visto. Un gato callejero pasó como una bala delante de mí cuando atravesé el aparcamiento del centro comercial y se quedó mirando las ventanas voladizas del Daily Grind, ligeramente iluminadas por el resplandor bajo la caja registradora, pero no alzó la vista cuando lo llamé.

En unas horas, Ken llegaría para abrir el negocio a los más madrugadores, y el silencioso recibidor se llenaría del sonido de las máquinas espabilándose y el olor a expreso recién hecho.

Una parte de mí no había querido abandonar su rincón seguro en el mundo, aunque eso significase una vida humilde en un pueblo humilde, en el que había conseguido graduarme en el instituto sin ni siquiera haber besado a un chico.

Y ya no lo haría.

La casa estaba sumida en la quietud y el silencio cuando por fin conseguí llegar. La imagen de la familiar puerta de entrada, con la única luz del porche todavía encendida, estuvo a punto de hacer que me desbordara una mezcla de nostalgia y desesperanza.

Al principio no estaba segura de cómo entrar en la casa. Sin embargo, tras unos minutos, me di cuenta de que podía disgregarme a través del conducto agrietado de la secadora si me deslizaba por la estrecha abertura. Se pareció un poco a un estornudo. Excepto porque yo era el estornudo.

Encontré a mi madre dormida en mi cuarto con la misma sudadera que llevaba puesta la mañana del jueves, la última vez que la vi. La de la Universidad Estatal de Idaho, una idéntica a la que me compró cuando recibí la carta de mi beca.

Tenía el rostro arrugado, como si se le hubiese quedado petrificado al borde de las lágrimas, la frente fruncida, los ojos cerrados y apretados con fuerza, la boca ceñida en una línea fina..., pero su respiración me indicó que estaba totalmente dormida.

Me tumbé junto a ella en mi cama, le envolví la cintura con un brazo y enterré la cara en su cabello. Luego, cerré los ojos e intenté recordar el olor exacto de su pelo. La ligera mezcla de especias del plato que hubiese cocinado antes, jabón Ivory y algo que no sabía describir. Simplemente ella.

Emitió el sonido quedo de un gemido y oí que estaba rechinando los dientes.

—No pasa nada, mamá —le susurré.

El ruido cesó.

La idea de que quizá alguna parte de ella pudiese oírme hizo que la desesperanza se acumulase hasta que fue tan grande que sentí como si estuviese hecha de ella.

—No estés triste. Sigo aquí. Te quiero —volví a intentarlo—. ¿Me oyes?

Mi madre se incorporó de golpe en la cama con un grito y tiró el vaso de agua de mi mesita de noche al buscar el móvil a tientas. Yo me levanté de la cama de un salto y fui hasta la esquina del dormitorio, donde me quedé petrificada.

Ella contempló el resplandor azul del teléfono durante unos segundos, con el rostro todavía tremendamente arrugado. Luego, volvió a dejar el móvil con cuidado sobre la mesita de noche y se tumbó de nuevo en mi cama a la vez que mascullaba algo en español.

Me acerqué unos pasos a la cama.

—¿Mamá?

Clavó la vista en el techo durante unos minutos, incluso cuando me incliné lo bastante cerca como para verle las pecas en las mejillas empapadas.

Luego, me senté donde me encontraba y me dejé hundir en la moqueta mientras escuchaba sus fuertes sollozos hasta que al final apagó la luz.

De niña, no me daba cuenta de mucho. Para ser sincera, lo prefería así. Yo era la callada chica latina que nunca levantaba la mano en clase. La que evitaba el contacto visual en el autobús a toda costa. Estaba bastante satisfecha con dejar que la gente mirase directamente a través de mí. Ella era la única excepción.

Aunque ya no.

7. MEGHAN

MONTAÑAS OQUIRRH, UTAH

HACE UN AÑO

Después de los coyotes, aparecieron los carroñeros alados. Cuervos, urracas, avispones, moscas. Incluso un águila en los huesos.

No me moví de allí porque no tenía ni idea de adónde ir. No me moría de ganas de pasar más tiempo serpenteando a oscuras entre las rocas y el sinfín de árboles, y no podía obligarme a aceptar el riesgo de volver a perderme en el bosque.

La conmoción por haber contemplado mi cuerpo mutilado no tardó tanto en desaparecer como hubiera imaginado. De hecho, lo observaba con interés mientras los carroñeros cumplían con su trabajo, compitiendo cada uno a su manera por un pedacito del botín.

Para cuando se puso el sol el segundo día, prácticamente habían reducido mi cadáver a los huesos. No como esos blancos y descoloridos, sino más bien como los de sopa. Colorados, en carne viva y despojados de la piel y los músculos. Los animales dejaron la ropa en paz, excepto por las partes que les impedían acceder a lo que deseaban. El vaporoso pañuelo rosa y verde salió volando hasta la base de un arbusto con espinas, donde ondeaba igual que una bandera cuando el viento azotaba.

Un cuervo brillante adoptó un interés particular por uno de mis zapatos. No sin esfuerzo, lo arrastró a saltitos lejos del resto del revoltijo hasta un lugar oculto tras unas rocas.

Al principio, intenté espantar a los cuervos y los avispones —igual que había hecho con los coyotes—, pero solo parecía funcionar cuando era capaz de despertar un montón de sentimientos.

Daba resultado cuando pensaba en despertarme en medio de las tinieblas con sus manos en mi cuello.

O cuando meditaba sobre mis padres, que a estas alturas seguro que sabían que me había pasado algo.

O cuando recapacitaba sobre el hecho de que estaba muerta y perdida en el bosque mientras los coyotes y los cuervos se comían mi cuerpo.

Durante un momento, intenté que esas emociones tan abrumadoras no se apagaran. Había algo reconfortante en la idea de que podía seguir influyendo en el mundo que me rodeaba, aunque solo fuesen abejas o un pájaro interesado en dejarme la pierna limpia.

Pasado un rato, estaba extenuada. Resultaba imposible sentir una enorme ira, tristeza o indignación durante mucho tiempo, exactamente igual que cuando estaba viva. Así que, a medida que los días avanzaron, me adapté a una extraña aceptación.

Intenté volar.

Me avergüenza un poco admitirlo, pero daba por hecho que los fantasmas podían volar, así de simple. Era algo que se daba por sentado en todas las películas que había visto. Primero, me limité a poner mi fuerza de voluntad en flotar. Nada. Luego, salté y batí los brazos en círculos, como lo hacía en sueños. Nada. Incluso trepé a un tronco caído —y después a un pino de aspecto salvaje— para ver si un poco de altura extra ayudaba al despegue, pero solo conseguí volver a bajar flotando al suelo, igual que un globo que ha perdido todo el helio.

Por alguna razón, aquello me hizo sentir un arrebato de desesperanza especialmente intenso, y lo usé para dispersar a un par de cuervos que me estaban picando el brazo.

Cuando me aburrí y me impacienté —y me cansé de saltar de troncos y árboles—, di una vuelta alrededor del claro en la dirección opuesta a la que había corrido antes. Encontré el estrecho camino de tierra que él tuvo que haber atravesado en coche. Aún veía huellas de neumático en el polvo.

Intenté caminar por la carretera unos kilómetros, o eso supuse yo. El sendero se bifurcó, y se bifurcó, y se bifurcó otra vez, hasta que tuve claro que si continuaba avanzando, era posible que no fuese capaz de encontrar el camino de vuelta.

La única señal con la que me crucé, un poste de madera que no parecía oficial, indicaba: «Cañón Ophir-10». El nombre no me sonaba de nada, y llevaba todo el día sin oír el sonido de un solo coche.

Así que me quedé donde estaba.

Las hormigas hicieron su gran entrada después de que los animales alados más grandes hubiesen perdido el interés en mis restos. Las observé durante días, por fin con el deseo de acercarme a mis huesos para verlos mejor mientras ellas salían corriendo de sus hormigueros en un caos organizado. Había algo hipnótico en ellas a nivel individual. Ni siquiera de cerca era capaz de decir qué estaban haciendo. Tenían unas mandibulitas tan diminutas que daba la sensación de que corrían de un lado a otro sin conseguir nada en absoluto; sin embargo, a medida que pasaron los siguientes días, descarnaron los huesos por completo. Fue un alivio contemplar mis restos de esa manera, de un color blanco y gris descolorido, ya sin sangre.

Y les agradecí el gesto.

Las noches seguían asustándome. En cuanto se ponía el sol, abandonaba mi posición elevada junto a las hormigas y volvía al saliente rocoso donde el barranco descendía hasta el lecho seco del arroyo. Una amplia plataforma de piedra pendía sobre un par de rocas más grandes, y cuando me tumbaba, miraba las estrellas segura de que nada se me acercaría sigilosamente por detrás.

Pensaba mucho en él. En lo tiernos y amables que eran sus ojos mientras charlábamos en el Gracie's. En lo fríos y airados que me parecieron, brillando a la luz de la luna, cuando recobré la consciencia entre las tinieblas del bosque, en el lugar del que no me levantaría jamás.

Me llevó o arrastró a bastante distancia del coche. El punto en el que yacía mi cuerpo se encontraba al menos a cien metros del borde del camino de tierra. Habría resultado imposible aparcar en aquel terreno rocoso y tan arbolado. Aunque otro vehículo se acercara por la carretera sin asfaltar, nadie vería nada a no ser que caminase sin rumbo hasta el lugar adecuado y atisbase los huesos que, con cada día que pasaba, se convertían en una parte más del paisaje.

Lo que hacía no era exactamente dormir; sin embargo, después de unos cuantos días, aprendí que era capaz de quedarme en Babia, y eso se parecía un poco a quedarse dormido.

Cuando despejaba la mente y me relajaba, era capaz de dejarme llevar. Me recordaba a soñar, excepto porque elegía lo que veía. Me di cuenta de que podía invocar recuerdos con un detallismo vívido con más facilidad de lo que jamás pude mientras estaba viva. Todo lo que había hecho o visto estaba ahí, esperándome para que volviese a experimentarlo en un sueño.

Pasé mucho tiempo en el patio trasero de la casa en la que crecí. En un esfuerzo por eludir las tareas y la hora de irme a la cama, a veces cogía una manta del sofá y me escabullía por la puerta trasera, hasta el trampolín, donde me tumbaba bocarriba, me abrigaba y contemplaba las luces del porche encenderse a la vez que las primeras estrellas cobraban vida con un parpadeo. Casi oía los grillos y al vecino de al lado arrastrando los pies mientras limpiaba la barbacoa, con el aire todavía portando un olor a chamuscado.

Pensé en mi último cumpleaños, en el que Sharesa y yo alquilamos un Airbnb y unas motos de agua en el lago Bear. La forma en la que notaba el viento en la cara mientras cruzábamos el agua a toda prisa, riéndonos y luego gritando cuando frené demasiado rápido y la moto de agua se sacudió y nos tiró a las dos al lago gélido. Nos reímos tanto que me preocupaba no ser capaces de impulsarnos para volver a subir a la moto.

Pensé en mis padres, con los que no había mantenido mucho el contacto desde que me independicé. Me dejé llevar por las mañanas de Navidad, las cenas familiares, las noches de película, los paseos en bicicleta e incluso las veces que me sermonearon sobre las notas o por llegar tarde a casa. Hasta esos recuerdos me parecían reconfortantes.

Era una buena forma de pasar el tiempo.

Pero, de vez en cuando, notaba que me dejaba arrastrar demasiado por un recuerdo y tardaba unos segundos en reorientarme entre las austeras rocas y el suelo empapado de sangre junto a mis pies, sobre el que se encontraban mis huesos esparcidos por el claro.

No estaba segura de qué sucedería si vagaba demasiado o me permitía adentrarme en esos recuerdos durante demasiado tiempo o de una forma excesivamente completa, así que exploraba con cuidado.

Durante el quinto día —bueno, yo creía que se trataba del quinto día, aunque en realidad no tenía forma de asegurarlo, aparte de por mi propia memoria— oí el primer coche. A lo lejos, pero, desde luego, se trataba de un coche.

Corrí lo más rápido que pude. En otras palabras, habría alucinado al correr a esa velocidad cuando estaba viva, aunque resultaba un poco decepcionante si se comparaba con volar, algo que aún creía que debería ser capaz de hacer.

Llegué a la carretera sin asfaltar a tiempo para ver cómo el vehículo alcanzaba la cima del camino en zigzag, un poco más allá por la ladera. Se dirigía hacia mí.

Me quedé donde estaba, justo en mitad de la vía. Supongo que contra cualquier tipo de lógica, esperé que existiese la posibilidad de que me vieran. O que yo pudiese parar el coche. O que, por lo menos, notase algún tipo de sensación cuando pasara a través de mí.

Nada de eso ocurrió. El vehículo continuó avanzando un poco demasiado rápido para la carretera de tierra llena de baches. No lo paré, y tampoco me atravesó. En lugar de eso, cuando me golpeó, de alguna manera la fuerza me lanzó a un lado del camino. Con suavidad, como si fuera una planta rodadora o una bolsa de plástico.

Eché un vistazo a los pasajeros del vehículo antes de que el RAV4 verde bosque desapareciese en una nube de polvo. Una mujer y un hombre. Afortunadamente, no era él. La pareja tenía más o menos mi edad. Veintitantos. Iban escuchando su música a todo volumen y riéndose más alto todavía, por encima de las canciones. Vi la forma en la que ella lo miraba mientras el coche rebotaba por un surco en la tierra. Con adoración. Segura. Feliz de estar viva y junto a él.

Entonces, me embriagó la tristeza. Esa sensación, esa conexión era lo que había intentado conseguir en el Gracie's. Lo que me trajo aquí, al lugar donde mi vida acabó. Esto era lo que me quedaba, un pozo lleno de recuerdos que se cortaban a los veintitrés años.

Y, en ese momento, lo vi.

El zapato a un lado del camino.

Mi zapato. El que se había llevado el cuervo.

Se encontraba medio apoyado en un arbusto, y el color coral ya se había tornado en un marrón sucio, con una mancha de color óxido de sangre.

Tirado en la bajada que hacía las veces de arcén, el zapato no se encontraba exactamente a plena vista, pero tampoco estaba escondido. No como el resto de mi ser.

Eso significaba que, si alguien miraba justo en el momento adecuado, también podría verlo.

8. BRECIA

BOULDER, COLORADO

HACE DOS AÑOS

Le jodí el ordenador doce veces a lo largo de los siguientes días.

Se pasó una hora al teléfono con la asistencia de Apple y al final compró uno nuevo que le enviaron al día siguiente.

Cuando aquello no solucionó el problema, trajo a un electricista que hurgó en la instalación eléctrica del sótano y el garaje, arregló un par de empalmes sueltos y, después, le dijo que, si quería que siguiera buscando, le costaría 600 dólares más.

Lo rechazó. Iba a mudarse dentro de poco; que los siguientes propietarios lidiaran con aquello.

El chasquido y la pantalla negra se daban cuando canalizaba la ira, el odio y la indignación hasta que sentía como si esa ola se rompiera contra mí. No me resultaba complicado. Al principio no, con el pedazo de basura humana que tenía delante de mis narices, escondido en su sótano con una Coca-Cola Zero mientras fingía estar sumido en el trabajo con MatchStrike abierto a todas horas en una pestaña. Todo eso a la vez que las niñitas rubias jugaban en la planta de arriba y su esposa le preparaba comida y le recogía los platos vacíos.

Kimmie fue hasta la puerta del sótano después de que la pantalla se hubiese apagado por decimosegunda vez. La hora de cenar ya había pasado, y él se había quedado allí abajo, insistía en que tenía que ponerse al día con el trabajo por culpa del «estúpido ordenador».

La pequeña llamó y después agitó el pomo.

—Papi, ¿vas a leernos algo? Mamá dice que sí.

Cuando él no contestó, la niña lo volvió a intentar. Más alto.

—¡Papiiiiiii! Mamá ha dicho que viniese a por ti…

Él se levantó y abrió la puerta de golpe antes de que ella apartase la manita del pomo. En ese momento, la pequeña cayó dentro del sótano y se dio un buen golpe en el codo contra el marco de la puerta.

—Dile a mamá que sabe que estoy ocupado —le contestó entre dientes, a la vez que hacía caso omiso a los enormes ojos azules llenos de lágrimas de la pequeña y a la forma en que la niña retraía el labio inferior con fuerza.

—Vale —susurró, y volvió a subir las escaleras a toda prisa.

Después de aquello, paré un rato, llena de culpa en lugar de ira.

A lo mejor no era justo que estuviese provocando a la bestia cuando ya no podía hacerme daño.

Desde que lo fastidiaba, solo contestó a Nicole una vez mientras mascullaba por lo bajini y se pasaba los dedos por el cabello corto, recién arreglado, por culpa del «dichoso ordenador».

Traté de recuperar la emoción, de pararle los pies, pero cuanto más intentaba reunir la ira y el terror, más me sentía como un trapo sucio. Como cuando, después de llevar horas llorando, de pronto te chocas con una pared y simplemente paras. Ya no era capaz de sentir nada, solo agotamiento y vacío.

Observé el tiempo suficiente como para darme cuenta de que le estaba escribiendo para decirle que lo del sábado seguía en pie y que sentía no haber mantenido el contacto, que había tenido problemas con el ordenador.

Después de eso, subí para estar con April y las niñas.

April y Emma estaban haciendo un puzle en el salón vacío mientras Kimmie brincaba en círculos por los espacios de la alfombra donde habían estado los sofás el día anterior. El camión de la mudanza llegaría el domingo. Casi todo se encontraba empaquetado.

El gato, Oscar, estaba despatarrado en el regazo de la mujer mientras observaba la mano de ella colocar piezas del puzle donde correspondía. Cuando entré en la sala, el minino volvió la cabeza y miró hacia mí, pero se quedó donde estaba.

—Quince —pregonaba Kimmie mientras completaba otro circuito—. Dieciséis. —Y paró para recuperar el aliento—. Mami, ¿crees que podré llegar a cien?

April sonrió. Parecía cansada pero feliz. Se había quedado despierta hasta tarde, empaquetando mientras James «trabajaba».

Me di cuenta de que era más joven de lo que pensé cuando la vi por primera vez. Igual que las chicas, tenía un cabello suave, ralo y rubio platino que le caía alrededor de los hombros en unas ondas ligeras. Los ojos color avellana se le entornaban mientras examinaba el montón de piezas del puzle que había en el suelo. La contemplé escoger las del borde y empujarlas hacia Emma, que chilló:

—¡Mamá, he encontrado otra pieza!

April asintió y continuó escudriñando las piezas a la vez que le daba unas palmaditas en la cabeza a Oscar con la otra mano.

—Creo que este vamos a terminarlo antes de marcharnos.

Yo cerré los ojos e intenté bloquear la rabia y los presentimientos que me inundaban cada vez que veía a su mujer y a las dos pequeñas.

Él no se merecía aquello. Ellas, por supuesto, tampoco. Simplemente, aún no lo sabían.

Observé a Oscar ponerse tenso y alzar la cabeza mientras los sentimientos brotaban y rompían contra mí igual que una ola. Entonces, dejó de ronronear y se dispuso a saltar de los brazos de April en cualquier momento.

Yo retrocedí y me quedé en lo alto de las escaleras del sótano durante unos minutos antes de volver abajo. No pude evitarlo.

Nicole tardó un rato en responder. Empezaba a albergar la esperanza de que quizá hubiese perdido el interés… o captado el mensaje de que era un tipo raro, incluso un asesino.

Entonces, la mañana del viernes, refrescó la aplicación web de MatchStrike por centésima vez y ahí estaba: un nuevo mensaje sin leer de Nicole.

Volví a apagarle el ordenador en cuanto se iluminó la pantalla. Luego, otra vez cuando lo reinició. La tercera vez que volvió a encender el ordenador, ya estaba agotada, así que lo dejé hacer, con la esperanza de que el mensaje lo mandara a paseo.

No fue el caso.

«Siento lo de los problemas técnicos. ¡¡Empezaba a pensar que era cosa mía!! Ja. ¿Quedamos mañana en Twiggs? ¿Todavía te va bien a las 7? Pero te juro que si en persona mides un metro y pesas doscientos setenta kilos…».

Lo vi sonreír. No la decepcionaría. Con su barba rara afeitada, estaba tan guapo como el día que lo conocí.

Dedicó unos minutos a redactar la respuesta para la chica y al final optó por:

«Estoy empezando a sudar un poco. ¿Está bien con uno sesenta y doscientos sesenta kilos? Si me dices que sí, a las 7 me viene genial».

Ella contestó casi de inmediato con un puñado de emoticonos de caritas sonrientes.

Se le agrandó la sonrisa.

La chica había vuelto a entrar en el juego.

Cuando subió a la planta de arriba para almorzar, le contó a April que debía quedar con un contratista que se ocuparía de parte de su carga de trabajo mientras se mudaban. No quería distraerse mucho.

Ella, que se encontraba en la cocina envolviendo las tazas en papel de burbujas y colocándolas en una caja junto al resto de la vajilla mientras las chicas saltaban alrededor del puzle terminado, asintió.

—Gracias, cariño. ¿Quieres ver una película o algo después? Si no es muy tarde. No me creo que sea nuestra última noche aquí. —A April se le ensombreció un poco el gesto mientras miraba más allá de él, por el pasillo—. Voy a echarla de menos. No dejo de acordarme de cuando trajimos a Emma y Kimmie del hospital.

Él le dio un apretón en el brazo y cogió una de las tazas sin embalar del armario para servirse un vaso de agua.

—Sí, hay un montón de recuerdos, pero crearemos otros nuevos.

Se me revolvió el estómago. April se limitó a sonreír con melancolía y continuó empaquetando mientras él, silbando un poco para sí, bajaba con el vaso de agua. Lo más probable era que estuviera pensando en su cita con Nicole.

La bombilla de la cocina titiló sobre la cabeza de April.

En ese momento, decidí que yo también iría a esa cita.

No estaba segura de qué sería capaz de hacer. Hasta donde yo sabía, no era muy poderosa. Una luz que titilaba y un ordenador roto no iban a impedir que aquel tipejo le hiciese daño a alguien.

Pero tenía que intentarlo.

9. SKYE

KUNA, IDAHO

PRESENTE

Antes de que hubiese amanecido, mi madre ya estaba despierta y haciendo llamadas desde la mesa de la cocina con una taza de café solo. Me senté a su lado y observé a través de las ventanas que daban al patio los destellos de luz gris elevarse sobre el horizonte.

En realidad, no empecé a beber café hasta que conseguí el trabajo en el Daily Grind, hace un año. Para deleite de mi madre, comencé a recrear las bebidas en casa. Por las mañanas, antes de irme a clase, tomábamos juntas *lattes* de soja y *caramel macchiatos* hasta que tenía que marcharme.

Una ola de desesperanza me inundó y me pregunté cuánto duraría el duelo por cada detalle de la vida que no volvería a experimentar.

Había muchos pequeños detalles hermosos. La sensación del sol a través de las ventanas a primera hora de la tarde, después de clase, mientras hacía las tareas. El sabor del café recién hecho en mis labios. El olor del pelo de mi madre cuando me daba un abrazo. Cosas que me había tomado con calma al ser parte de mi día, por no hablar de todo lo que ya nunca llegaría a experimentar. Las cosas que me daban miedo al pensar en ir a la universidad y que no paraba de repetirme a mí misma, pero que en realidad no eran más que nervios.

Primero, mamá llamó a la comisaría de policía.

Cuando me apretujaba mucho a ella, era capaz de oír las dos partes de la conversación con tanta nitidez como si yo también me encontrase al teléfono.

Enseguida me di cuenta de que no estaban buscando. Al menos, no de verdad.

Tenía dieciocho años. Según la ley, no estaba obligada a volver a casa con nadie.

El hecho de que en mi teléfono saltase directamente el contestador no era razón suficiente para tirar de los recursos que serían necesarios para localizarme.

—Ya se han presentado los documentos para la denuncia de una persona desaparecida —contestó la mujer al otro lado de la línea con paciencia—. Es todo lo que puedo decirle con seguridad ahora mismo. Sé lo difícil que es, pero un agente se pondrá en contacto con usted lo antes posible. Si descubre algo más, por favor, manténganos al tanto.

Observé los dedos de mi madre cerrarse en un puño. Luego, apretó los dientes.

—Jamás ha hecho nada así. Nunca. Se suponía que hoy teníamos que ir juntas en coche a la Universidad Estatal de Idaho. Es su primer año. Algo va muy muy mal.

Se hizo un breve silencio al otro lado de la línea.

—Lo comprendo. Un agente debería ponerse en contacto con usted dentro de poco, debería tener noticias de alguien hoy mismo. Esta mañana.

A mi madre le temblaron las manos cuando colgó el teléfono y marcó el número de mi padre.

Se separaron cuando yo estaba en quinto de primaria. Él se mudó a Oregón con su novia, Sandy, y después de aquello yo lo veía a lo mejor dos veces al año. No estábamos especialmente unidos. Aun así, cuando contestó la llamada al primer tono, casi me mareé por la mezcla de alegría y tristeza que estuvo a punto de desbordarme.

—¿Marisa? ¿La está buscando la policía? ¿Ha vuelto a casa? —comenzó antes de que ella pudiese decir algo.

La bombilla que había sobre la mesa de la cocina titiló como loca y mi madre alzó la vista y frunció el ceño. Luego, apagó el interruptor de la luz y se puso de pie para tirar el café por el fregadero en la penumbra de la sala.

—No están haciendo mucho. —Y la voz le vaciló—. Voy a acercarme a su trabajo en cuanto abra a las seis. Ayer no pillé a nadie.

Mi padre despotricó un poco por lo bajini, se aclaró la voz y le contestó:

—Tengo un billete para el vuelo de las 10.00. Debería llegar para el mediodía. La encontraremos, Mari. Daremos con ella. ¿Has podido iniciar sesión en su ordenador? Mira si se estaba echando atrás con respecto a la universidad o algo.

Se podía escuchar la angustia en su voz; la esperanza de que quizá hubiese algún tipo de explicación que no fuera terrible, de que quizá me encontrase en algún lugar seguro, aunque no especialmente propicio.

Pero ellos dos me conocían mejor que eso, pese a que no pudiera decirse lo mismo de la policía. Yo siempre volvía a casa.

Mi madre negó con la cabeza.

—Lo he intentado sin parar. Soy incapaz de averiguar su contraseña.

—Ahí no hay nada que encontrar —le dije—. No te molestes.

Pero, incluso mientras pronunciaba esas palabras, ella cogió un trozo de papel en el que anotó «1025» y «Mickey». Mickey era nuestro perro salchicha de cuando yo tenía cinco años, y 1025 era el pin que elegí para una cuenta conjunta que compartía con mi madre cuando estaba en primaria. Mi contraseña actual era una combinación de números y letras que creé a partir del estribillo de una canción de Britney Spears. No la adivinaría en la vida.

Cuando le colgó a mi padre, se sentó en la mesa de la cocina con la vista clavada en el móvil. Yo tomé asiento y también lo contemplé con el deseo de que sonase.

No es que descubrir lo que había sucedido fuese a traerme de vuelta.

Y, aun así, quería que me encontraran tanto como ella quería dar conmigo.

Además, deseaba más que nada en la vida que la policía persiguiese a James.

—Pregúntale a Ken por el tío del chocolate caliente. Se llama James —le comenté, a sabiendas de que no podía oírme, pero no pude refrenarme.

Estaba bastante segura de que nadie me había visto meterme en su coche; sin embargo, él había estado en la cafetería al menos tres o cuatro veces por semana a lo largo de todo el verano.

«Ken creía que se trataba de un buen tío. Quería que le pidiese salir», me recordé mientras la desesperanza me envolvía en aquella cocina igual que una manta de plomo.

Poco a poco, a mi madre se le llenaron los ojos de lágrimas, y yo me pregunté si las dos nos encontrábamos juntas bajo esa misma manta.

Estacionamos en el aparcamiento del Daily Grind exactamente a las 5.58 de la mañana.

Yo estaba sentada en el asiento del copiloto, sobre el envoltorio aplastado de un sándwich de desayuno que llevaba ahí por lo menos un mes. Mientras conducía, mi madre se emocionó con una canción *country* sobre la familia y Dios, y cuando aparcó el coche y se secó los ojos con la manga de la sudadera con capucha, de pronto me di cuenta de que mi fantasma la estaba atormentando.

A esa hora, apenas había gente por las aceras ni las carreteras. Solo un hombre que había salido a correr, una persona parada a la tenue luz de la farola frente a la tienda de galletas al otro lado del centro comercial al aire libre y una silueta oscura que cruzaba a toda prisa la intersección junto a la parada de autobús. Me pregunté si todos estarían vivos o si sería capaz de ver a personas muertas ahora que yo era una de ellas. ¿Todo el mundo se convertía en fantasma cuando fallecía o esto resultaba algo fuera de lo normal? ¿Desaparecería después de un tiempo? ¿Podría elegir respecto a eso? ¿Esto se trataba de un limbo o era el infierno? ¿Qué pasaría cuando atrapasen a James? ¿Qué sucedería si no lo hacían? ¿Yo seguía aquí porque tenía asuntos sin zanjar?

Corté ese hilo de pensamiento y me centré en seguir a mi madre hasta la puerta de entrada.

Tal y como esperaba, Ken estaba en el turno de apertura. Cuando oyó los toques en la puerta aún cerrada, fue hasta el mostrador para echar un vistazo al recibidor. Se quedó perplejo cuando vio el destartalado Buick Century rojo de mi madre —que yo a veces le pedía prestado los fines de semana si no estaba trabajando en el centro de cuidados paliativos—, pero, aun así, fue corriendo a abrir la puerta.

Antes de que hubiese terminado siquiera el «Ey, ¿eres la madre de Skye?», ella ya estaba llorando y contándole que no había vuelto a casa.

Ken no dejó que se quedase en la puerta, sino que giró el letrero de la entrada para dejar a la vista el «abierto» y llamó a quien fuera que se encontrase en la zona de empleados.

—¡Eh! A la puerta, ¿vale? Necesito unos minutos.

Entonces, la acompañó al cómodo sofá verde en el rincón, donde nadie podría verlos desde el mostrador de la entrada. Era donde los autónomos que se lo tomaban verdaderamente en serio venían a hacerse con un lugar para trabajar, y donde a veces encontrábamos a chavales montándoselo después de clase.

Ken se sentó frente a ella y entrelazó las manos muy despacio, de la misma forma que cuando se me olvidaba limpiar la máquina de expreso durante el fin de semana y se obstruía.

—Cuéntame qué ha pasado.

Mientras mi madre le contaba a Ken lo que sabía —que no era mucho—, él se preocupaba cada vez más. No había vuelto a casa, no contestaba los mensajes ni las llamadas, y no es que la policía hubiese salido precisamente corriendo a buscarme. Ken sacó el teléfono para enseñarle que tampoco había contestado a su mensaje la noche anterior. Entonces, miré la pantalla.

«Conduce con CUIDADO. Si el tío del chocolate caliente pregunta alguna vez por ti, voy a mandarlo a tu dormitorio en la residencia».

Tuve la misma sensación que si me hubiese transformado en agua helada.

A mi madre se le ensombreció el gesto.

—¿Quién es el tío del chocolate caliente?

—Sí —apunté a la vez que me ponía de pie. En ese momento, el foco empotrado del vestíbulo titiló y la máquina de expreso parpadeó de forma irregular—. Eso es. Fue él.

Ken miró de reojo las luces intermitentes.

—No es más que uno de los asiduos. Se trata de una broma entre nosotros. Yo la fastidio todo el tiempo con que debería pedirle salir, escribirle su número de teléfono en el vaso, pero nunca lo ha hecho.

De pronto, a mi madre se le entristeció la cara.

—¿Crees que podría tener algo que ver con esto?

Él negó con la cabeza.

—Era un tío muy amable. De todas formas, ella jamás le habría pedido que salieran.

Llegados a ese momento, las luces titilaban tanto que Ken se giró para lanzarles una mirada suspicaz.

—Lo siento. Creo que tenemos una bombilla a punto de fundirse. Puedo arreglarla… —Y se levantó, pero mi madre negó con la cabeza.

—No, no importa. Por favor, ¿tienes alguna idea de a dónde pudo haber ido después de salir de trabajar? ¿Mencionó algún sitio?

Me obligué a concentrarme en los sobrecitos de azúcar y en los mezcladores de café recién escogidos que Ken había dispuesto para esa jornada antes de que los primeros clientes acabasen con ellos. Estaba bastante segura de que yo era la que estaba provocando el parpadeo de las bombillas. Si quería que siguieran hablando, necesitaba tranquilizarme, porque, si me enfadaba más, me preocupaba que pudiese hacer estallar algo en la cocina o la caja registradora. En ese caso, Ken sí que debería parar la conversación.

Así que me obligué a contar los sobres de estevia y después la sacarina mientras escuchaba a medias. Ken le estaba contando todo lo que sabía, que me dirigí al autobús para volver a casa como siempre.

Entonces, le oí pronunciar las palabras:

—Pero podemos comprobar la grabación de las cámaras de seguridad.

Las luces volvieron a parpadear al sentir la emoción burbujear por mi ser.

—¡Sí! —grité, y la bombilla sobre nuestras cabezas emitió un estallido y después se apagó.

Ken frunció el ceño en un gesto de disculpa.

—La instalación eléctrica se ha jodido. —Y lanzó una mirada rápida a mi madre—. Mmm, quiero decir que se ha estropeado.

Ella ni siquiera se dio cuenta de aquello ni del hecho de que el vestíbulo se hubiese sumido de golpe en la penumbra.

—¿Podemos mirar ahora las imágenes de las cámaras? Por favor, sé que tienes que trabajar, pero ya sabes que ella no desaparecería así.

Las lágrimas empezaron a brotarle de nuevo en los ojos y Ken apretó la mandíbula. Luego, posó la mano en el hombro de mi madre.

—Lo sé. Y sin problema. Amy puede cubrirme. —Y le señaló la trastienda con un gesto—. Vamos.

10. MEGHAN

MONTAÑAS OQUIRRH, UTAH

HACE UN AÑO

Mi ropa estaba cambiando.

Me di cuenta al ver el zapato al lado de la carretera. Cuando bajé la vista a los pies, ya no calzaba los de color coral que llevaba en el Gracie's. En lugar de eso, tenía las viejas zapatillas de rayas grises. Esas tan cómodas que me ponía para ir de un lado a otro del apartamento antes de acostarme.

Ahora tampoco vestía los culotes grises ni la sudadera corta con capucha azul marino, ambos transformados en un revoltijo desagradable junto a mis huesos.

Se habían transformado en un chándal y mi camiseta de John Lennon. La ropa que me ponía cuando estaba sola y haciendo el vago por casa.

No sabría decir por qué, solo que ya no quería llevar los zapatos de color coral ni el conjunto que con tanto esmero había elegido para mi cita en el Gracie's.

Si me imaginaba con el mullido albornoz, de pronto podía verlo.

Cambiarme de ropa fue divertido durante unos minutos. Me probé el viejo vestido de la graduación del instituto. Los tacones que me compré el año pasado y que jamás llegué a ponerme. Hasta el bañador. Aunque, sin un espejo ni nadie más que viese mi atuendo, me quedé con el chándal y la camiseta de John Lennon.

Por un instante pensé en quedarme desnuda, pero ni siquiera muerta me sentía del todo cómoda con la idea de ser un fantasma nudista. Por no mencionar que habían desnudado mi cuerpo real de una forma que jamás, ni en mis peores pesadillas, habría imaginado presenciar. Así que la idea de la ropa me resultaba reconfortante y me la dejé.

Aunque ya no calzase los zapatos coral, se convirtieron en el nuevo epicentro de mi existencia.

Pasaba la mayor parte del tiempo en el camino de tierra, desde donde se veía que el lateral cada vez más descolorido del zapato sobresalía de la pequeña colección de piedrecitas y palitos en el arcén polvoriento.

Me dejaba llevar para adentrarme en recuerdos y abandonarlos después mientras montaba guardia con el oído puesto en cualquier sonido que pudiese pertenecer a un vehículo acercándose.

Al principio me preocupó llegar al final de mis recuerdos, que se agotaran; pero cuanto más a la deriva iba, más me daba cuenta de que los recuerdos que tenía al alcance de la mano eran como una enorme biblioteca que había desbloqueado. El libro de mi vida, cada palabra e imagen perfectamente claras. Parecía el único regalo precioso que me quedaba.

Durante el segundo día de vigilancia, se produjo un ajetreo cerca de mi posición que me sacó del recuerdo que estaba disfrutando: cuando vi mi primera oruga a los dos años. No tenía ni idea de que pudiera retroceder tanto. Enseguida descubrí que incluso esos recuerdos, si recurría a ellos, se encontraban a mi alcance con una claridad cristalina. Contemplé las manchitas negras en el lomo del insecto y la forma en que las patitas de ventosa atravesaban al compás la rama en la hierba. Incluso sentí con una lucidez extrema el perfecto asombro que experimenté entonces. Mis dedos regordetes manchados de las galletas saladas que acababa de meterme en la boca se lanzaron con impaciencia a por la oruga. «Con cuidado, Meghan», me dijo mi madre, que se encontraba a mi lado. La luz del sol que se colaba a través de las hojas de la enorme catalpa convirtió su pelo en tirabuzones de oro cuando cogió la ramita por la que trepaba el insecto y la colocó con cuidado en mis dedos extendidos.

De vuelta en la carretera sin asfaltar con el zapato coral, el brillante cuervo negro aterrizó a mi lado con una piedrecita gris en el pico. Aparté el recuerdo de la oruga cuando el animal se acercó entre saltitos a la montaña de guijarros y palos, y entonces la soltó sobre el zapato.

—Gracias —le dije.

El pájaro ladeó la cabeza, examinó sus tesoros y extendió las alas con un pequeño murmullo de satisfacción. Se posó en uno de los pinos más altos, a unos metros de distancia, en lo que parecía una considerable maraña de palos, pero debía de tratarse de un nido.

Tres días después, el mismo cuervo volvió a visitar su cofre del tesoro con un fruto rojo y resplandeciente. Si no lo hubiese visto depositar cuidadosamente sus tesoros los unos junto a los otros, habría creído que esa pila era un montón de basura, pero me hacía sentir bien saber que el reluciente pájaro negro de ojos brillantes los ordenaba con esmero.

En un primer momento, me preocupó que volviese a cambiar mi zapato de sitio. Cada vez que visitaba su colección, la revisaba con ojo crítico, movía un palo unos centímetros o cogía una de las piedrecitas con el pico para después colocarla con tiento sobre el pequeño montículo, pero los días pasaron y los guijarros siguieron acumulándose. Entonces, apareció con algo que recordaba a parte de la cola de un pescado deshidratado, y acepté que ese, simplemente, se trataba del lugar que había elegido para guardar su cofre del tesoro.

Entonces empecé a preguntarme con entusiasmo qué traería a continuación mientras esperaba y me dejaba llevar.

Durante el séptimo día de espera, oí el sonido de un coche a lo lejos.

Cuando el vehículo pasó a mi lado —y al de mi zapato—, reuní toda la emoción que pude con la esperanza de que ocurriera lo mismo que con los coyotes y el águila: que el conductor —un cazador, por la descolorida ropa de camuflaje color marrón y verde aceituna— notara algo y, por lo menos, parara.

Ni siquiera redujo la velocidad.

El portón trasero del destartalado SUV marrón chocó con fuerza contra los surcos, y yo me quedé mirando mientras el hombre se metía un chicle en la boca durante los pocos segundos que pude verle la cara, salpicada con una barba canosa de varios días y surcada por unas profundas arrugas.

Así que esperé y me dejé llevar más lejos, a través de las fiestas de pijamas a las que había asistido y los libros que había leído. Las conversaciones que había mantenido. La sensación de estar arrebujada en las sábanas, e incluso los sueños que tuve mientras dormía por las noches. Mi primer beso. Cuando aprendí a atarme los cordones de los zapatos. Escribir en mi diario. Cuando me rompí el brazo en el campamento de verano de sexto de primaria. Escabullirme a mi dormitorio en la segunda planta para encontrarme con Nolan, mi primer novio, en cuarto de secundaria. La semana que mi abuela Rosie —o *bubbie* Rosie— vino a pasar con nosotros cuando mi madre estuvo en el hospital por una operación de espalda.

Un día me enseñó a hacer la *jalá* trenzada mientras escuchábamos la radio y me contaba historias sobre mi madre cuando era pequeña, que en su momento yo escuchaba a medias, pero de las que ahora no se me escapaba ni una palabra.

Fue la última vez que la vi con vida. La abuela Rosie falleció tres meses después, cuando le estalló una vena por culpa de un aneurisma que le habían descubierto a los veintitantos años.

—Cuando tu madre era pequeña, me rogaba que no matase a las arañas, incluso aunque le daban muchísimo miedo —me decía la abuela.

Una fina mancha de harina se le extendía por la mandíbula. Teníamos exactamente los mismos ojos, solo que los suyos se encontraban más sumidos en unas arrugas que casi los ocultaban cuando se reía.

—Se quedaba ahí con un vaso en una mano y un folio de papel en la otra, temblando como una hoja mientras apresuraba a la araña hacia el papel y el vaso con mucho cuidado.

Me contemplé mientras me reía tras escuchar la historia completa. Yo también odiaba las arañas. Mi madre seguía recogiéndolas en lugar de aplastarlas con un pañuelo hecho una bola, y la quería por ello.

La abuela Rosie soltó una risita más fuerte.

—Una vez, atrapó una tarántula. Era tan grande como una moneda de veinticinco centavos. Pesaba demasiado para el papel, y cuando la estaba llevando a la puerta, se le cayó justo en la parte delantera de la camiseta. Nunca había oído a un niño hacer un ruido como aquel. Se quedó como petrificada y gritando a pleno pulmón hasta que conseguí quitársela.

Me observé moverme nerviosa en el taburete mientras la abuela sacaba la masa del bol y empezaba a contarme la importancia de echarte la harina en las manos en lugar de encima de la masa. Vi que la sonrisa le vacilaba un poco cuando le pregunté si podía ir a ver la tele mientras ella trabajaba la mezcla, pero, luego, los rabillos de los ojos se le arrugaron y asintió.

—Sí, por supuesto, *bubbelah.* —'Muñequita'—. Ve a ver tu serie. Ya terminaremos después.

Mientras mi yo de diez años se apresuraba a subir las escaleras para ver *Sabrina, cosas de brujas,* me pregunté dónde estaría la abuela Rosie. Había muerto hacía más de diez años. Para ella, ¿la muerte habría sido igual que para mí?

—Te echo de menos, *bubbie* —susurré.

Oí su respuesta cuando mi yo de diez años llegó al último escalón.

—Estaré aquí cuando estés preparada.

Salí del recuerdo de golpe y pestañeé mirando la carretera silenciosa y polvorienta que tenía enfrente. ¿Eso siempre formó parte del recuerdo? ¿Algo a lo que no presté atención cuando tenía diez años? Había muchísimos detalles que me pasaron desapercibidos en su momento.

Aun así, sonaba como si me estuviese hablando a mí.

No a mi yo de diez años.

A mí, la Meghan en el arcén de la carretera junto a un zapato manchado de sangre y cubierto de polvo.

Una descarga de emoción, seguida de una ola de terror, me recorrió el cuerpo.

¿Qué significaba si lo había hecho?

Una parte de mí quería volver a dejarse llevar a aquel momento y lugar para descubrirlo. Para ver si podía hablar con *bubbie.* Para saber si me contestaba.

Pero la parte que había permanecido sentada junto al camino en mitad del bosque no estaba preparada para descubrirlo, porque esa fracción de mi ser que pensaba que a lo mejor ella estaba hablando conmigo apenas podría procesar la decepción en caso de que no fuera así.

Quería aferrarme a la posibilidad durante un tiempo antes de ponerla a prueba.

Y, en ese instante, oí el ruido de otro coche.

Rugiendo a lo lejos. Aporreando los baches con golpes amortiguados por la distancia.

A medida que el ruido se acercaba, busqué con ahínco las emociones profundas que me bullían en aquel instante. La sorpresa y la esperanza al oír a *bubbie* y la duda de que quizá no se hubiese ido, igual que yo tampoco lo había hecho. El miedo que me había traído hasta aquí. La ira que sentía cuando recordaba que me había quedado dormida en su coche para despertarme entre tinieblas y con sus ojos oscuros sobre mí.

Sentí la mezcla de alegría, tristeza, ira y miedo como algo efervescente y que me oprimía. Igual que una botella de refresco con gas después de agitarla.

Ya no notaba ni la tierra ni las agujas de pino secas y marrones del arcén en el que me encontraba.

Ya no sentía el descenso de la temperatura cuando el sol se ponía en las colinas que me rodeaban.

Pero sí que podía experimentar aquello; y mientras la botella de refresco explotaba, yo observé el coche que se acercaba por la curva de la carretera.

La conductora era una mujer de veintitantos años. Llevaba el pelo recogido en un moño despeinado y alto. Una pegatina de «convive» se estaba despegando en el parachoques delantero del destartalado Jeep. Iba moviendo los labios, como si estuviese cantando, pero tenía la mirada triste.

—¡Para! —grité, mientras observaba cómo sus ojos echaban un vistazo al cruce casi imperceptible más adelante en el camino, donde el arcén de la vía bajaba y después se bifurcaba para formar una carretera lamentable.

Donde mis huesos se estaban convirtiendo lentamente en parte de la tierra.

La chica del moño despeinado pasó a través de mí y de mi maremoto de emociones, que se desbordaron de manera invisible alrededor de las dos.

—Para, por favor —susurré cuando la desesperanza se intensificó.

Y entonces, aunque no me lo creyera del todo, lo hizo.

11. BRECIA

BOULDER, COLORADO

HACE DOS AÑOS

Él se estaba preparando para su cita mientras April se llevaba a las niñas al McDonald's a cenar.

—¡Adiós, papi! —gritó Kimmie que, junto con Emma, saltaban por el vestíbulo en dirección a la puerta del garaje.

Él asomó la cabeza por la puerta del baño, donde se había afeitado, y después levantó las manos por encima de la cabeza y gruñó:

—¡Más vale que os sentéis en vuestros alzadores antes de que el monstruo de las cosquillas os atrape!

Las dos pequeñas chillaron de la emoción y April se rio cuando él persiguió a las niñas por la puerta, las apresó entre sus brazos justo cuando la pared de cajas etiquetadas les bloqueó el paso y les hizo cosquillas hasta que le suplicaron que parase y le prometieron que se comerían todo el Happy Meal.

Contemplé la escena sin dar crédito.

Admití para mis adentros y a regañadientes que entendía un poco mejor por qué su mujer no era consciente de nada.

Porque, si yo no supiese lo que había hecho —con un cien por cien de seguridad porque, bueno, ahí estaba—, la verdad es que nunca habría creído que fuera capaz de hacerle daño a nadie.

De alguna manera, aquello lo empeoraba. Que fuese capaz de ser el monstruo de las cosquillas y el monstruo que esperaba con un alargador en mi patio lateral.

Quería que fuese uno u otro. No los dos a la vez.

Cuando la puerta del garaje se hubo cerrado y la casa se quedó en silencio, desbloqueó el teléfono y puso la música a tope. Era una *playlist* llamada «fiesta de los sesenta».

Neil Sedaka.

Roy Orbison.

Paul Anka.

Una vez más, no era lo que había esperado. Metallica, sí. Korn, por supuesto. Pero ¿éxitos alegres de los sesenta? Contemplé sus ojos mientras golpeaba una cuchilla en el lateral del lavabo y se pasaba la mano por el rostro recién afeitado para después practicar su sonrisa en el espejo.

Satisfecho, comprobó los mensajes en la aplicación —ninguna novedad de Nicole— y cogió las llaves del Kia azul aparcado en el garaje.

Pero, de pronto, cuando agarró el pomo con los dedos, agitó la cabeza y se dio la vuelta.

Fui tras él escaleras abajo y entré al despacho del sótano, donde abrió el primer cajón del escritorio, cerrado con llave, y sacó dos paquetes de Tic Tac.

Después, abrió uno y le dio unos golpecitos para volcar unas cuantas cápsulas blancas en el segundo, prácticamente lleno.

Me acerqué unos pasos para ver mejor. Él silbaba «Pretty Woman» mientras cerraba el recipiente de Tic Tac, lo agitaba un poco y lo examinaba de lado.

En ese momento, me di cuenta de que las cápsulas que había añadido no tenían la misma forma que el resto. Eran redondas y blancas en lugar de alargadas y blancas. Además, contaban con unas marcas en el centro.

Rohypnol. Había visto suficientes episodios de *Unidad de víctimas especiales* como para saberme el nombre de memoria.

Se trataba de una de las drogas más comunes entre quienes aprovechaban una cita para violar a su acompañante.

Sentí algo parecido a una especie de atontamiento difuso cuando se guardó el paquete de Tic Tac en la chaqueta de pana.

Sin dejar de silbar para sí, volvió corriendo a la planta de arriba y entró en el garaje.

Después, abrió la puerta del conductor del Kia, y yo pasé a su lado rozándolo y me senté en el asiento del copiloto. Oscar meneaba la cola encaramado a la cima de las cajas perfectamente apiladas y sumidas en la penumbra de la cochera.

James/Jamie conectó el teléfono al *bluetooth* del coche y se unió al último estribillo de «Sweet Sixteen» de Neil Sedaka a la vez que nos alejábamos de la casa en dirección este, hacia Denver.

Le examiné el rostro para buscar cualquier indicio de una señal de alarma. Cualquier cosa que pudiese indicarle a Nicole que no dejara la bebida sola, que no la perdiese de vista ni un segundo, que no confiase en la mandíbula cincelada y definida ni en la sonrisa tierna.

No había ninguna señal. De momento, no.

Había pasado justo una semana desde que se coló por mi entrada lateral y esperó a que apareciese, y casi un año desde que rechacé su última llamada.

Jamás habría imaginado el precio que tendría que pagar por haberlo apartado de mí.

Aparentemente, aquel frasquito de Tic Tac sería el precio que ella pagaría por invitarlo a su vida. El precio por esperar que quizá él fuese el definitivo.

¿Había más gente que, como yo, había pagado ese precio? ¿Más mujeres que no lo quisieron o que no se dieron cuenta de que no querían tener nada que ver con él hasta que fue demasiado tarde?

Me obligué a concentrarme en la carretera frente a nosotros y mantuve la ira que hervía dentro de mí a fuego lento.

No podía permitirme desperdiciarla.

12. SKYE

KUNA, IDAHO

PRESENTE

Había setenta y dos horas de grabaciones de seguridad guardadas en la cámara.

Ken sacó la tarjeta de memoria y la metió rápidamente en un lápiz USB que llevaba en el llavero.

—Está bien que hayas venido hoy. La cámara graba sobre las imágenes cuando pasan tres días, así que hay un montón. Si no somos capaces de terminarlo todo, te haré una copia.

Ken echó una ojeada a la puerta del pequeño despacho y supe que estaba pensando en qué diría Don, el dueño, sobre entregar una copia de las imágenes de seguridad. Él se negaba a todo. Afortunadamente, casi nunca se encontraba por allí.

Ken apretó el botón de «copia de seguridad» de la cámara y eso dio lugar a un ruidito de aviso en su teléfono. En ese momento, deseé poder darle un abrazo.

Unos minutos después, pulsó reproducir a las ocho de la mañana del viernes, cuando llegué al trabajo. Mi madre y él observaron en silencio mientras yo entraba en la imagen por el límite oriental del aparcamiento con paso rápido, pero pegada a la pantalla del teléfono. Iba sonriendo, viendo algún vídeo o meme que ahora mismo no recordaba. No era más que un día normal. Un día feliz. La última vez que tendría que trabajar en el turno de mañana antes de mi primer fin de semana en la universidad.

Después de que hubiera entrado y salido de escena, Ken pasó la grabación de seguridad hacia delante. Cada vez que un coche llegaba al aparcamiento o un empleado salía del edificio, pulsaba el *play*.

—¡Ese es! —grité cuando un Kia azul apareció en pantalla, en el extremo más alejado del aparcamiento.

La imagen dejó de avanzar a toda velocidad y se congeló durante un momento, y yo intenté aplacar la emoción nerviosa.

—Es él —susurré de nuevo mientras el vídeo recuperaba la velocidad normal.

—Es él —comentó Ken, repitiendo mis palabras—. Ese es el cliente asiduo del que te hablaba.

James entró en el Daily Grind y después volvió a salir unos minutos más tarde con su chocolate caliente. Mi madre frunció el ceño cuando volvió a meterse en el coche y se marchó. Iba muy lento.

—Esto puedo revisarlo luego, no quiero robarte más tiempo. Sé que tienes que trabajar. Solo pensaba que a lo mejor reconocerías mejor que yo algo fuera de lo ordinario. ¿Puedes avanzar hasta el final de su turno? Se supone que debía salir sobre las cuatro.

Ken asintió y continuó examinando la grabación a cámara rápida. Los coches entraban y salían a toda prisa del fotograma. Llegó el correo. Un par de chavales de instituto se lo montaron delante de sus coches. Una bandada de gaviotas descendió para comerse los restos del *bagel* que alguien había tirado.

El Kia azul apareció una segunda vez y se detuvo en el aparcamiento, justo al borde del encuadre de la grabación. Esa vez nadie salió del coche.

Cuando lo vi, la descarga de emoción apagó el teléfono de Ken y mi madre entró en pánico.

—¿Lo has perdido? ¿Adónde ha ido?

Él agitó la cabeza con frustración y pulsó el botón de inicio del teléfono.

—No, he guardado la copia de seguridad. Se habrá bloqueado porque el archivo es muy grande. —Y miró la pantalla apagada con el ceño fruncido.

Justo cuando el dispositivo se reinició, alguien llamó a la puerta del despacho y una chica menuda y morena que empezó a trabajar allí la semana anterior —¿Allison?— asomó la cabeza por la sala.

—Ey, eh, ahí fuera se está empezando a llenar… ¿Llamo a Don para que ponga a alguien más en el turno o…?

La chica sonrió con dulzura y Ken se puso pálido.

—Mmm, no. Salgo en un segundo, ¿vale? —le contestó a la vez que lanzaba una mirada pesarosa a mi madre.

No lo culpaba. Eran casi las ocho, pero, cuando se marchó, intenté con todas mis fuerzas darle un portazo a Allison. No tuve éxito.

—Has sido de muchísima ayuda —le dijo mi madre—. Ponte a trabajar, yo lo veré en casa. —Entonces, se levantó y volvió la cabeza antes de que él le viera los ojos, que se le habían vuelto a llenar de lágrimas, aunque su voz no pudo ocultarlas—. Es que me siento muy impotente, sin poder hacer nada. Al menos esto es algo.

Ken le dio unas palmaditas en el hombro con torpeza.

—Hazme saber si necesitas cualquier otra cosa. Y, por favor, avísame cuando deis con ella. Preguntaré por ahí a todo el mundo que trabajó ayer para averiguar si alguien vio algo.

De nuevo, tuve ganas de abrazarlo mientras volvía al coche detrás de mi madre.

Ella mantuvo la calma hasta que salió del aparcamiento, pero luego se detuvo a un lado de una calle secundaria que giraba en dirección al centro comercial para llorar.

El sonido de una notificación en su teléfono anunció que había recibido el correo electrónico de Ken con la grabación. Luego, otra con un mensaje de mi padre. El avión acababa de despegar. Estaría allí en dos horas.

El Kia azul apareció en la grabación cinco veces más antes de que terminase mi turno, a las cuatro en punto. En todas las ocasiones, aparcaba en la esquina del fondo que miraba a la fachada del edificio, se quedaba un rato parado y luego se marchaba.

Había esperado a que saliese de trabajar.

Cada vez que veía el coche azul, el vídeo se congelaba durante un segundo cuando mi emoción y terror burbujeaban.

Al principio, albergué la esperanza de que el fotograma congelado ayudase a mi madre a reconocer el vehículo como el mismo que no dejaba de rondar por el aparcamiento, pero no vio el Kia entre los cientos de coches que accedían a cámara rápida. Solo entraba en pánico por si eso significaba que el vídeo se había vuelto loco y empezaba a rezar en voz baja para que no se estropease.

Cada pocos minutos, miraba el teléfono y presionaba el botón lateral para asegurarse de que estaba encendido y de que no tenía ninguna llamada perdida.

Y así era.

Mi padre tenía aspecto de no haber dormido.

Los ojos se le enrojecieron al ver el rostro hinchado de mi madre, pero sonrió y le hizo un gesto con la mano para restarle importancia.

—Todo irá bien, Mari. No malgastemos el tiempo poniéndonos sensibles.

Ella se mordió el labio, aunque no dijo nada cuando su exmarido arrastró la maleta por la puerta ignorando adrede mis fotos, que revestían la entrada.

De pronto, recordé con una claridad sorprendente la vez que tuvimos que sacrificar a mi gata Snickers. Fue justo antes de que nos mudáramos, cuando estaba en tercero de primaria. No comprendí qué significaba «terminar con su sufrimiento», aunque era lo bastante mayor como para haberlo hecho. Especialmente, teniendo en cuenta que Snickers acababa de quedar atrapada en la puerta del garaje. Supongo que pensé que iban a ayudarla. Terminarían con su sufrimiento y volvería a ponerse bien.

La gata emitía débiles y lastimeros maullidos cuando mi padre la envolvió en una vieja toalla de playa y mi madre llamó a toda prisa al veterinario para ver si seguía abierto. Yo le acaricié la cabeza blanca y negra con cuidado de no tocarle la raya roja oscura que le nacía de una oreja.

Cuando una hora más tarde papá volvió de la clínica sin el animal, yo no pude parar de llorar. Le había dicho que todo iría bien. No me había despedido de ella. No de verdad, al menos.

En ese momento, él me agarró de los hombros, me miró a los ojos y me dijo:

—Lo siento, Skyebird, pero lo hecho, hecho está.

Las palabras resonaron en mi memoria mientras contemplaba a mis padres —que no se habían visto desde el año pasado— escudriñando el resto de las imágenes de la cámara de seguridad codo con codo.

«Lo hecho, hecho está».

Cuando la grabación mostró las cuatro en la marca de la hora —el final de mi turno—, el Kia azul volvió a aparecer en el extremo más alejado del aparcamiento.

Entonces, a las cuatro y nueve, cuando yo entré en escena tras haber recogido mis cosas, el coche atravesó el espacio abierto y se detuvo en el centro comercial al aire libre.

Examiné las caras de mis padres, a la espera de que atasen cabos.

Pero, al mismo tiempo, un Honda gris se marchó justo cuando pasaba por allí un Ford azul. Era consciente de que yo tampoco me habría dado cuenta del Kia de no ser porque lo estaba buscando a él.

Una sensación de pánico y ansiedad se apoderó de mí igual que la resaca marina cuando me vi caminar hacia el otro extremo de la imagen. Hacia la segunda entrada que conectaba el aparcamiento con el centro comercial. El Kia azul ya no se veía. Había parado en la otra entrada del aparcamiento.

Estaba a punto de salir del campo de visión de la cámara.

Eso significaba que no me verían entrando en su coche, ni siquiera hablando con él. Me metí en el Kia cuando pasé el FroYo, la tienda de yogur helado, por lo menos veinte metros más allá de ese punto. Recordé que me pregunté si James había estado allí.

Sin embargo, justo antes de salir del encuadre de la grabación de seguridad, levanté la mano.

Mi madre también se dio cuenta.

—¿Lo has visto?

Acto seguido, se inclinó hacia delante y estuvo a punto de tirar el ordenador de la mesa de la cocina.

Mi padre negó con la cabeza y puso recto el portátil.

—¿El qué? ¿Qué ha sido?

—Ha saludado. Estaba saludando a alguien. Bueno, o empezando a saludar. Ha levantado la mano y…

Enseguida rebobinó el vídeo unos segundos y los dos observaron en silencio mientras me acercaba al borde de la imagen de seguridad y comenzaba a alzar el brazo derecho. Entonces, mamá pulsó el botón de pausa.

Costaba distinguir mi gesto en la grabación. No resultaba cristalino, pero, incluso desde lejos, se intuía que estaba sonriéndole a alguien.

El pánico disminuyó para verse reemplazado por una chispa de emoción.

—Sí, estaba saludando. ¡A él, al del Kia azul! —exclamé ante su reacción nula.

Mi padre se inclinó para acercarse y examinó la pantalla durante unos segundos. Después, sacó el teléfono.

—Sí, está saludando a alguien. ¿Qué número te ha dado la policía? Deberían saber esto.

Mi madre desbloqueó su teléfono para buscar el número mientras se frotaba el índice y el pulgar, como siempre hacía cuando estaba nerviosa.

—Dirán que será un amigo. —E hizo una pausa para añadir, esperanzada—: ¿Puede que lo fuese?

Papá asintió lentamente, pero no la miró a los ojos mientras marcaba el número de la policía. Ella rebobinó el vídeo una vez más antes de pulsar el *play* para seguir viendo el resto. Supongo que solo por si volvía a aparecer en el trabajo. Yo sabía que no lo haría. Bueno, no con vida, así que, en lugar de eso, escuché la conversación de mi padre con los agentes.

Para mi sorpresa, la mujer que respondió a la llamada —la misma con la que mamá había hablado antes— le comentó que ya había trasladado las observaciones de mi madre a sus compañeros. El agente Willis indagaría en lo que me había sucedido. Aún no había una investigación oficial en marcha, pero él buscaría en el vídeo que tenían —y en todo lo demás que mis padres considerasen importante— para determinar los siguientes pasos y evaluar qué nivel de probabilidad había de que realmente yo hubiese desaparecido.

Mi padre le dio las gracias a la operadora y colgó.

—Un agente vendrá hoy al mediodía. Van a «evaluar» el caso. Eso significa que necesitamos averiguar todo lo posible antes de que llegue. Está en peligro, Mari. Sé que lo está. —La voz se le quebró un poco y carraspeó—. Sé que no la he visto todos los días como has hecho tú, y sé que ha pasado mucho tiempo y me siento como una mierda por ello, pero es mi hija y la conozco. No desaparecería así como así sin una buena razón. No lo haría. ¿Qué más podemos hacer antes de que llegue el agente?

Mamá agitó la cabeza y se secó las mejillas.

—Estaba deseando que viéramos algo en el vídeo. Supongo… supongo que podríamos volver a la cafetería y comprobar si alguien más vio algo. ¿Algún cliente asiduo? A lo mejor el tío del chocolate caliente que iba todos los días esté allí.

Aquello me puso las pilas. A lo mejor él volvía. La idea de que mis padres se topasen con él me provocaba náuseas, pero a lo mejor, solo a lo mejor, iba. Puede que se le escapase algo. O quizá alguien más que hubiese estado en el turno o hubiera salido a fumar en un descanso me hubiese visto metiéndome en su coche.

No había muchos hilos de los que tirar cuando alguien desaparecía de repente.

Pensé en mi cuerpo, que yacía inmóvil y quebrantado más allá de la carretera de Blacks Creek. Anhelaba y temía al mismo tiempo que me encontrasen. Eso apagaría de un soplido la luz en los ojos de mis padres, pero ver el parpadeo de la esperanza era peor, porque yo sabía, sin atisbo de duda, que no existía ninguna oportunidad de volver.

13. MEGHAN

MONTAÑAS OQUIRRH, UTAH

HACE UN AÑO

Contemplé asombrada cómo la mujer rubia con el moño despeinado paraba de golpe en el inclinado arcén de la carretera polvorienta. El parachoques delantero se quedó a menos de un metro del zapato.

Mientras la observaba a través del parabrisas, vi que estaba llorando. Llorando mucho. Los hombros se le agitaron un poco cuando apoyó la cabeza en el volante.

No sabía por qué lloraba ni si yo tenía algo que ver con aquello —como había sucedido con los coyotes y el águila—, pero, fuese por lo que fuese, había parado.

No podía acompañarla en su lamento, pero dejé que las olas de pena fluyesen a través de mí y se disolvieran sobre mi espectro mientras ella lloraba. Lamenté haber perdido a mis padres. Y a Sharesa. Para ese entonces, ya sabrían que seguramente no iba a volver. Yo era formal hasta decir basta. Jamás dejaba los mensajes de texto ni del contestador sin responder a no ser que algo fuese muy mal.

Invoqué el rostro de las personas a las que amaba y sentí cómo la pena se asentaba a mi alrededor igual que una manta pesada. Jamás tuve en cuenta el hecho de que el luto podía suceder en ambos sentidos. En lugar de llorar la pérdida de una persona, lamentaba la de todo el mundo que en algún momento me había importado. Ya no me quedaba nadie.

Dentro del vehículo, la chica lloró con más fuerza. Oía los desagradables sollozos como si estuviese a mi lado.

Dejé mis recuerdos a buen recaudo y me limité a contemplarla durante unos minutos. En el asiento del copiloto había una mochila azul y morada con una botella de agua sujeta al lateral mediante una correa. Al mirar por la ventanilla, vi que llevaba botas de senderismo. Bueno, no había equipo de acampada a la vista, lo que apuntaba a un día de caminata por la naturaleza, a lo mejor un día lejos de lo que hubiese tras las lágrimas que le surcaban las mejillas y caían en el volante.

La observé ansiosa cuando por fin se incorporó en el asiento con un suspiro trémulo. Luego, estudió su reflejo en el espejo retrovisor y se secó las lágrimas.

—No te vayas, por favor. Por favor, sal —la persuadí.

No reaccionó.

Pero, unos minutos después, cogió las llaves del coche con una mano y bajó del vehículo.

Cerró los ojos, levantó la cara hacia el sol, que se colaba a raudales entre las ramas, y respiró hondo.

La contemplé, cautivada.

El zapato estaba justo delante de ella.

La mujer resolló y se volvió a secar los ojos con la vista clavada en los árboles de aspecto salvaje. Entonces, posó la mirada en la bifurcación casi oculta del camino que llevaba a mi cadáver.

Avanzó unos pasos y yo la animé:

—Sí. Sigue adelante, ¿vale? Por favor.

En ese momento, la chica se metió las llaves del coche en el bolsillo y anduvo lo bastante como para comprobar que lo que parecía un camino sí que continuaba en esa dirección, con el terreno lleno de baches y descuidado en su mayor parte.

La oscura figura del cuervo dio vueltas sobre su cabeza y emitió una especie de carcajada queda.

La muchacha se detuvo a contemplar el entorno y volvió a mirar el coche. En algún punto al otro lado del montículo, entre los arbustos, una ramita se quebró.

La chica frunció el ceño y arrugó la nariz.

—Nah —susurró, y giró sobre sí misma para dirigirse de nuevo al coche.

Alargué la mano para agarrarle el hombro, y la apoyé ligeramente sobre el top sin mangas de color verde intenso.

—No, no te vayas, por favor. Nadie más se parará aquí.

Pero continuó con su camino.

Al llegar al lado del conductor, se sacó las llaves del bolsillo y miró tras ella, como si notara alguna presencia.

Técnicamente, estaba en lo cierto.

Retrocedí unos pasos mientras me preguntaba si sería culpa mía. ¿La habría asustado?

La desesperanza volvió y sentí que me hundía cuando la chica giró la llave de la puerta.

Entonces, cerré los ojos.

Pero no se oyó un portazo ni el motor del coche.

Cuando abrí los ojos, la chica seguía junto a la puerta abierta del conductor y me miraba directamente.

Durante un segundo creí que podía verme por la expresión de perplejidad que poco a poco se adueñó de su rostro.

Avanzó unos pasos en mi dirección y luego se agachó sobre la tierra.

En ese momento me di cuenta de que había visto el zapato y el altarcito que había construido el cuervo.

La mujer del moño despeinado frunció el ceño mientras examinaba el zapato coral descolorido con la mancha oscura. No lo tocó.

Unos minutos después, negó de nuevo con la cabeza y volvió al coche.

Esa vez, hurgó en la mochila y sacó un móvil. Hizo dos fotos, una de cerca y otra un poco más retirada en la que aparecía el letrero de «Área de acampada Big Eddy» a lo lejos.

Me dije que eso no significaba nada, que era imposible que las fotos quisieran decir que alguien daría conmigo. Por lo que intuía, la chica estaba planeando subir las imágenes a su cuenta de Instagram con los *hashtags* #recogetubasura y #protegeelplaneta.

Pero, aun así, cuando arrancó y se alejó en el coche, susurré un «gracias» antes de que el sonido del motor fuese del todo inaudible.

14. BRECIA

BOULDER, COLORADO

HACE DOS AÑOS

Llegó al aparcamiento a las siete menos diez, con tiempo suficiente para pedirle a la anfitriona del Twiggs un reservado en un rincón privado antes de que llegara Nicole. La chica estaba muy sonriente y llena de una energía nerviosa, pero actuaba como si nada. Examinó el exclusivo bar con la mirada, en busca de la persona que esperaba que estuviese esperándola.

Tenía un cabello pelirrojo reluciente más largo que en las fotos de MatchStrike. Le descendía por la espalda en una cascada de ondas surferas que parecían naturales, pero, por experiencia propia, lo más probable es que hubiese tardado un buen rato en conseguir ese aspecto perfecto. Llevaba un vestido de tirantes color turquesa claro y una chaqueta corta con un pequeño ribete de flecos en la parte de abajo. Con el maquillaje había logrado un efecto sutil de ojos rasgados. Era muy guapa.

Una sonrisa le bailó en los labios cuando él la localizó y la saludó desde la mesa para después acercarse a toda prisa y encontrarse con ella. La sonrisa se le agrandó cuando él le posó la mano en la cintura para conducirla hasta la mesa que había elegido. Él también sonreía. Sabía exactamente lo que hacía.

Charlaron casi hasta el cierre del local. Él se lo contó todo sobre su ridículo compañero —«Steve»— y sobre su trabajo, que, según insinuó, estaba relacionado con la seguridad gubernamental. Junto a él, en el sillón, me mofé sin que nadie me oyese mientras le examinaba las manos. Estaba a la espera de que sacase el envase de Tic Tac. No era una especialista, pero después de observarlo trabajar en el sótano durante la última semana, sabía que gestionaba la página web de una empresa de *marketing* que vendía bebidas energéticas.

Pensé en April, Kimmie y Emma. Las niñas seguramente estarían terminando el puzle antes de irse a la cama o jugando con la sorpresa de plástico que les había tocado en su Happy Meal en el McDonald's. La ira comenzó a propagarse dentro de mí como un lento goteo incandescente, pero la contuve. Todavía no era el momento.

A Nicole le contó historias que también me había contado a mí. Ella escuchaba, asentía, se reía y halagaba el ego de su acompañante. Exactamente igual que había hecho yo. Porque era encantador y atractivo, y también le preguntaba por su vida a ella. Y cuando Nicole le hablaba acerca de ello, él escuchaba con una intensidad que yo confundí con una atención generosa.

Ahora sabía que se trataba de ese tipo de interés extasiado que el gato presta al ratón previamente al ataque. Ya había visto esa mirada en los ojos de Frank antes de lanzarse sobre su juguete favorito, y en los de Oscar unos días atrás, cuando persiguió una mosca por la casa mientras April y las chicas lo observaban con deleite.

Nicole casi se había terminado su primera copa. Se trataba de un Moscow Mule en una taza preciosa de cobre. La muchacha mantenía la mano ligeramente apoyada en el asa mientras le daba sorbitos cada pocos minutos. Llevaba más de una hora con la misma copa y, por el letrero de la puerta, el local no tardaría en cerrar.

—Lo estás haciendo genial —le dije—. No te pidas otra.

Cuando la camarera apareció en la mesa para preguntar si querían otra ronda, él contestó enseguida:

—Yo tomaré otra. Todavía no me apetece marcharme, ¿y tú? —Se volvió hacia Nicole con una sonrisa resplandeciente.

Ella dudó un poco y echó un vistazo a su bebida. Me pregunté si se emborrachaba con facilidad, como yo; si a lo mejor ya se notaba lo bastante achispada y no quería correr el riesgo de parecer tonta durante una primera cita.

A cualquier precio.

Me incliné para acercarme a su oído. Me pegué todo lo que pude.

—No pidas otra copa.

Lo repetí una vez. Y otra.

Entonces, la oí responder:

—Mmm, claro. Creo que yo también tomaré otra.

Mientras la camarera desaparecía con el pedido de las bebidas, Nicole se excusó para ir al baño.

La observé alejarse. Él también. Cuando vio que la puerta del aseo se cerraba, se sacó los Tic Tac del bolsillo con indiferencia. No miró por la sala ni intentó ocultar el envase. Se limitó a abrirlo de golpe y a sacudirlo hasta que le cayeron tres cápsulas en la mano. Había dos caramelos alargados y una pastilla redonda.

El pánico y la rabia borbotearon y me agarré a la emoción con frenesí. La centré por completo en él y en las pastillas que sostenía en la mano, de la misma manera que había hecho con su ordenador.

La luz sobre nuestras cabezas parpadeó sin control.

Él le echó un vistazo, despreocupado. Luego, cerró la tapa, se metió los dos Tic Tac en la boca y ocultó el Rohypnol en la palma.

Contemplé aterrada cómo la camarera se acercaba a paso largo con dos copas en la mano.

Nicole no había vuelto todavía.

Y la empleada del local colocó las dos bebidas en medio de la mesa.

—¡Que las disfruten! —Pero su sonrisa se desvaneció cuando entornó los ojos hacia la luz, que seguía parpadeando—. Lo siento, puedo traer otra bombilla.

Él le devolvió la sonrisa y la despidió con un gesto de la mano.

—No pasa nada.

Cuando la camarera se marchó, alcanzó primero su copa y después la de Nicole, en la que deslizó con destreza la píldora blanca por el borde de la taza de cobre a la vez que la empujaba hacia su lado de la mesa.

Miré aturdida mientras el circulito blanco se disolvía. No había sido capaz de evitarlo. Ya estaba hecho. Cuando Nicole volvió a la mesa unos minutos después, acababa de pintarse los labios. La pastilla se había disuelto. Lo único que quedaba era una diminuta mota blanca.

El reloj de la pared marcaba las diez y cuarto. El bar cerraría en cuarenta y cinco minutos. Él dio un trago largo a su copa y dedicó una sonrisa deslumbrante a la chica.

—¿Sabes? Creo que tienes los ojos más bonitos que he visto en toda mi vida. La primera vez que te vi en MatchStrike pensé que podía ser una cuenta falsa. Nadie tiene unos ojos así en la vida real.

La piel pálida de Nicole se volvió de un tono rosa intenso y la chica dio un sorbo a su copa.

—Yo me pregunté un poco lo mismo sobre ti.

—Hacías bien en sospechar —susurré enfadada mientras me deslizaba por el sillón para acercarme a ella—. Te ha echado droga en la copa.

Él soltó una carcajada y negó con la cabeza.

—Las citas *online* son un desastre. Estoy seguro de que tienes alguna historia que contar.

Ella se rio nerviosa, pero no le dio otro sorbo a la taza de cobre. De hecho, empujó la copa para alejársela un poco y se puso el vaso de agua delante. Él pasó los ojos rápidamente de una bebida a otra. La joven no se percató y, en cambio, comenzó a relatarle una historia sobre el último tío de MatchStrike con el que había salido, que todavía no se había divorciado a pesar de que se había registrado como soltero. Hasta llevó a uno de sus hijos a la cita como «carabina» porque fue incapaz de encontrar una niñera.

Aquello hizo que él se partiera de risa, tal y como debía ser, pero no dejaba de posar la mirada en la bebida de Nicole, que permanecía prácticamente llena delante de ella, en la mesa. Y luego sus ojos se clavaron en el reloj de la pared. Cerraban en veinte minutos.

—Vale, esa historia ha sido la hostia, pero sé que tienes más —le comentó, coqueteando con ella—. Puede que sean de esas historias que se desbloquean cuando tomas unos cuantos sorbos más de ese Moscow Mule. —Y señaló la copa con la cabeza mientras le daba un sorbo a la suya—. Me muero por oírlas, así que más te vale terminártela. La noche es joven, guapa.

A Nicole se le volvieron a encender las mejillas de un color rojo y se inclinó para darle otro sorbo a la bebida.

Yo me agaché con ella y pegué mis labios de fantasma más y más hasta que estuve bastante segura de encontrarme en el interior de su canal auditivo.

—Escúchame, ¿vale? No sigas bebiendo. No estás a salvo. Esta copa no es de fiar. Él tampoco lo es.

La observé dar un sorbito a la taza con los labios recién pintados fruncidos alrededor de la brillante pajita rosa. Después, tomó otro diminuto. Alzó la vista hacia él mientras bebía, y en su mirada vi lo mucho que deseaba gustarle.

Me deslicé más cerca y lo volví a intentar alzando la voz todo lo que pude, aferrándome desesperada a los sentimientos de impotencia e inexorabilidad; intentando pasar el mensaje de cualquier manera.

—Para. No tienes que bebértela. Sé que no comprendes por qué, pero para. Para de beber. Algo va mal. Algo va fatal.

Sobre nuestras cabezas, las luces volvieron a parpadear, esa vez de forma casi imperceptible. Nicole arrugó la nariz.

—¿Acaso intentas emborracharme? —Y le devolvió el coqueteo—. Me emborracho con nada. Ya estoy un poco contenta.

Acto seguido, alargó la mano para coger el vaso de agua y se bebió casi la mitad.

—¡Sí, bébete toda el agua! —la animé.

Él se rio entre dientes a modo de respuesta, pero la sonrisa no le reflejó en su mirada.

Me incliné sobre la mesa hasta que me coloqué justo ante su rostro.

—Que te den.

Él acercó el cuerpo a mí como a modo de respuesta y volvió a empujar la copa de Nicole hacia ella.

—Me gustaría ver un poco cómo es la Nicole «totalmente contenta», porque la que está «un poco contenta» es adorable a más no poder.

Ella no borró la sonrisa, pero no hizo ademán de volver a coger la taza de cobre.

—Igual que lo es la Nicole sobria —le contestó en broma, pero me di cuenta de que le había tocado la fibra.

Y viceversa.

Él intentó dar marcha atrás.

—Ah, claro, por supuesto.

Pero el cambio en el ambiente resultaba palpable.

Al menos para mí.

Como fantasma —o lo que fuese—, había perdido la mayor parte de los sentidos. No notaba la superficie suave de la mesa en la que descansaba ligeramente los brazos, y tampoco olía el plato a medias de patatas fritas que había entre ellos; y, desde luego, me resultaba imposible saborearlas. Podía ver y también oír, pero parecía que lo que había perdido en cuanto a los sentidos físicos lo había ganado en los metafísicos. Era como una corriente que rodeaba la mesa, y esta se había vuelto tensa e irrespirable.

Él no volvió a hacer comentarios para que se terminase la copa.

Y ella no le dio otro sorbo.

Intentó retomar a la fuerza la energía de flirteo y deseo. Probó suerte preguntándole por sus películas favoritas, su familia, amigos, incluso por el vestido de tirantes que llevaba puesto. Ella sonreía y contestaba, pero cuando no se rio nerviosa ni se inclinó hacia él como había hecho antes, dejó de intentarlo y empezó a enfadarse. Como si hubiese sido ella quien hubiera arruinado la cita.

Yo estaba eufórica.

Cuando la camarera trajo la cuenta, Nicole le dio un largo sorbo al agua y luego sacó su teléfono.

—Oye, la verdad es que no me encuentro muy bien. Voy a pillar un Uber que vaya en mi dirección, ¿vale? Ha sido agradable conocerte.

Sin abrazo ni «vamos a repetirlo». Tampoco «¿quieres que vayamos a mi apartamento?».

Grité de alegría. Fuerte.

Él apretó la mandíbula ligeramente y se encogió de hombros.

—Guay. Supongo que yo pago la cuenta.

Nicole sonrió y se levantó de la mesa.

—Gracias. Parece que hay uno justo ahí fuera, así que lo mejor será que me dé prisa para salir. ¡Perdón por salir corriendo!

Miré su teléfono. Ni siquiera había abierto la aplicación de Uber; sin embargo, le había escrito un mensaje a una tal Jen. «Estaba yendo muy bien, pero me está dando mala vibra. Voy para casa. ¿Quieres ver *Mentes criminales?*».

Y entonces se marchó mientras él esperaba con impaciencia a que la camarera volviese con su tarjeta, y luego le habló mal por haberse esperado hasta la hora de cierre para llevarle la cuenta.

La mujer arrugó el ceño.

—Ah, yo solo… Parecía que estabais en una cita y no quería meteros prisa…

Él la fulminó con la mirada.

—Era una guarra.

Después firmó el recibo, no dejó propina y salió al aparcamiento.

15. SKYE

KUNA, IDAHO

PRESENTE

Nadie había visto nada.

Y el Kia azul no apareció.

Mis padres se quedaron cerca del vestíbulo de entrada durante dos horas mientras buscaban en el aparcamiento para ver si reconocían a alguien, y mi madre enviaba mensajes de teléfono y Facebook a toda mi lista de «amigos» para preguntarles si me habían visto. Si les había dicho algo que pudiese ofrecer alguna pista sobre mi paradero.

Nadie sabía nada.

Preguntaron a todo el mundo que cruzó la puerta para pedir un café si me habían visto el día anterior a la vez que mi padre les mostraba la foto de mi anuario en su teléfono.

Todos negaban con la cabeza, afligidos, y les contestaban que esperaban que apareciese pronto. Una mujer que me resultaba familiar dijo que me recordaba, pero que ayer no me había visto salir del trabajo. Un par de chavales de la universidad a los que había echado a patadas del vestíbulo por montárselo allí asintieron y contestaron que ellos también se acordaban de mí, pero nadie me había visto marcharme.

Después del mediodía, me di cuenta de que hasta Ken estaba poniéndose nervioso dentro, en el vestíbulo. Les llevó un par de cafés con leche helados a mis padres y les preguntó si habían visto algo en la grabación de vídeo, aunque enseguida añadió que no podría entregarles más imágenes de seguridad y, mientras lo decía, lanzó una miradita tras él, al interior de la cafetería. Claramente, alguien se había quejado al dueño por lo que había hecho aquella mañana con la cinta de seguridad. Hasta yo noté la energía frenética y desesperanzada delante del local. Aquello no era bueno para el negocio. La gente solo quería tomar su café americano.

Por fin, el agente Willis llamó alrededor de las dos de la tarde y mis padres accedieron a encontrarse con él en casa, por si necesitaba alguna pertenencia mía. Se sobreentendía que era por si iban a usar perros de búsqueda.

Volvimos a amontonarnos en el coche. Mi padre conducía y mi madre seguía pegada al teléfono, sin parar de copiar y pegar el mismo mensaje a mis 541 «amigos» en Facebook. «Siento molestarte, soy la madre de Skye. Anoche no volvió a casa y estamos muy preocupados. Por favor, envíame un mensaje si se te ocurre algo que pueda ayudarnos a encontrarla, aunque no te parezca muy importante».

Me quedé sentada y tratando de leer por encima de su hombro las respuestas que llegaban a raudales, algunas de forma casi instantánea. La mayoría de las personas cuyos nombres solo recordaba vagamente respondían con alguna variante de «¡Ay, no! Lo siento mucho. No se me ocurre nada». Me dieron escalofríos cuando vi aparecer el nombre de David Hauser. Compartimos algunas clases durante todo el instituto. Tenía un nivel de popularidad completamente diferente al mío, también conocido como «la gente sabía quién era», pero además era divertido y amable de una manera genuina. Me había enterado de que él también iría a la Universidad Estatal de Idaho en otoño. A veces pensaba qué pasaría si yo, ya sabes, dejaba de ser una oruga social y me transformaba en una mariposa.

En lugar de eso, estaba muerta, y mi madre le estaba enviando un mensaje por Facebook mientras sus ojos cansados pasaban rápidamente una y otra vez del mensaje nuevo que estaba redactando a las respuestas que llegaban a su aplicación de Messenger.

Tardé unos segundos en percatarme de que el coche se había parado y de que mi padre decía algo.

—Mari, ¿hola? MARISA. ¿Ves eso?

Seguí el lugar al que señalaba y vi la entrada del FroYo. Estaba casi desierta, y había un tío mayor encorvado sobre una mesa de exterior que se comía un yogur helado.

Mi madre frunció el ceño.

—No, ¿el qué? Creo que deberíamos darnos prisa para vernos con el agente… —Y dejó de hablar.

Me incliné sobre la guantera y por fin vi lo que mi padre indicaba.

Sobre la puerta del FroYo había una cámara de seguridad.

Orientada hacia fuera, hacia el aparcamiento.

Si la grabación todavía existía, yo saldría en ella.

Y también el rarito del Kia azul.

16. MEGHAN

MONTAÑAS OQUIRRH, UTAH

HACE UN AÑO

Me quedé guardando *shiv'ah*[*] al lado del zapato durante bastantes días después de que la chica del moño rubio y despeinado se marchase en su coche. Aguardando. Con la esperanza de que las fotos que había sacado condujeran a alguien hasta aquí; de que me encontraran; de que llevasen mi cuerpo —y lo que quedaba de mi alma— a casa.

Todavía no era capaz de explicar el porqué. No sabía de qué serviría todo aquello. Seguiría muerta, siendo invisible para todos los que amaba, pero al menos cabría la posibilidad de estar cerca de ellos. Por razones que en realidad no podía articular, todo mi ser quería que me encontraran.

Unos cuantos coches pasaron junto a mí por la carreterucha de tierra y llena de baches de camino al cañón Ophir. Ninguno se detuvo. El cuervo regresaba cada pocos días con nuevos y diminutos tesoros que añadir a la colección junto al zapato. Una esquirla de cristal. Un trocito blanco de cuarzo. Una piedra negra.

Mientras esperaba, me dejaba llevar con cuidado, andando con pies de plomo por los recuerdos de mi primer trabajo,

* Período de duelo de la tradición judía que se observa durante siete días. *(N. de la T.)*

algunas de las charlas a las que asistí en la universidad y una acampada con el grupo de la iglesia durante el instituto. Releí mi libro favorito, *Árboles de judías,* de Barbara Kingsolver. Me emborraché con Sharesa en San Diego durante las vacaciones de primavera.

El sol salió y se puso en las polvorientas colinas, y salió y se puso otra vez. La oscuridad aún me asustaba cuando las sombras finalmente llegaban a mi rincón del bosque cada noche. De vez en cuando, veía a los coyotes, cuyos ojos lanzaban destellos verdes y blancos cuando la luna los alumbraba como es debido. Evitaban mi pequeño sepulcro junto al camino de tierra, aunque yo tampoco me acercaba a ellos.

Una vez el sol hubo salido y se hubo puesto al menos cinco veces, pasé las manos —a las que había obsequiado con una complicada manicura arcoíris— por el altar del cuervo. El zapato se había descolorido todavía más y estaba cubierto de una nueva capa de polvo, debido a un vendaval de hacía dos noches. Cada vez resultaba más complicado reconocer que se trataba de calzado, a no ser que lo mirases justo desde el ángulo adecuado.

Cuando los días transcurrieron hasta convertirse en semanas, concluí que no soportaba continuar sola con el zapato ni un segundo más, pero tampoco era capaz de abandonarlo.

Así que, al final, volví a dejarme llevar hasta el recuerdo de la *bubbie* Rosie.

Si aquello era lo único que me quedaba —aquel camino polvoriento, el cuervo, los coyotes, el zapato descolorido y los preciosos recuerdos a los que daba vueltas sin parar en mi cabeza como si fuesen piedras antiestrés—, necesitaba saberlo.

Comencé al principio del recuerdo. En la masa de la *jalá,* en el sonido de la delicada risa de mi abuela y la forma en la que el bol golpeaba la encimera mientras mi *bubbie* le daba la vuelta sobre esta y hundía las manos en una montañita de harina.

Observé los ojos de la abuela Rosie cuando mi yo de diez años le preguntó si podía ver la televisión mientras esperábamos a que la masa subiese.

Contemplé su boca cuando formó las palabras: «Sí, por supuesto, *bubbelah*».

Y, entonces, mientras la versión más joven de mí misma subía apresuradamente las escaleras, intenté aferrarme a la *bubbie.*

—Siento haberte dejado sola haciendo el pan —me disculpé.

Noté cómo me agarraba a los confines del recuerdo. Mi yo de diez años no recordaba a la *bubbie* aquí. Solo se acordaba de *Sabrina, cosas de brujas*. En concreto, del capítulo en el que Sabrina les contaba a sus amigas que era una bruja.

Los hilos se estaban desenmarañando con rapidez.

—Ojalá tuviese más recuerdos contigo —le susurré antes de perderlos.

Las suaves mejillas rosadas de mi abuela se alzaron en una leve sonrisa.

—Ah, pero estás aquí, *bubbelah.*

Sentí una descarga eléctrica cuando los hilos dejaron de descoserse y, de pronto, el enfoque se volvió nítido otra vez.

Había dejado de vagar.

En lugar de verme despatarrada en la cama observando cómo Sabrina les contaba a sus amigas la verdad sobre ser una bruja, seguía en la cocina con mi *bubbie.*

Aunque era más que eso. Antes era una mosca en la pared del cuarto —supongo que una mirona— contemplando la interacción. Era algo así como una película.

Ahora estaba en la cocina y la *bubbie* Rosie me miraba atentamente con las manos aún cubiertas de harina.

La sensación se expandió por mí igual que la luz del sol y, por primera vez desde que desaparecí entre las colinas, sentí una chispa de alegría.

—*¿Bubbie?* ¿Me oyes?

Esperaba que las palabras sonasen entrecortadas, igual que lo harían si intentara sacarlas de entre todos mis sentimientos cuando estaba con vida. En cambio, parecían entrar en el recuerdo poco a poco, conmigo, perfectamente claras, atrapadas en una corriente que nos rodeaba a la abuela Rosie y a mí.

—Te oigo, *bubbelah.* He estado esperándote. —Los ojos se le arrugaron con alegría y después se le enternecieron de la pena—. No creía que fuera a verte tan pronto.

—¿Estás viva? Quiero decir, no viva, pero… No entiendo nada de esto. ¿Es el cielo o algo?

Una sonrisa se dibujó en el rostro de la *bubbie* Rosie. No estaba segura de si podríamos abrazarnos. Lo dudaba. Bueno, no como antes, al menos. La sensación física había muerto conmigo, pero la alegría me inundó hasta casi desbordarme y el amor que radiaba la voz de la abuela fue tan tierno y reconfortante como cualquier abrazo que hubiese recibido en vida.

—No sé cómo responder a esa pregunta, *bubbelah.* —Y bajó la mirada hasta sus manos cubiertas de harina—. Lo único que sé es que estamos juntas en este recuerdo, que de alguna manera él sigue manteniéndonos unidas.

—¿Cómo…? —Me esforcé en unir todas las piezas—. En plan, ¿hay un Dios o algo? ¿Qué has hecho todo este tiempo? ¿Qué pasa ahora?

A la *bubbie* se le ensanchó la sonrisa.

—Tampoco conozco la respuesta a esas preguntas, *bubbelah.* Lo que sé es que la gente a la que amamos al otro lado ya no está. Lloré tu pérdida igual que tú la mía cuando fallecí, pero he aprendido que, igual que tú sabes ahora, la gente a la que amamos no se va para siempre, que todo lo que hemos querido, hecho, dicho, leído y experimentado alguna vez vuelve a nosotros. ¿Ves? Aquí estamos juntas. —Y señaló con un gesto la cocina iluminada por el sol.

—Así que ¿ahora vives aquí, en este recuerdo? —quise saber—. ¿Y en algunas de mis otras reminiscencias?

La *bubbie* asintió.

—En cierta manera, sí. Igual que tú vives en los míos. Es el tapiz que tejimos juntas. Los hilos que todavía nos unen.

Sentí una sombra de desesperanza deslizarse lentamente entre mi alegría.

—Pero no podemos crear más recuerdos juntas. No es más que… ¿como una película?

Ella negó con la cabeza.

—Ah, al principio yo también creía eso, pero, *bubbelah,* hay muchas películas que no has visto.

En ese momento, la miré confundida, pero ella continuó:

—Esos hilos se ramifican hasta el infinito si conoces el camino a recorrer. Vidas de hilos. Míos, tuyos. —E hizo un gesto para señalar a nuestro alrededor—. Hay tantos... Mi *ima* está aquí. Mi *satva* está aquí. Te lo mostraré.

Ima. 'Madre'. Su madre, mi bisabuela a la que nunca llegué a conocer. *Satva.* 'Hijo'. Ben, mi tío, que murió de una sobredosis cuando yo era un bebé.

La contemplé atónita.

—Pero yo no tengo recuerdos de tu *ima*. Ella falleció antes de que yo naciera, y la verdad es que solo coincidí con el tío Ben una vez, justo después de nacer.

La abuela Rosie asintió.

—Eso ya no importa, *bubbelah*. No éramos capaces de ver muchos de los hilos que nos unían mientras estábamos vivas, pero ahora sí resultan visibles. —Hizo una pausa y luego añadió—: Si conoces la forma.

Negué con la cabeza.

—No lo entiendo.

La abuela Rosie se frotó las manos y una nube de harina se desperdigó por el aire ante ella. Después, durante un momento, pareció quedarse pensativa.

—Podemos seguir los hilos juntas. ¿La historia que te contaba sobre tu madre de cuando era pequeña y sacaba las arañas de casa con vasos de papel? Las dos somos capaces de visitar ese recuerdo. Puedo enseñártelo aunque tú no estuvieras allí, porque yo sí lo estuve.

De pronto, comprendí lo que quería decir, y la sombra de la desesperanza se esfumó. Había muchos recuerdos. Una eternidad de recuerdos que se extendían al pasado para siempre.

—Muéstramelo —le pedí con emoción.

Eso significaba que podía conocer a mi tío Ben. Y a la *ima.* No había perdido a mi familia para siempre. Sí, ya no tenía algunos de ellos —de momento—, pero, de un modo extraño, también acababa de encontrar a aquellos que había perdido.

La abuela Rosie asintió y se le enterneció la sonrisa.

—Cuando estés lista, *bubbelah*. No puedo enseñártelo hasta que no estés preparada.

Volví a negar con la cabeza, confusa otra vez.

—Pero lo estoy. ¿A qué te refieres?

La *bubbie* señaló toda la cocina con un gesto.

—Incluso ahora mismo, este recuerdo está cambiando. Tú estás siguiendo mi hilo en lugar del tuyo. En esta cocina que tú no pisaste nunca, pero yo sí. Después será difícil volver. Si continúas, si vas tras mis hilos, resultará imposible.

—¿Volver?

Reflexioné sobre sus palabras. Pensé en el zapato coral. En la carretera forestal. En mi cadáver descomponiéndose en el suelo rocoso, desapareciendo hasta revelar huesos descoloridos mientras las hormigas y los avispones cumplían con su labor.

—Quieres decir que no seré capaz de volver al otro lado. El lado en el que se encuentra mi cuerpo.

La abuela Rosie asintió.

—Sí, *bubbelah.* Y en el que están tu madre y tus amigos.

—Pero yo estoy perdida ahí fuera —comenté mientras la desesperanza se propagaba de nuevo—. Sola. No creo que nadie vaya a venir a por mí. Me dejó tirada en el bosque.

De pronto, la alegría que inundaba el aire se esfumó. La abuela Rosie frunció el ceño.

—Ay, *bubbelah.* Ay, no.

—Creía que lo sabías —susurré.

Ella negó con la cabeza.

—Ya no puedo ver el otro lado. Permanecí mucho tiempo en el mundo «real». Contigo. Con tu madre. Pero, cuando Ben falleció, llegó el momento. El momento de estar aquí, de encontrarnos de un modo en el que no fuimos capaces en vida. Porque esto también es real, *bubbelah.*

Ya no sentía que estuviese dejándome llevar. Solo tenía la sensación de estar ahí. Con todo mi ser. Quería hablarle a la *bubbie* de Jimmy Carlson para que alguien supiese lo que me había sucedido en el bosque. Quería conocer a mis bisabuelos, ver a través de los ojos de mi abuela a mi madre sacando con cuidado y miedo a las arañas sanas y salvas a la calle.

Pero una parte de mí no estaba preparada. Todavía no.

—Creo que necesito volver una temporada —le anuncié en voz alta mientras trataba de empaparme de todo el amor que había en la sala y mantenerme a flote—. ¿Podré volver a encontrarte aquí?

La abuela Rosie asintió.

—Sí, *bubbelah.* Siempre podrás dar conmigo. Aquí o en cualquier lugar en el que nuestras vidas se hayan encontrado. Te quiero, muñequita.

—Yo también te quiero, *bubbie.*

Entonces, los hilos que antes había intentado sujetar con tanta fuerza ahora me daban la sensación de que estaban ajustándose, tomando forma.

Y, por un instante, me invadió el pánico. La abuela Rosie y la cocina iluminada por el sol con el *jalá* subiendo en la encimera no desaparecieron igual que antes. Pensé en el zapato. En el pequeño santuario que el cuervo había montado. Pensé en el letrero del área de acampada del cañón Ophir en un intento de reconstruir el lugar que de repente sentía muy lejano, como si ahora se tratase de un sueño.

Luego, me descubrí de vuelta en el arcén del camino de tierra lleno de baches, junto a la piedra, la pequeña esquirla de cristal, las monedas y el zapato.

Me recordó a la sensación de despertar de una siesta de varias horas, cuando duermes hasta la hora de cenar y durante unos segundos no estás segura de qué ha sucedido.

El crujido de unos pasos llegó a mí antes de que me percatara de que había alguien a mi lado.

Una persona de pie y que me miraba directamente.

Observando el zapato.

El hombre tenía una barba cerrada y castaña. Tendría unos cincuenta y tantos y llevaba una camisa y un pantalón color canela.

Sostenía una radio en la mano.

A cámara lenta, mi mirada se dejó llevar hasta la solapa de la camisa.

«Servicio forestal».

17. BRECIA

VALLE DE SALT LAKE, UTAH

HACE DIECIOCHO MESES

Sentí un inmenso placer al ver la cara que puso cuando vio que Nicole lo había bloqueado en MatchStrike. Y no solo hizo eso, sino que lo denunció a los administradores de la página web, que procedieron a suspenderle la cuenta.

Había recibido las notificaciones dentro del camión de la mudanza más o menos a la hora en que habíamos cruzado la frontera con Utah y había parado en la siguiente área de descanso, mientras April y las niñas lo seguían en el coche que iba detrás de él. Entonces, abrió la aplicación de MatchStrike.

Apareció un mensaje de error. «Esta cuenta se ha suspendido por violar nuestras condiciones de servicio. Por favor, póngase en contacto con admin@MatchStrike.com o llame al 1-800-MatchStrike para obtener asistencia».

—Puta —susurró entre dientes. Cerró de golpe la puerta del vehículo y fue al baño, ignorando a Emma y Kimmie, que lo saludaban desde el coche.

Llamó al número del servicio de atención al cliente cuando volvió a la carretera. Al principio fue sensato y encantador. Verás, todo había sido un malentendido. No había presionado a Nicole para hacer nada. Se lo habían pasado de maravilla, pero él rechazó tener una segunda cita y ella pareció molestarse. Aquella debía de ser la forma que tenía Nicole de enviarle un mensaje mordaz.

La empleada del servicio de atención al cliente —se llamaba Donna— sonaba como si ya hubiera oído ese cuento en otras ocasiones. La mujer le explicó con paciencia que, si quería apelar la decisión, podía presentar su queja. Para ello, el primer paso consistiría en realizar una entrevista telefónica tanto con él como con Nicole.

El tono de James/Jamie cambió de golpe y pisó el acelerador con demasiada intensidad, de manera que el camión se sacudió hacia delante.

—¿Lo dices en serio? Eso es ridículo. ¿Vas a cancelar mi cuenta así como así, pero tengo que hacer el pino con las orejas solo por contar con el privilegio de formar parte del peor sitio de citas en el que me he registrado? ¿Qué hay de «inocente hasta que se demuestre lo contrario»?

—Lo siento, señor, pero no somos un tribunal de justicia. Todo esto se expone en nuestros términos y condiciones de uso. Estaré encantada de enviarle una copia —le contestó Donna.

Quise abrazarla.

Luego, él colgó el teléfono y clavó la vista al frente, en la carretera.

Examiné la rigidez de su mandíbula y el blanco de los nudillos alrededor del volante mientras recordaba cómo me habían apretado el alargador alrededor del cuello, sin aflojar ni un segundo.

Entonces, pensé que ojalá también lo hubiera denunciado.

Durante los primeros meses en Utah, fue un padre y un marido normal. Desempaquetó las cajas. Llevó a Kimmie y Emma a por helado en la adorable tiendecita que había a la vuelta de la esquina de la nueva casa, cuyo gran jardín llegaba al pie del Lone Peak. Pasaba el tiempo entre el nuevo despacho en casa y una empresa tecnológica emergente a veinte minutos de su nuevo hogar en Salt Lake. Paseaba por la manzana con April y charlaba con los vecinos que salían de las hileras de preciosas casas de ladrillo que flanqueaban las calles. Iba a la iglesia y levantaba la mano en la escuela dominical para ofrecer una opinión sobre el sermón de Jesús en la montaña mientras su mujer sonreía.

No había apelado la decisión de MatchStrike.

Ni siquiera había tratado de dar con Nicole en internet.

Pero, al cabo de tres meses, durante una aburrida tarde de martes, mientras se suponía que debía estar empezando un nuevo proyecto de trabajo, se creó una cuenta de Gmail y después, un perfil nuevo en MatchStrike.

Jimmy Carlson.

Esa vez, era un viudo. No mencionó a las niñas. Supuse que se estaba acercando a la edad en la que las mujeres sospechaban qué motivos habría para que no se hubiera casado nunca.

Le apagué el ordenador tres veces seguidas. En cada una de ellas, apretó la mandíbula y lo volvió a encender.

Al final, salí de la sala y me senté en el vestíbulo frente a Oscar. Me imaginé yendo a más citas con «Jimmy», y sentí un terror y una tristeza demoledores.

El animal me observó con atención y, después, se acercó unos pasos con cuidado, hasta que estuvo justo a mis pies.

Luego, cerró los ojos y movió un poco el rabo.

—Buen minino —le susurré.

Y él comenzó a ronronear muy bajito.

Acompañé a James/Jamie/Jimmy a todas las citas durante nueve meses.

Lo seguí mientras trabajaba, comía, cortaba el césped, limpiaba el coche y veía *Chicago P.D.* y *Chicago Fire* en la tele.

A veces, pasaba horas flirteando en la aplicación de MatchStrike y planificando nuevas citas, siempre un poco lejos del pueblo. Otras, lo dejaba de repente y, durante unos días, semanas e incluso un mes entero, se convertía en un padre de verdad para Emma y Kimmie. A veces, era frío y despectivo con April. En otras ocasiones, podía ser considerado e incluso divertido de una forma que resultaba aterradora. Incluso como su sombra, resultaba facilísimo creer que se trataba de una persona normal.

Hasta en algunas de sus citas.

Algunas veces planeaba con entusiasmo el momento en el que conocería a las mujeres que respondían a sus mensajes. Otras, las ignoraba.

En ocasiones, se llevaba el envase de Tic Tac a las citas. En otras, no.

Cuando lo hacía, sentía que algo se estaba cociendo por cómo el aire se cargaba de electricidad y mal rollo, del mismo modo que notas que el barómetro comienza a descender antes de una tormenta. La única pregunta era cuándo azotaría.

Esas noches me las pasaba susurrando —o gritando— al oído de las chicas.

A veces, parecía funcionar.

En otras ocasiones, no.

Cuando no lo conseguía, daba igual cuántos presentimientos o luces intermitentes hubiese: no ayudaban; pero ni una vez consiguió convencerlas de tener una segunda cita en algún lugar apartado, ni de que se terminasen la copa, ni de que lo dejasen llevarlas a casa en lugar de llamar a un Uber, ni de que confiasen en él lo justo para poder arrastrarlas fuera del alcance de cualquier posible ayuda, ya fuese la mía o de otra persona.

Salió con Kelly, que insistió en llamar a un Uber cuando empezó a notarse mareada al final de la noche. Mientras se metía en el Honda Civic negro que había dejado en el aparcamiento del diminuto restaurante, él puso una expresión preocupada y le deseó que se mejorase, pero, a medida que el vehículo se alejaba, comenzó a despotricar por lo bajini y la bloqueó en MatchStrike, y seleccionó como razón en el menú desplegable «me ha hecho sentir incómodo».

Había pasado una buena cantidad de tiempo revisando al dedillo un foro de Reddit de célibes involuntarios que ofrecía consejo a hombres que «surcaban la cloaca de las aplicaciones para ligar». Recomendaba bloquear a las mujeres que no se mostraban receptivas a los avances rápidos o que habían «malinterpretado las insinuaciones». Eso no solo les «daba una lección», sino que en ciertas aplicaciones (incluida MatchStrike) hacía que a esas mujeres les resultase prácticamente imposible bloquear o denunciar a su vez la cuenta del tipo.

Conoció a Liz en un concierto al aire libre en Deer Valley, a una media hora de Salt Lake. Me relajé cuando no se llevó el envase de Tic Tac, pero entre la buena música y las guirnaldas de luces que titilaban igual que cientos de luciérnagas en el aire fresco de la montaña, los dos se tomaron cuatro cervezas por cabeza sin importar lo mucho que gritase ni que las luces del escenario parpadeasen. Al terminar el espectáculo, él la acompañó hasta su coche y la besó en el aparcamiento. Ella le dejó hacer hasta que su mano comenzó a ascender sin rumbo por la parte delantera de su camiseta, y cuando la chica intentó apartarse, la agarró de la coleta y tiró con fuerza hacia él.

No pude mirar, pero tampoco dejarla sola.

Me concentré en la grava oscura que había bajo mis pies mientras me imaginaba que estaba en otra parte. Elegí volver a estar con Frank, en mi apartamento, acariciándole la cabecita suave mientras ronroneaba. El recuerdo me resultó tan real que me dejé arropar por él como si fuese una capa gruesa para aislarme de lo que sucedía a unos centímetros de mí.

Porque no podía hacer nada para pararle los pies. No mucho. No lo suficiente.

Cuando un coche a unas filas de allí pitó al abrirse y las luces emitieron un destello en la oscuridad, volví arrastrándome de mi recuerdo con Frank para ver a Liz empujándolo con fuerza y rebuscando en su bolso a la vez que le gritaba que había llegado el momento de marcharse.

Él clavó la vista en ella y después miró en dirección al crujido de los pasos que se aproximaban desde el vehículo con los faros resplandecientes.

Mientras se escabullía entre las tinieblas, abrió la aplicación en su teléfono para bloquearla y denunciarla antes de volver a su coche.

Pasó dos meses chateando con Elle en la aplicación de MatchStrike. Intercambiaron fotos e incluso hicieron una videollamada una noche en la que April salió a cenar con unas amigas nuevas y las niñas estaban dormidas.

Elle le contó lo de la sobredosis de su hermano. Opiáceos. Se culpaba a sí misma. Él compartió su pena por la muerte de su esposa. Cáncer. Había sido terrible. Le mostró las fotos de Emma y Kimmie que colgaban en las paredes de su oficina y carraspeó como si necesitara recobrar la compostura. Le dijo que las niñas eran su mundo. Ahora los tres se encontraban en una buena situación. Habían sanado. Él estaba un poco cohibido respecto a volver a tener citas, pero se sentía con fuerzas.

Le apagué el teléfono. Luego, el ordenador. Una y otra vez. En cada ocasión, él esperó pacientemente a que se reiniciaran hasta que me quedé entumecida.

Elle le permitió recogerla en su casa para su cita.

Antes de eso, además de guardarse el envase de Tic Tac en el bolsillo delantero, se había metido un cargador de teléfono largo en el bolsillo trasero de los vaqueros, no sin antes haberlo enrollado en el pasamanos del sótano y haber tirado de él cada vez con mayor fuerza para ver si se rompía.

No lo había hecho.

Cuando el coche redujo la velocidad en la dirección que Elle le había dado, yo me zambullí por la ventana resquebrajada y conseguí llegar a la puerta de entrada antes de que él saliera del coche.

Le supliqué a Elle. Grité. Incluso intenté empujarla, lo que no sirvió de nada. Ella se colocó el cabello corto y rubio detrás de una oreja y le dio un largo abrazo. Luego, entró en el coche con él y parloteó emocionada sobre el bar nuevo al que iban.

Concentré todo mi miedo y horror en el propio coche, con la esperanza de que el motor se quedase frito, igual que el ordenador. No funcionó.

Aquella fue la cita perfecta, excepto por la pastillita blanca que le había echado en su segunda copa antes de que se marcharan del bar. Cuando le colocó la mano en la espalda a Elle mientras entraba en el aparcamiento dando tumbos, ella alzó la vista para mirarlo con una sonrisa de agradecimiento y alargó la mano en busca de la suya.

Al llegar a su casa, lo invitó a pasar para tomar una copa. Los ojos de la mujer parecían agotados pero alegres cuando agitó los hombros para deshacerse de la chaqueta.

Él la siguió adentro. Se enrollaron en la habitación, a oscuras, sobre el sofá de cuero color coñac y con aspecto de ser caro.

Esperé a que James/Jamie/Jimmy sacase el cargador del teléfono del bolsillo trasero, a que se convirtiese en la persona que se había escondido en las tinieblas de mi patio lateral.

En lugar de eso, esperó hasta que los besos de ella se volvieron babosos y le balbuceó:

—Creo que deberíamos dejarlo por hoy, me noto muy cansada.

Él la ignoró y ella no protestó cuando sacó un condón.

Me obligué a quedarme porque no soportaba dejarla a solas con él, porque me sentía responsable, porque no podía dar con la manera de pararlo. El aire de la sala se agitó hasta volverse oscuro y eléctrico. En la cocina, oí que el microondas emitió un pitido de aviso, igual que el mío cuando se iba la luz y luego volvía.

Cuando terminó, la miró con desprecio para, a continuación, subirse la cremallera de los pantalones y alargar la mano hasta el bolsillo trasero.

A la tenue luz de la claraboya del vestíbulo, pasó el alargador por el cuello de Elle. Le dio varias vueltas. Ella no se movió.

Yo lo observaba todo, horrorizada. El microondas volvió a pitar y mi horror se transformó en ira. Después de las primeras citas que había presenciado, estaba segura de poder encontrar una manera de pararlo todas las veces; de que quizá aquella había sido la razón por la que me habían abandonado en un limbo. Mi asunto pendiente. Él me había quitado la vida, y ahora yo tenía derecho a atormentarlo, a boicotearlo.

Aunque me había equivocado. De hecho, lo único que ahora mismo podía hacer era reiniciar el puñetero microondas.

Elle tenía los ojos cerrados. Respiraba con suavidad, casi tranquila, con un brazo sobre el pecho cubierto a medias mientras el otro le colgaba por el borde del sofá.

Él la contempló atentamente durante unos minutos, hasta que el sonido de la notificación silenciada de un mensaje acabó con la quietud en la sala.

Era April. «Perdón por molestarte. Sé que tienes una fecha de entrega importante, pero ¿vas a tardar mucho? Emma se encuentra mal. Ha vomitado».

James/Jamie/Jimmy suspiró, se enrolló el cargador de teléfono en la mano y pasó lentamente el pulgar por el cuello de Elle. Luego le tiró de la falda para colocársela bien y la acomodó en el sofá con una manta de ganchillo.

Antes de salir de la casa a la negrura de la noche de verano, abrió la aplicación de MatchStrike. Miró el perfil de la mujer y luego escudriñó la silueta dormida en el sofá de la habitación a oscuras.

Claramente, intentaba tomar una decisión. Sobre qué, no tenía ni idea, pero al final le envió un mensaje. «Espero que se te haya pasado el dolor de cabeza. Me encantaría volver a verte alguna vez. Llevaba sin pasármelo tan bien desde…, bueno, desde hace mucho tiempo».

El microondas pitó una tercera vez en la sala en penumbra cuando le mandó el mensaje. Él puso los ojos en blanco, pero, al sonreír, los dientes le resplandecieron a la tenue luz.

Salió con Elle una vez más.

La chica no lo volvió a invitar a su casa, y cuando le ofreció recogerla en su dirección, le puso la excusa de que había planeado pasarse por casa de su padre después: estaba enfermo.

Cuando se encontraron en el bar, la mirada que albergaban los ojos de Elle me indicó que lo estaba examinando; que sabía —pero no tenía la certeza— que algo iba mal, que la última vez que salieron había sucedido algo.

Alenté aquella sensación con todas mis fuerzas y me incliné sobre su oído mientras ella lo estudiaba durante la cena. Cuando se acabó la bebida antes de ir al baño de señoras; cuando le dijo a la camarera que solo quería un vaso de agua en lugar de una segunda copa, y cuando, casi con timidez, le preguntó por lo que habían hecho en su casa la noche que la había llevado hasta allí. Porque, era muy extraño, pero no se acordaba de mucho.

Él le sonrió a modo de respuesta, pero desvió la mirada. «Está mintiendo —le dije—. Te hizo algo muy malo. No es una buena persona».

—¿No te acuerdas? —le preguntó con cara de estar dolido—. Supongo que bebimos más de la cuenta.

Acto seguido, sonrió como si hubiese dicho algo gracioso.

Elle se rio y no lo presionó más, pero, cuando salió del restaurante —mucho antes de la hora de cierre—, dejó de contestarle a los mensajes.

Yo esperaba que la bloquease, igual que había hecho con el resto de mujeres en cuanto las cosas comenzaban a irse a la mierda. En lugar de eso, le envió un mensaje tras otro. Al principio, fingió estar preocupado. Luego, un poco molesto. Después, un pelín irritado. Exactamente como hizo conmigo cuando le dije que habíamos terminado. Refrescaba la aplicación constantemente mientras trabajaba en el sótano de su casa. Incluso llegó al punto de llamar al servicio de atención al cliente porque estaba seguro de que se había estropeado algo en la herramienta de mensajería, porque Elle no le contestaba. ¿Por qué no iba a responderle?

Al tercer día sin respuesta, le dijo a April que lo habían llamado para otro proyecto de última hora, a pesar de que esa noche había una actividad de la iglesia que él había puesto por las nubes ante las niñas.

De alguna manera, yo había esperado dicha actividad con entusiasmo. Iban a hacer una hoguera al pie de las montañas, y Kimmie y Emma se morían de la emoción. April pareció dolida, pero no dijo nada. Ella nunca decía nada.

Se llevó el cargador del teléfono en el bolsillo trasero y fue en coche hasta la casa de Elle.

Examiné la expresión de su rostro, ansiosa e inquieta mientras permanecía sentado en el coche a unas cuantas casas de allí, justo pasada la luz resplandeciente de una farola. Abrió la aplicación, tecleó y volvió a teclear otro mensaje para Elle. En este se dejaba de pretensiones.

«Por lo menos dime qué he hecho. ¿Te ACUESTAS conmigo y después finges que no ha pasado y me haces el vacío? ¿Qué tipo de persona hace eso? No me cabe duda de por qué tu hermano necesitaba drogarse».

Sobrevoló con el dedo el botón de enviar durante unos segundos, pero después sacudió la cabeza y borró el mensaje con la mirada puesta en la casa. Había una luz encendida en la cocina. Pasaron unos minutos antes de que Elle apareciese en el fregadero. Parecía que estaba enjuagando los platos y, en ese momento, giró la cabeza por encima del hombro para decir algo con una sonrisa en el rostro.

No estaba sola. Él también se dio cuenta.

Entonces, abrió la puerta del coche y la cerró con cuidado, sin hacer ruido, aunque no sin antes coger la herramienta para cortar el cinturón de seguridad que guardaba en el salpicadero. Entré en pánico, y el miedo y el terror revolvieron el aire cargado y asfixiante mientras yo salía corriendo tras él. ¿Qué podía hacer?

La farola que se encontraba a unos metros parpadeó rápidamente y después se fundió, lo que en todo caso le facilitó que pudiera acercarse a la casa sin que lo vieran. Grité detrás de él sin que nadie me oyese ni se diera cuenta.

James/Jamie/Jimmy echó un vistazo a la calle vacía y después continuó hacia el camino de acceso de Elle.

Yo me apresuré hasta la ventana, desde donde vi a la mujer en el interior, acompañada por un hombre mayor. A lo mejor se trataba de su padre. Los dos estaban sentados a la mesa viendo un partido de baloncesto mientras se comían una *pizza*.

—¡No contestes a la puerta, no salgas a la calle! —chillé, consciente de que no me oiría.

Por lo que sabía, la única situación en la que alguien tenía una remota posibilidad de escucharme era cuando estaba más cerca de lo humanamente posible, es decir, dentro del canal auditivo, e incluso en esas ocasiones solo parecía funcionar si ellas estaban abiertas a la sugestión. Gritando nunca había conseguido nada.

Pero lo hice de todas formas.

Cuando me giré, vi su silueta oscura en el camino de acceso, donde no alcanzaban las luces del porche.

Luego, echó un vistazo a su alrededor una última vez y, a continuación, se arrodilló y hundió la cuchilla del cortador de cinturones de seguridad en los cuatro neumáticos.

—Puta —susurró en tono quedo.

Después, dio media vuelta y se fue hasta su coche, aparcado al final de la calle.

Yo lo seguí porque no sabía qué más hacer. Porque había elegido aquel camino y no estaba lista para rendirme todavía.

Antes de irse de allí, bloqueó a Elle en la aplicación de citas. «Me ha hecho sentir incómodo».

Cuando llegó a casa, bajó directamente al sótano y comenzó a enviar mensajes a nuevos contactos en MatchStrike antes siquiera de saludar a April, que seguramente acababa de llegar de la hoguera con las niñas porque la luz de los dormitorios estaba encendida.

Cuando contestó la primera mujer, abrió la aplicación con ansia para leer el mensaje completo.

Tenía una melena castaña clara que le llegaba hasta los hombros y llevaba un pintalabios rosa vivo. Torcía los labios en una sonrisa que me decía que tenía un lado sarcástico.

Se llamaba Meghan.

18. SKYE

KUNA, IDAHO

PRESENTE

Mi padre pasó tanto rato en el FroYo, al principio pidiendo y luego exigiendo la grabación de las cámaras de seguridad, que casi se olvidó del agente Willis, y eso que estuvo a punto de conseguir que llamasen a la policía en la heladería.

El chico que atendía al público me recordaba a un chaval al que me tocó tener de compañero en ciencias durante un año. Un tirillas impasible y envarado hasta el punto de ser irracional. No dejaba de repetir sin cambiar de tono que tendría que hablar con el encargado —que no se encontraba en ese momento— para pedirle las imágenes de la grabación de seguridad. Al final, mi padre bramó:

—Vamos a ver a la policía ya, joder, ¿puedes echarnos una mano y ya está, por favor?

El muchacho sacó tranquilamente el teléfono del bolsillo del delantal y amenazó con llamar a emergencias.

En ese punto, mi madre arrastró a mi padre fuera del FroYo y le prometió que el agente Willis los ayudaría.

—¿Qué pasa si solo hay veinticuatro horas de grabación, Mari? —repetía sin parar mi padre mientras miraba el reloj del cuadro de instrumentos y después se pasaba las manos por el cabello ralo y castaño—. Eso nos da menos de dos horas.

Mamá tenía la vista clavada al frente, pero sobrepasó en casi veinte kilómetros el límite de velocidad mientras conducía de vuelta a casa, en cuyo camino de acceso se encontraba el agente Willis. Al otro lado de la calle, vi al señor y a la señora Schmalz sentados en el porche e intentando no parecer demasiado interesados en lo que sucedía.

Mi padre ya se había bajado del coche antes de que mi madre lo aparcase.

—David, tranquilo —le susurró ella a la vez que se apresuraba a desabrocharse el cinturón de seguridad.

Contemplé la mirada del agente mientras mi padre le explicaba atacado lo de las imágenes del Daily Grind que habían visto y lo de las del FroYo de al lado. Además del hecho de que el chaval de la heladería lo hubiese amenazado con llamar a la policía. El agente no pareció escéptico, aunque, sin duda, se mostraba cauteloso. Imaginé que oía muchas cosas todos los días.

Cuando papá terminó, el agente Willis se volvió hacia mi madre, que volvía a tener los ojos llenos de lágrimas.

Le repitió lo que le había dicho antes a la operadora: que ayer no volví a casa tal y como se suponía que debía hacer, incluso aunque tenía planes con ella. Incluso a pesar de que siempre volvía a casa, de que era una buena chica y de que no estaba metida en nada peligroso. A pesar de que hoy debía irme a la universidad. Entonces, se secó las lágrimas de un manotazo.

—Sé que están intentando averiguar si esto merece los recursos de una investigación. Sé que tiene dieciocho años. Lo sé. Pero ella *no* ha desaparecido. A propósito, no. Alguien o algo ha impedido que vuelva a casa. Me lo dice la intuición. —Entonces, mi madre miró el reloj del microondas—. Por favor, ¿puede conseguir la grabación del sitio de yogures helados? —Y se le quebró la voz—. Creo que podría mostrar lo que sucedió.

El agente asintió y vi cómo se le ablandaba la mirada.

—Sí, señora. No solemos dedicar muchos recursos a la desaparición de alguien mayor de edad, a no ser que haya una evidencia clara de algún hecho delictivo. Aun así, parece que existe una razón para creer que deberíamos comprobar esas imágenes de seguridad para, al menos, descubrir cuánto debemos preocuparnos como punto de partida.

El rostro de mi padre mostró alivio y mi madre se mordió el carrillo y asintió sin que las lágrimas dejasen de caerle por las mejillas. Después, los dos siguieron al coche patrulla de vuelta al FroYo, donde ordenaron a papá en términos muy claros que aguardase fuera mientras el agente hablaba con el empleado.

Mientras esperaba, miró la hora. Eran las 15.39. Cuando abrió una rendija de la ventana, me desplacé al asiento delantero junto a él y me apreté contra el huequecito. Con sorpresa, descubrí que podía colarme por el pequeño espacio sin problema. Impresionada conmigo misma, me apresuré hasta la entrada del FroYo y observé el espacio ínfimo entre la puerta y el marco. Lo atravesé con la misma facilidad.

El empleado de la heladería se encontraba al teléfono con su encargado. Ya no parecía tan engreído como cuando había hablado con mis padres. Ante la mirada del agente, dijo:

—Vale, sí, lo pillo. Lo siento, sí. Perdón. Sé cómo se hace. Está todo bien. Sí, lo sé. Vale, adiós.

Acto seguido, el muchacho fue corriendo a la trastienda mientras avisaba por encima del hombro al policía:

—Mmm, voy ya a por eso, ¿vale?

El agente esperó pacientemente a que el chaval regresara con un lápiz USB. Estaba sin aliento.

—Vale, dice que quería echar un vistazo alrededor de las 16.00, ¿verdad? Tengo desde las 15.42 de ayer en adelante.

La expresión triunfal del chico se vino abajo cuando el policía no se mostró ni remotamente impresionado.

—Si alguna vez vuelven a pedirte algo así, cosa que de veras espero que no suceda, quiero que hagas una copia de seguridad de la grabación *antes* de que yo aparezca. Si hubiésemos llegado aquí veinte minutos más tarde, esta pobre gente no habría contado con esta oportunidad y habría sido culpa tuya.

—Pero mi encargado no…

El poli cogió el lápiz USB y salió al aparcamiento, donde lo esperaban mis padres, y yo fui tras él.

—¿Nos dejará verlo? —Mi madre estaba inquieta mientras conducía del centro comercial a casa por tercera vez ese día.

Parecía exhausta.

Antes de que mi padre pudiese contestar, ella negó con la cabeza.

—No quiero ofenderlo metiéndome donde no me llaman, pero tenemos derecho a saber, ¿no? Si no hubieras visto la cámara, ya sería demasiado tarde. Sabremos mejor que él si pasó algo raro, ¿no?

Vi el alivio en los dos rostros cuando el agente les pidió un ordenador portátil en cuanto salió del coche.

Esa vez no hubo que buscar ninguna aguja en el pajar.

Claro como el agua, a las 16.07 me observaron saludar al conductor dentro del coche —las imágenes de la grabación de seguridad eran en blanco y negro, por lo que no era posible indicar el color del vehículo— y subirme en él por mi propio pie.

Me indigné conmigo misma. Me había metido en el coche de un desconocido de forma voluntaria porque no daba la sensación de que se tratara de un desconocido.

Mi madre se puso pálida al verme hablar con la figura oscura del interior del vehículo.

—No, cariño mío —dijo cuando me acerqué al coche y él abrió la puerta de golpe.

El agente detuvo la grabación y mis padres entraron en pánico.

—Continúe —le gruñó papá.

—¿Reconocen a ese hombre? —preguntó el policía con decisión a la vez que señalaba el rostro impreciso del hombre en las imágenes de mala calidad—. ¿Y reconocen ese coche?

Mi madre negó con la cabeza, atacada.

—No. Quiero decir, no lo creo. No puedo decirlo. ¿Por qué se iría con él? ¿Por qué le hablaba, siquiera?

El policía tomó nota en su teléfono y después preguntó:

—¿Es posible que se estuviera viendo con alguien y que no lo supieran?

Papá volvió a gruñir.

—No creo que Skye haya tenido nunca una cita. —Y miró a mi madre—. ¿Verdad, Mari? Era tímida.

Por algún motivo, esa afirmación me escoció, aunque fuese cierta. El agente volvió a asentir lentamente.

—¿Puedo ver la otra grabación de seguridad?

Fue el policía quien se dio cuenta de que esa tarde, cada par de horas, el mismo Kia Sorento circulaba por el aparcamiento.

Hizo *zoom* en la matrícula. 2C 3405. Sentí una chispa de emoción que luché por controlar mientras observaba la pantalla del ordenador parpadear de manera imprevisible.

No se veía ninguna matrícula en el vídeo del FroYo, y el agente negó con la cabeza de la frustración.

—Estoy seguro al noventa por ciento de que se trata del mismo vehículo, pero, como no podemos ver el color en ninguno de los dos vídeos y apenas se ve al conductor en las imágenes del Daily Grind, no puedo afirmarlo con seguridad.

Esperé el golpe que vendría después. Las malas noticias. No podía hacer nada.

Pero, en lugar de eso, añadió:

—Aunque creo que tenemos algo. No parece que su hija sea de las que desaparecen, y estoy bastante seguro de que se trata del mismo coche. Necesitaré que los dos me acompañen a comisaría para tomarles una declaración por escrito sobre todos los detalles que puedan ser relevantes. Voy a actualizar el estado del caso de Skye a «persona desaparecida, posiblemente en peligro». Empezaremos sacando los registros de su teléfono y dando con ese coche.

El alivio en el rostro de mis padres se tiñó de la palidez del terror, y una sensación de pánico aplacó mi emoción previa.

Quería que lo encontrasen.

Quería que me encontrasen.

Pero nadie sentiría alivio cuando se descubriera lo que había ocurrido.

19. MEGHAN

MONTAÑAS OQUIRRH, UTAH

HACE NUEVE MESES

Contemplé incrédula el coche de policía acercarse lentamente a la cima del camino de tierra.

El hombre que llevaba el uniforme del Servicio Forestal no se había quedado más de lo que tardó en hacer unas cuantas fotos del zapato, escribir en su *tablet* las coordenadas y desandar varios metros hasta la camioneta blanca y polvorienta que portaba la pegatina de la agencia para la que trabajaba. No había mirado a su alrededor. No había seguido la bifurcación casi invisible del camino que atravesaba la descuidada artemisa y los pinos torcidos. Cumplía con su trabajo, nada más.

Aun así, cuando se marchó, yo me quedé junto al zapato como una centinela. Echaba de menos a la abuela Rosie. Quería ver a mi tío, conocer a mis abuelos. Quería ver a mi amiga Kiley, que había muerto en un accidente de coche en cuarto de primaria. Que me viese gente que podía hacerlo. Pero me daba miedo dejarme llevar. Miedo de no ser capaz de volver otra vez, tal y como *bubbie* me había advertido.

De momento, quería permanecer aquí. No estaba lista para marcharme sin tener opción de volver. Sabía que mi determinación no duraría para siempre. Ni siquiera estaba segura de qué esperaba sentir cuando por fin alguien me encontrase.

«Si», me recordaba a mí misma. Si alguien me encontraba. Lo único que tenía claro era que quería que diesen conmigo.

Habían pasado cuatro, puede que cinco días, desde que el empleado del Servicio Forestal se había marchado cuando, a lo lejos, oí el sonido del motor del coche patrulla.

Cuando se detuvo frente a mi zapato y al alijo del cuervo, me preparé para que le echase un vistazo rápido.

La agente, una mujer con un moño apretado, castaño y canoso en la nuca, se puso unos guantes y cogió una bolsa transparente del asiento delantero del coche para, a continuación, abrir la puerta con total naturalidad. Se dirigió al arcén y examinó el lugar con la mirada hasta que localizó el zapato descolorido.

Le observé el rostro con atención. La mujer se inclinó para tener mejor perspectiva y después metió el zapato en la bolsa con cuidado antes de ponerse de pie y mirar a su alrededor. Algunas hojas ya habían comenzado a volverse marrones y doradas. El escaso tráfico que se aventuraba tan lejos entre las colinas había desaparecido casi por completo, y por las mañanas, los bordes de los descuidados arbustos y la hierba se teñían con la dentellada de la escarcha. El verano había llegado a su fin. Dentro de poco lo seguiría el otoño, y a aquella altitud todo se cubriría de un manto de nieve.

La policía —que se llamaba agente Domanska, según la placa— colocó la bolsa con el zapato en el coche patrulla y tomó una nota en su teléfono. Luego, echó mano a la guantera y sacó lo que parecía el informe que había rellenado el Servicio Forestal.

Brenda Maxwell, 28. Informa de la presencia de un zapato y lo que le ha parecido sangre antigua en 38°01'18.5"N 105°41'18.5"O, cerca del cañón Ophir, en el arcén. Dice que cree que podría haber sucedido algo en ese punto. Se necesita vehículo con tracción cuatro por cuatro, a esta distancia hay muchos surcos.

Pensé en la chica con el moño rubio y despeinado y le di las gracias sin decir nada. Deseé que el motivo por el que estaba llorando aquel día ya no la hiciese llorar más, que estuviera sonriendo. Sentí que algo parecido al alivio brotaba dentro de mí. Si hubiese podido, yo misma habría llorado.

La agente Domanska leyó el informe y después examinó con la mirada el arcén y más allá, donde el camino continuaba en dirección al cañón Ophir.

—Es por el otro lado —le dije—. Por favor, no te vayas.

Avancé hasta que me encontré lo bastante cerca como para abrazarla y alargué el brazo para agarrarle la mano. Noté una chispa cuando ella movió la mano para posarla en el arma que portaba en la cartuchera. Animada, levanté la mía para ponérsela en el hombro.

—Por favor, inspecciona el área. No es peligrosa. Ya no.

Sin apartar la mano del arma, la agente Domanska se separó de mí unos pasos en dirección al cañón. La chispa de esperanza se apagó para dar paso a una leve decepción mientras la contemplaba alejarse por el camino y examinar la maleza y el arcén pedregoso usando una rama larga para hurgar en los matorrales de artemisa más espesos y así ver mejor.

Mi insensibilidad dio paso a la desesperación cuando llegó a la curva del camino, se paró y luego volvió al vehículo en un par de zancadas. Si ella no me encontraba, ¿quién lo haría? Recordé los episodios que había visto de *Caso abierto* en los que se desenterraban cadáveres años o décadas después. «Por accidente». Por pura coincidencia. O a veces no sucedía. Me dije que esa sería yo, que no me encontrarían.

Dejé que el dolor y la tristeza me inundaran. Si se iba con el zapato, ¿lo someterían a alguna prueba? ¿Sabía cómo me llamaba? ¿Estaba siquiera al tanto de mi desaparición? No es que fuese una niña pequeña. ¿Cuánto le importaba a alguien, aparte de a mis padres y amigos, que no hubiese vuelto a casa? ¿La agente Domanska estaba pensando en mí ahora mismo y preguntándose si ese zapato era mío? ¿Aquello sería algún tipo de historia macabra de la Cenicienta? ¿O simplemente se trataba de un nombre entre los otros muchos de gente que jamás volvía a su hogar? Lo único que sabía era que la mujer era una agente con poca experiencia a quien le habían asignado la desagradable labor de venir hasta aquí en coche para recuperar un zapato.

La desesperación se fusionó con algo afilado y oscuro cuando la policía se sentó en el coche patrulla y rescató las llaves del bolsillo.

Durante unos segundos, miré mi zapato, dentro del vehículo policial, a la vez que sentía la punzada de la pérdida por el hecho de que se fuera. El zapato se había convertido en mi Wilson. Me había hecho compañía, igual que a un náufrago, durante Dios sabía cuánto tiempo. Me sorprendía lo molesta que me sentía por verlo marchar.

Lo único que me quedaba aquí ahora eran mis huesos.

Cuando la agente Domanska metió las llaves en el contacto y cerró la puerta, me dirigí hacia la bifurcación oculta del camino de tierra.

Iba a despedirme de mis huesos. Lo último que me ataba a este lugar, a esta vida.

Y, después, buscaría a la abuela Rosie y al resto.

La desesperación se rebajó a algo tierno y profundo. Entonces, oí el coche patrulla arrancar más arriba, detrás de mí.

Examiné los árboles esqueléticos que se amontonaban y alargaban para intentar tocar el cielo lleno de nubes sobre mi cabeza. No eran especialmente bonitos. La elevación no resultaba lo bastante alta para el tipo de bosque denso en el que recordaba haber acampado cuando era más pequeña. Aun así, esos eran los últimos árboles que vería a este lado de la consciencia. La luz del sol pasando a través de las ramas que no podía sentir, pero que echaría de menos de todas formas. Los picos de color azul brumoso a lo lejos, que sabía que se trataban de las Rocosas. El sonido de la brisa ligera en las hojas de los álamos temblones. El crujido amortiguado de unas pisadas en la alfombra de agujas secas de pino detrás de mí.

Me quedé petrificada y me di media vuelta.

Para mi incredulidad, vi a la agente Domanska en la bifurcación del camino. Miró a través de los matorrales cubiertos de maleza que casi ocultaban el camino de tierra. Entonces, se quedó allí de pie, examinando el sendero de la descuidada carretera, hasta que posó la vista directamente en mí.

Si continuaba caminando, se toparía de bruces con mi cadáver. O con lo que quedaba de él. Llevaba semanas sin ir a visitar mis restos.

Avancé a toda prisa con el deseo de observar qué vería ella y, a medida que me aproximaba al lugar en el que había sucedido, el lugar de donde el Kia azul se había alejado mientras yo corría hacia el desfiladero, entré en pánico. La sangre herrumbrosa que se hizo visible cuando los animales me desgarraron la carne había desaparecido, y los huesos, que antes yacían a la vista en la superficie del suelo rocoso, se encontraban cubiertos por una fina capa de agujas de pino. La maleza estaba creciendo dentro y entre mis restos sucios y desperdigados. Una parte de mi caja torácica sobresalía entre las agujas, y el gris sin brillo de mi cráneo parecía una roca anormalmente lisa, una isla entre las hojas de los pinos y los restos.

A no ser que supiera qué estaba buscando, era muy improbable que la agente me viera.

Me preparé para que diese media vuelta de nuevo. Para que volviera a subirse al coche patrulla e informara de que había recuperado el zapato. En lugar de eso, se acercó a mí, más y más, miró dentro de la artemisa y llegó un punto en el que se arrodilló junto a un pino más grande para inspeccionar en un pobre rodal de setas que crecía a su sombra.

—¿Estás aquí, Meghan? —dijo tan bajito que pude haberlo imaginado.

Incluso si fuera así, me cayó encima el equivalente a un cubo de agua helada. No me estaba mirando. Tampoco a mi cuerpo. De hecho, miraba en la dirección opuesta, hacia el desfiladero que conducía al lecho seco del arroyo.

Pero no importaba. Me estaba buscando. Creía que el zapato podía ser mío. Alguien sabía que había sucedido algo malo. Lo que significaba que, por primera vez, no estaba sola.

—¡Estoy aquí! —grité.

Me arrodillé en la tierra, junto al cráneo y la caja torácica como si pudiese liberarlos cavando, mostrarle dónde mirar.

La mujer se puso en cuclillas y se volvió en un lento círculo a la vez que agachaba la cabeza para ver el pequeño claro desde un ángulo diferente.

Cuando pasó la mirada por la patética montaña de mis huesos, volví a chillar.

—Mira, por favor, mírame.

La agente dejó de examinar la zona y se puso en pie. Luego, volvió a pararse mientras entornaba los ojos un poco y, a continuación, caminó resuelta a donde yo yacía bocabajo sobre mis propios huesos.

Al fin, observé cómo se le endurecía el rostro para expresar comprensión y después determinación cuando se agachó para ver la parte superior de mi cráneo.

20. BRECIA

SALT LAKE CITY, UTAH

HACE UN AÑO

Se quedaron en la mesa del reservado al fondo del acogedor *pub* hasta la última ronda de las once.

Para entonces, a la chica se le estaban poniendo los ojos vidriosos. Hizo un comentario sobre que en la sala hacía demasiado calor mientras hurgaba en la chaqueta con torpeza y daba un sorbo para acabarse la copa de tinto adulterada.

—¿Puedo llevarte a casa? ¿O quieres venir a la mía hasta que se te pase la borrachera? —le preguntó él, y consiguió parecer preocupado en lugar de ansioso—. Podemos dejar tu coche aquí. Seguro que esto pasa muy a menudo.

—He venido en Uber —contestó Meghan, arrastrando un poco las palabras.

Él puso los ojos como platos.

—Vale, entonces desde luego que voy a echarte una mano para volver a casa. ¿No escuchas pódcasts de *true crime?* Se supone que no debes subirte a un coche con un extraño si vas contenta.

«No —le dije con contundencia al oído—. No. Él es un extraño del que debes preocuparte. No lo conoces de verdad. Te ha echado mierda en la bebida. No te vayas con él».

A la chica también se le pusieron los ojos como platos y él se rio.

—Seguro que no te ocurriría nada. Además, solo quiero pasar unos minutos más contigo y no podemos quedarnos aquí. —Y sonrió con timidez.

Ella mordió el anzuelo y le devolvió la sonrisa a la vez que se le iluminaba todo el rostro por el cumplido. Entonces, tiró del pañuelo que llevaba alrededor del cuello y se inclinó para acercarse más a él.

—Vale, pero ¿puedes llevarme a casa? Creo que solo necesito dormir un poco. Qué pronto me emborracho.

Me encorvé lo más cerca que pude, a sabiendas, por demasiadas otras citas, de que ya la había perdido. Estaba resuelta a marcharse con él, y yo no podría pararle los pies ni acabando con la electricidad de todo el restaurante, aunque no es que fuera lo bastante fuerte para hacerlo.

Meghan se apoyó en el hombro de él y ambos salieron del bar al aparcamiento. En ese momento, él le acarició con cuidado el brillante cabello castaño. Después, le guiñó un ojo a la camarera que estaba cerrando el local y dijo:

—¡No puedo creerme que las once de la noche me parezcan tan tarde! Eso significa que ya soy viejo, ¿verdad?

La mujer le sonrió y negó con la cabeza.

—Nah, yo también estoy a punto de quedarme frita.

Lo intenté igualmente con la camarera.

—¡No es lo que parece! —le chillé al oído antes de apresurarme a seguirlo mientras se adentraba en la noche.

Luego, eché la vista atrás y descubrí que la empleada seguía observándolos a través de la puerta de cristal, pero, tras un instante, volvió a limpiar la barra.

Meghan balbuceó algo sobre su teléfono cuando llegó al coche, y al tirar de la cremallera del bolso y abrirlo de par en par, el móvil se cayó junto con un bote de caramelos de menta. El dispositivo aterrizó con un golpe quedo y seco en el suelo junto al vehículo. No se dio cuenta.

Él echó un vistazo al aparato un instante y después le aseguró que lo llevaba en el bolso mientras la conducía hasta el asiento del copiloto.

—Necesitas mi dirección, ¿no? —masculló—. Ay, por Dios, estoy tan cansada…

—No te preocupes, la tengo, me la has enviado hace un momento, cuando nos estábamos yendo —la tranquilizó.

Me puse triste y me sentí bloqueada cuando pasé junto a ella para colocarme en el asiento trasero y él arrancó el coche.

Mientras salíamos del aparcamiento, miré por la ventanilla hacia el rectángulo oscuro en el asfalto, visible bajo la farola.

Antes le había mandado mensajes sobre la cita a su amiga Sharesa.

Alguien sabía que había estado aquí. Aquí con «Jimmy Carlson», que desaparecería igual que un fantasma en cuanto la bloquease en MatchStrike y crease un perfil nuevo.

Probablemente, lo que pensara hacer en la aplicación dependiese de lo que tuviera planeado para esta noche.

En realidad, no tenía la dirección de su casa, así que me preparé para que se detuviera en algún aparcamiento, callejón o parque oscuros. Cualquier lugar sin farolas.

Me armé de valor para permanecer junto a ella. Me prometí, como siempre, que por lo menos no la dejaría sola.

Pero esta vez era diferente.

Cuando la cabeza de Meghan cayó hacia atrás en el asiento del copiloto del Sorento y se acurrucó contra la funda de plástico del respaldo, él se limitó a seguir conduciendo a través de las calles sin luz.

Al tomar la curva hacia la autopista en dirección al sur, por un momento me quedé un poco perpleja, pero, por lo que a mí respectaba, me daba igual adónde la llevara. Lo único que importaba era que yo siguiera buscando una forma de pararle los pies.

Cuando James/Jamie/Jimmy puso el intermitente en la salida de Toole, clavé la vista en él con sorpresa.

No. Era imposible que la llevara a su casa. Seguro que April y las niñas estaban allí, preparándose para irse a dormir.

Mi perplejidad volvió a esfumarse para convertirse en terror cuando giró hacia Cedar Fort.

Me las apañé para conseguir que se le fundiese uno de los faros mientras atravesábamos el pueblecito.

Cuando el haz de luz desapareció, comenzó a despotricar en voz baja y le dedicó una mirada de desprecio a Meghan, en el asiento del copiloto.

La chica no se inmutó.

Y, por mucho que lo intenté, fui incapaz de apagar el otro faro.

Miré por la ventanilla en busca de cualquier señal de un coche patrulla. A mi madre la pararon una vez por culpa de un faro roto. Era algo poco probable, pero no podía hacer otra cosa.

Intenté despertar a Meghan. Traté de agarrar cada hilo de miedo, asco e ira que encontré y dirigirlos al motor del vehículo. Le grité a James/Jamie/Jimmy al oído.

No tenía ni idea de qué hacía. No había un manual de instrucciones ni nadie a quien pedir consejo, así que imaginé que era Fénix Oscura y unas chispas invisibles me salían de la consciencia y de la electricidad que me mantenían de una pieza hasta que me quedé entumecida.

Daba igual lo que intentase, porque el coche seguía funcionando. Se quedó con un solo faro, y no aparecieron ningunas luces azules y rojas tras nosotros.

Seguimos adentrándonos en la oscuridad mientras los pueblos se esfumaban y aparecían las señales del paso de la montaña Oquirrh.

La carretera asfaltada se convirtió en un camino de tierra a medida que ascendíamos. Meghan balbuceó algo sobre su teléfono cuando el coche rebotó en un surco pronunciado; él le echó un vistazo y puso de nuevo las pupilas en la oscura carretera.

Cuando por fin paró el coche en una bifurcación del camino que apenas resultaba poco más que un sendero destinado a vehículos mucho más competentes que el Kia, tendría que haber sabido lo que iba a suceder.

Al fin y al cabo, me había asesinado.

Pero me dije que aquello había sido diferente. Estaba furioso conmigo. Lo había rechazado. Lo había dejado. Esta chica le gustaba a su manera desagradable y engañosa.

Apagó los faros, abrió la puerta del conductor y aguzó el oído. A lo mejor esperaba oír el sonido de otro coche. Pero, aparte de los grillos, aquello estaba sumido en un silencio sepulcral.

Luego, rodeó el vehículo hasta el lado del copiloto y desabrochó el cinturón de Meghan.

Entonces, pronunció su nombre una vez. Y después otra, más fuerte. En esa ocasión, la joven pestañeó y lo miró con unos ojos soñolientos y vidriosos.

—¿Jimmy?

Antes de que pudiese añadir nada más, él la arrastró fuera del vehículo.

Por el sendero. Lejos del coche. Ella no se resistió. Ante todo, trataba de mantenerse en pie mientras levantaba la cabeza para observarlo con un rostro que resultaba una máscara de confusión y terror inexpresivo.

Los seguí a cierta distancia.

No la dejaría sola.

Pero no podía hacer nada más.

Gritó solo una vez, cuando James/Jamie/Jimmy alzó la mano hacia su cuello y tiró del pañuelo que llevaba puesto.

Luego, el sonido se apagó y unos golpes desesperados lo reemplazaron.

Yo continué gritando por las dos mientras el aire de la noche se arremolinaba con una electricidad oscura que no tenía adónde ir.

Grité hasta que de pronto volví a oír su voz, chillando conmigo.

Él se levantaba del suelo oscuro y cubierto de maleza en el que se había arrodillado sobre ella.

Estuve a punto de chillar de alegría cuando la vi ponerse de pie y echar a correr.

Lo sé. Se diría que, a estas alturas, lo habría entendido.

Volví a llamarla sin esperar que se diese la vuelta… hasta que lo hizo. Me oyó. Me di cuenta por la forma en la que giró el cuerpo cuando escuchó su nombre, pero siguió huyendo hacia la arboleda, negra como la tinta.

Él me rozó al dirigirse de vuelta al coche. Cuando miré al suelo, al lugar donde él se había arrodillado, vi la forma oscura del cuerpo de Meghan, el pañuelo que seguía bien tenso en torno al cuello, sus ojos entornados e inyectados en sangre.

Estuve a punto de adentrarme en el bosque tras ella.

Quise hacerlo. Quise decirle que lo sentía, que no estaba sola, que no era invisible… bueno, no para mí. No quería seguir persiguiéndolo. ¿Qué sentido tenía si no era capaz de evitar que esto sucediera? A lo mejor no existía una razón lógica para que permaneciese aquí, en el limbo, siguiéndolo por ahí como un perrito faldero.

Entonces, una idea más oscura se adentró poco a poco en mi mente: a lo mejor aún no había averiguado cómo pararlo a tiempo. Le había fallado a Meghan.

Volví a llamarla cuando oí el motor del coche arrancar detrás de mí.

El hecho era que no podía ayudarla. Ya no. De eso no me cabía duda. Estaba muerta, igual que yo.

No tenía nada que ofrecerle.

Y no podía mirarla a la cara.

Lo único que podía hacer era seguir a nuestro asesino hasta el coche antes de que volviera a desaparecer.

21. SKYE

KUNA, IDAHO

PRESENTE

Fue mi teléfono inservible el que los condujo hasta las estribaciones cercanas a la carretera de Blacks Creek. Tres días después de cuando se suponía que debía viajar a la Universidad Estatal de Idaho.

En cuanto el agente pidió los registros telefónicos, las cosas avanzaron deprisa. Y cuando la policía comenzó a buscar en la zona indicada, no resulté muy difícil de encontrar.

La señal del teléfono había rebotado en los repetidores de Kuna, South Boise, Robie Creek y, después, en Prairie, en Idaho, donde la señal siguió saltando hasta desaparecer. Todos los puntitos, junto a una señal GPS que se había conectado brevemente a lo largo la carretera de Blacks Creek, crearon algo parecido al triángulo de las Bermudas que me había engullido.

Mis padres no vieron la constelación que formaban los repetidores ni los datos del GPS. Los acompañé en coche a la comisaría, pero seguí al agente Willis mientras otro compañero tomaba una declaración detallada a mis padres en dos salas separadas.

No podía estar con ellos y su esperanza, sobre todo cuando esta estaba a punto de hacerse pedazos.

Durante el interrogatorio, el agente Willis solicitó los registros telefónicos a la compañía Verizon. Antes de llamar al número del servicio de atención al cliente y pulsar el ocho para las solicitudes de las fuerzas del orden, imprimió y envió por fax una declaración jurada firmada en papel con membrete, en la que manifestaba que la policía de Kuna exigía los registros lo antes posible como parte de la investigación en un caso de una persona desaparecida que se encontraba en peligro.

Esperé junto a él hasta que se los enviaron por correo electrónico media hora más tarde. Cuando el informe con los datos telefónicos llegó, examiné por encima de su hombro el mapa de los repetidores y la larga marca temporal del GPS por la carretera de Blacks Creek. El hombre frunció el ceño mientras pasaba un dedo por la lista de las últimas ubicaciones en Prairie, Idaho. Cerca de esa zona, solo había estribaciones y cañones.

El número de matrícula del Kia Sorento no resultó útil de inmediato. Se trataba de una matrícula de Utah con dirección en el mismo estado y registrada a nombre de James y April Carson. Todavía no existía información de ninguno de los dos en Idaho.

No me sorprendió tanto el hecho de que estuviese casado como que tuviese una mujer vivita y coleando. Intenté imaginarla. ¿Qué aspecto tendría? Probablemente fuese guapa. ¿Tenía idea de con quién se había casado? No estaba segura de si debía sentir miedo de ella o por ella.

El agente Willis le bramó a alguien para que crease un informe de reconocimiento automático de matrículas, lo que supuse que se trataba de una especie de base de datos de seguimiento de matrículas. Luego, cogió un mapa del cañón de Blacks Creek y se marchó de la comisaría en su coche patrulla.

Yo iba en el asiento del copiloto mientras recorríamos la carretera de Blacks Creek. La radio soltaba códigos y pedacitos de información sin sentido cuando giramos para tomar la salida de la autovía.

Observé la artemisa y las colinas pedregosas pasar volando al otro lado de la ventanilla. La última vez que las había visto así estaba viva, aunque no me quedaba mucho tiempo.

El agente Willis viró hacia un camino de tierra sin señalizar, un lugar de acampada en el que se veían dos coches y una tienda junto al lecho del arroyo. Pasó unos minutos interrogando al hombre y a la mujer que salieron de la tienda, y después dedicó un tiempo a examinar la zona. Yo fui tras él y, aunque sabía que no podía oírme, le hablé.

—Está más lejos. No es aquí. Está más arriba, por el cañón.

Eché un vistazo al sol, que empezaba a descender. Solo quedaban unas cuantas horas de luz. Si el agente iba a tardar tanto en inspeccionar cada camino de tierra que salía de Blacks Creek, aquello llevaría mucho tiempo.

Abandonó la carretera varias veces más, pero siempre en la salida equivocada. Lo que más le atraía eran los apartaderos con zonas de acampada. Intenté calcular lo lejos que estábamos del lugar donde él había dejado mi cadáver. ¿Reconocería el apartadero? Me concentré en el recuerdo y descubrí que en mi mente era capaz de visualizar con una claridad sorpresiva el horizonte y el lugar junto al camino como si se tratase de una foto.

No estaba segura de lo lejos que nos encontrábamos exactamente.

Pero lo sabría en cuanto lo viese.

El horizonte acababa de tornarse rosa cuando avisté el apartadero.

El agente se había saltado los dos últimos caminos de tierra, y los marcó en su mapa de papel para ir a echarles un vistazo más tarde. No sabía si aquella decisión estaba influida porque ya se hacía tarde o si seguía algún tipo de corazonada a la que yo había contribuido. Fuese como fuese, notaba que nos estábamos acercando.

Entonces, de pronto, ahí estaba. Los hierbajos descuidados y la hierba alta que cubrían la pequeña elevación en el arcén de la carretera destacaban con claridad frente a la oscura linde, más allá del camino. Tenía la silueta de aquel montículo grabada a fuego en mi mente.

—¡Ahí está! —grité a pleno pulmón, deseando que el agente parase el coche.

Sus ojos se posaron un instante en la salida. La zona que había pasado el promontorio no resultaba fácil de ver. De hecho, daba la sensación de que el apartadero no tenía salida y que solo serpenteaba entre las colinas, adentrándose cada vez más en ellas.

—¡Para! —volví a chillar con desesperación, a la vez que me deslizaba hasta sentarme casi en su regazo, con las manos apoyadas inútilmente en el volante, como si existiese la posibilidad de poder girarlo con mis manos.

No estaba aminorando la marcha.

—Para ahí —le repetí, más alto.

Nada.

Sus oídos no captaban lo que le decía. Necesitaba penetrar en su cerebro de alguna manera.

Pensé en cómo había logrado deslizarme a través de la rendija de la heladería FroYo antes y, en ese momento, se me ocurrió la idea de acercarme todo lo posible al cerebro del agente Willis.

Me incliné dentro del peludo canal auditivo y pensé en pisar el freno con fuerza y en salir hacia el caminito de tierra mientras observaba el interior de su tímpano.

Para mi asombro, el coche aminoró la velocidad.

El agente echó un vistazo al camino sin asfaltar, pisó más el freno y tomó esa salida.

Tenía ganas de gritar de la alegría. No podía afirmar que me hubiese oído, pero sí que no había planeado parar y, sin embargo, ahí estábamos.

Mi emoción se desvaneció cuando salió del coche y comenzó a hurgar en los matorrales con un palo.

Tardó menos de dos minutos en dar con mi cuerpo, a la vista junto al lecho seco del arroyo.

Los animales me habían encontrado a lo largo de los últimos tres días. Habían separado un brazo del torso, y la piel gris que habían desgarrado del músculo y el hueso estaba hecha jirones en carne viva.

El resto de mí no se encontraba en mucho mejor estado. Se trataba de una escena que, si la hubiese visto en una película, no me habría dejado dormir por la noche, pero esta vez no podía apartar la mirada. Aquello no era una película. Aquello era yo.

El agente Willis no tardó ni un segundo en pedir refuerzos.

En un primer momento, aseguró la zona, sacó el cordón de seguridad del maletero del coche patrulla y se puso los guantes.

No había más luces de faros en la carretera. Todo permanecía sumido en la quietud y el silencio. Pasaría un rato hasta que llegara alguien, y yo no pensaba irme a ninguna parte.

Así que, al cabo de unos minutos, paró un momento y se sentó al volante del coche patrulla, con la vista clavada en el lugar en el que el terreno descendía hasta el lecho del arroyo y mi cadáver.

Tomé asiento a su lado mientras esperábamos. Después de unos segundos, se aclaró la voz y comenzó a cantar en voz baja.

Solo había ido a la iglesia unas cuantas veces, pero reconocí el cántico enseguida. Lo cantaron en el funeral de mi abuelo, hace dos años.

Quédate, conmigo, Señor;
el día cesa ya.
El manto de la noche cae
y todo lo cubrirá.

Yo no estaba presente cuando se lo comunicaron a mis padres.

Para cuando el agente Willis volvió a bajar por Blacks Creek, era bien entrada la medianoche.

Habían fotografiado mi cadáver. Habían catalogado las pruebas —mi teléfono, una colilla, algunos envoltorios de caramelos y una huella parcial de neumático— y las habían guardado en bolsas de plástico.

Un técnico con botines, mascarilla y una redecilla en el pelo me había bajado los vaqueros con cuidado e insertado un hisopo largo entre las piernas.

Esa prueba al fin logró que apartase la mirada. Había que hacerlo, pero no quería recordar haber visto nada de eso.

Me sentí extrañamente agradecida cuando después volvió a subirme la ropa interior de rayas púrpuras y me abrochó los pantalones con cuidado.

Mis padres ya no se encontraban en comisaría cuando el agente Willis nos hizo pasar al despacho, en el que la actividad bullía. Estaban arrastrando a un par de hombres esposados por la zona de recepción, y una mujer se encontraba junto al mostrador mientras se sostenía la cabeza entre las manos y sollozaba de manera incoherente.

El agente Willis, a pesar de que parecía exhausto, se tomó el tiempo necesario para redactar un informe sobre lo que había sucedido. Una compañera entró en la sala para informarle de que habían cancelado la denuncia de personas desaparecidas y que se había organizado una rueda de prensa a primera hora de la mañana. Un inspector de homicidios, alguien llamado Kittleson, se encargaría a partir de ahí. Necesitaba que lo pusieran al día lo antes posible. La matrícula seguía siendo un callejón sin salida.

El agente Willis asintió. Unos minutos después, le envió el informe al inspector Kittleson por correo electrónico, imprimió una copia para que se archivase y apagó la luz del despacho.

Cuando se subió al coche patrulla, no fui tras él. En lugar de eso, bajé hasta la calle principal y luego tomé calles secundarias hasta que llegué a casa. Los kilómetros ya no significaban nada. Y, llegados a este punto, ya me conocía el camino.

Mientras cruzaba el solar descuidado en el límite de mi barrio, un zorro bastante grande salió de un matorral portando un pequeño roedor en la boca.

Se quedó petrificado.

—Ey —lo saludé mientras me ponía en cuclillas.

El animal pegó las orejas a la cabeza y olfateó el aire. Sin soltar el roedor, avanzó lentamente con el cuello vuelto hacia mí y manteniendo las distancias. Entonces, me incorporé y el zorro emitió un ladridito ahogado y salió huyendo al abrigo de los lilos.

Cuando al fin me colé en la casa a través de la rendija de la puerta trasera, descubrí que mis padres se habían dormido.

Papá estaba sentado en el sofá y, debido a los reposabrazos demasiado cortos, apoyaba la cabeza en la pared en un ángulo que parecía bastante incómodo. Mamá dormía en el asiento de al lado, con las piernas acurrucadas contra el pecho y la cabeza posada en la pierna.

Igual que la mayoría de hijos de padres divorciados, yo fantaseaba en secreto con todo tipo de escenarios que volvieran a unirlos. O, al menos, que trajesen a mi padre de vuelta a Idaho. Pero lo cierto era que nunca se me había dado muy bien. Resultaba más sencillo imaginarlos separados que juntos. Los dos eran más felices y, en realidad, la novia de mi padre era bastante amable.

Al parecer, esto era lo que hacía falta.

—Lo siento —susurré, mientras sentía cómo la tristeza y el amor se expandían por mi pecho.

Mi madre gimoteó en sueños y se incorporó en el sofá de la sala a oscuras.

—¡Puedo encontrarla! —chilló con los ojos aún cerrados—. La voy a encontrar.

Mi padre alargó el brazo en busca de su mano.

—Está bien, Mari —murmuró, y recolocó la cabeza en el respaldo del sofá—. Duérmete. Sigue durmiendo.

Ella volvió a tumbarse obedientemente, sin dejar de agarrarle los dedos con fuerza.

22. MEGHAN

VALLE DE SALT LAKE, UTAH

HACE SEIS MESES

Resulta tan raro como suena: echaba de menos las montañas, mi cementerio.

No me lo pensé dos veces antes de subirme al asiento delantero del coche patrulla de la agente Domanska, pero cuando por fin el camino angosto y lleno de baches desembocó en una carretera asfaltada con señales que indicaban la dirección a Cedar Fort, deseé al menos haberme despedido del cuervo. No me habría entendido, lo sabía, pero, de todos modos, lo echaba de menos.

Las palabras de la abuela Rosie resonaron en mi memoria mientras viajábamos en el coche. «Estaré aquí cuando estés lista». No sabía qué iba a descubrir en comisaría, pero ya no sentía una desesperación que me reconcomía por dentro.

Deseaba que me encontraran. Quería verlo arrestado. Quizá ya lo habían detenido. Deseaba despedirme de mi familia; obviamente, ahora celebrarían un funeral. Y, después, quería pasar a mejor vida.

A la agente Domanska no le había tocado indagar sobre el zapato sospechoso junto a la carretera que había encontrado el

Servicio Forestal porque hubiera sacado la pajita más corta. Enseguida me di cuenta de que era la investigadora asignada a mi caso de desaparición, que no tardó en convertirse en un caso de asesinato. Albergaba la esperanza de dar conmigo cuando le llegó la información del Servicio Forestal.

Llevaba cuatro meses buscándome, desde que Sharesa había denunciado mi desaparición la mañana después de la «cita».

Leí las transcripciones de las llamadas en la denuncia de mi desaparición a medida que la agente Domanska hojeaba las notas y los informes. En ellos se describía a Sharesa como una «histérica». Esbocé una sonrisa que se desvaneció cuando leí la transcripción de las llamadas y los interrogatorios a mis padres.

En la transcripción de la primera conversación telefónica con mi madre había fragmentos marcados como «ininteligibles» cada dos por tres. En ese momento, mis padres estaban haciendo *rafting* en el río Salmon, en Idaho, lo que significaba que tardaron cinco días en saber de mi desaparición. Llevaban un año entero hablando sobre ese viaje. Mi madre se lo había regalado a mi padre por Navidad.

La camarera del Gracie's se acordaba de mí. También recordaba a Jimmy: básicamente, lo guapo que era y el hecho de que nos quedamos hasta que anunciaron la última ronda antes de cerrar. Se acordaba de que yo iba como una cuba y que él me había ayudado a llegar al aparcamiento.

—Creí que eran pareja —dijo durante el interrogatorio.

Encontraron mi teléfono en el aparcamiento. Aquella fue la razón principal —más allá de la histeria de Sharesa— por la que mi búsqueda se intensificó tan rápido.

Había muchísimos artículos de periódico impresos y archivados entre las notas de la agente Domanska. Los leí. Todos usaban las fotos de carnet recientes que me había hecho cuando conseguí el último ascenso en el trabajo. Me había sentido muy orgullosa de aquellas fotos. En ellas, parecía una mujer profesional, moderna y capaz de todo que estaba al mando de su vida, pero me costaba verlas en blanco y negro y a toda plana en la portada de los periódicos locales. Ya no conocía a esa mujer. Parecía inocente en vez de impresionante. Daba la sensación de que no tenía ni idea de la que le iba a caer encima.

Descubrí que Jimmy Carlson era un fantasma.

En realidad, nunca había existido.

Daba igual que Sharesa supiera cómo se llamaba o que le hubiese enviado a la agente Domanska un enlace a su perfil —ahora extinto— en MatchStrike, el mismo que yo le había mandado antes de la cita para conseguir su aprobación. Él había registrado la cuenta con un nombre falso, una dirección de correo electrónico falsa y una VPN. Lo único que la aplicación aportó, incluso contando con sus mensajes en mi ahora huérfana cuenta, fue la confirmación de que la cuenta falsa se había creado un año antes, el 15 de julio. La última vez que había accedido a ella fue el día de mi desaparición. La había borrado poco después.

Lograron recuperar su foto de perfil, que se había ampliado tanto que costaba apreciar muchos detalles, sobre todo en el archivo en baja resolución subido a la web. Recuerdo la sensación de alivio cuando me encontré con él en el Gracie's: no era un neandertal. Su foto no le hacía justicia ni siquiera un poquito. Lo habitual en MatchStrike era la situación contraria. Pero con Jimmy no. Jimmy era guapo. Se lo dije durante la cita. De veras que necesitaba una foto mejor. En privado, me encantó. Era como haber descubierto un diamante, así que ¿qué más daba si se le daba fatal hacerse fotos? Era mejor que los selfis en el gimnasio de todos los demás perfiles.

Domanska pasó la fotografía por un *software* de reconocimiento facial, pero incluso mejorada, tenía una resolución demasiado baja y estaba demasiado ampliada como para ofrecer alguna coincidencia.

Mi teléfono se guardó en una bolsa como prueba. Se recuperó una huella parcial de su coche, no del mío. Pero no se encontró en la base de datos. El archivo de la agente incluía mi lista de llamadas desde hacía seis meses, así como las transcripciones de todos mis chats.

No había nada de «Jimmy». Solo nos comunicábamos a través de la aplicación de MatchStrike. Los agentes analizaron hasta el último detalle de esos mensajes, que no revelaron más que su foto. Cuando volví a leerlos, me pregunté cómo pudieron parecerme tan encantadores y chispeantes.

Ahora me parecían las primeras frases de una historia de terror.

Durante el día, fui tras la agente Domanska como un perrito faldero. No era el único caso que tenía, pero, tal y como un periodista había apuntado en un artículo, yo era una chica blanca y guapa. Y, ahora que me habían encontrado, el caso de desaparición se había tornado en una caza al asesino.

Tras un debate interno, la agente entregó la foto de Jimmy a la prensa e hizo una petición pública para que cualquiera que pudiera identificarlo llamara a la policía.

A la mañana siguiente, su imagen apareció junto a la mía en los artículos. Gracias a los informes de la agente Domanska descubrí que ese día habían recibido más de quinientas pistas por teléfono, correo electrónico e incluso la página de Facebook del Departamento de Policía. Y continuaron llegando al día siguiente por parte de mujeres que habían salido con un bicho raro de MatchStrike que encajaba con su descripción. Pelo oscuro. Ojos oscuros. Alto. Guapo.

Hubo muchísimas llamadas.

Algunas mujeres lloraban al teléfono. Habían abusado de una mujer de Wyoming durante la cita. Otra se había librado por los pelos.

Acompañé a la agente Domanska en todas las investigaciones de estas pistas que llevó a cabo en persona.

La verdad es que no esperaba dar con él.

Cuando le conté a Sharesa que él era una aguja en un pajar, no sabía lo acertada que se demostraría esa expresión.

23. BRECIA

VALLE DE SALT LAKE, UTAH

HACE UN AÑO

Después de lo que pasó con Meghan, eliminó su cuenta de MatchStrike.

Borró el historial de su navegador. Limpió la caché. Eliminó los mensajes que le había enviado a ella y a cualquier otra persona. Se esforzó por suprimir cualquier rastro de Jimmy Carlson en internet.

Yo sabía que borrar una identidad por completo no era tan sencillo. Nada de la web desaparecía del todo, pero, para encontrarlo, había que saber qué se estaba buscando.

Unas semanas más tarde, le dijo a April que dejaría su trabajo en la empresa tecnológica de Salt Lake. Argumentó que lo trataban fatal, que le pagaban menos de lo que merecía, que lo desaprovechaban. Había llegado el momento de seguir adelante. Además, el director de su oficina y la mayoría de sus compañeros no merecían la pena.

April se lo quedó mirando, pasmada. Los ojos se le llenaron de lágrimas y señaló con un gesto la casa que los rodeaba y el salón que acababa de terminar de decorar. Yo había estado allí, cuando, unos días antes, ella había abierto el paquete que contenía los cojines nuevos y mullidos. Emma había insistido en construir un fuerte con ellos de inmediato.

—Pero ¿qué dices? —le preguntó April, que no se lo creía—. Por fin nos hemos asentado. Por fin tenemos una casa bonita. Hemos hecho amigos. Las niñas tienen amigos. Acordamos quedarnos aquí hasta que se graduasen en el instituto. ¿Por qué siempre es así?

Los ojos de él emitieron un destello de irritación.

—He pensado mucho en esto y no espero que lo comprendas, pero, dado que tú no estás pagando precisamente la hipoteca, confío en que me apoyes. —Entonces, resopló y señaló el fuerte de cojines que Emma y Kimmie habían construido el día anterior—. Yo no te critico por cómo haces tu «trabajo». —Hizo el gesto de comillas con las manos al decir esta última palabra—. Bueno, cuando lo haces. Este sitio parece un estercolero.

April se puso tensa como si la hubiesen abofeteado. Enseguida se secó las lágrimas que le habían caído por las mejillas y se arrodilló para recoger los cojines y las mantas del suelo. La luz del comedor titiló una vez y después otra a medida que un hilo de ira fluía por mi ser. A April, sin embargo, daba la sensación de que la hubiesen desconectado. Durante unos minutos, él permaneció en el salón, sin decir nada, mientras la observaba cómo recogía el fuerte y murmurando algo sobre los honorarios de la inmobiliaria. Luego, salió de la habitación.

Yo no lo seguí.

Sabía exactamente por qué se mudaban, y por qué lo tendrían que hacer otra vez. Y otra. Y otra.

Para ser sincera, de algún modo yo también sentía como si me hubiesen desconectado. Había dejado de perseguirlo desde aquella noche en las montañas…, la noche que la había asesinado. En lugar de eso, pasaba los días viendo jugar a las niñas. Contemplando a April mientras les preparaba el almuerzo, las bañaba y les contaba historias sobre reinas de las hadas y ponis amistosos. Estaba demasiado bloqueada para hacer nada más.

A pesar de todos mis esfuerzos, me sentía incapaz. Incapaz de pararle los pies. Incapaz de irme —no tenía ningún otro sitio al que ir. ¿Cómo demonios iba a encontrar el camino de vuelta a casa ahora?—. Incapaz de devolverle la vida a Meghan.

Así que me apagué, me limité a existir y centré mi atención en los únicos puntos de luz en el vacío: April y las niñas.

April estuvo más callada de la cuenta durante unos días después de que su marido le dijera que iba a dejar el trabajo, pero cuando él no lo volvió a mencionar, ella se ablandó y siguió adelante como si nada. Deduje que no era la primera vez que habían tenido aquella conversación.

Tres meses después, cuando anunció de sopetón que había encontrado un trabajo nuevo en Idaho, ella esbozó una débil sonrisa y fue al dormitorio a tumbarse con las niñas y Oscar para contarles un cuento.

Yo me tumbé en la cama junto a Emma. Disfrutaba de aquella tradición nocturna, cuando cerrábamos la puerta y April leía a las pequeñas. Oscar me echó un vistazo, se acomodó junto a la mujer y continuó ronroneando.

April leyó a las niñas la historia de Tod y Toby, el zorro y el sabueso, de un desgastado libro de bolsillo de Disney que sacó de la estantería que había junto a la puerta.

A diferencia de los ponis amistosos y las hadas, este cuento era agridulce. Dos amigos que provenían de mundos diferentes. Sabías desde el principio que no iba a terminar del todo bien, pero aun así mantenías la esperanza.

Cuando llegó a la parte en la que el perro viejo —Jefe— se partía la pata durante la caza del zorro, Kimmie comentó:

—El zorro no quería que ese perro mayor se hiciese daño, mamá.

April asintió. Resultaba obvio que no era la primera vez que hablaban de ello.

—Llevas razón, mi amor. El zorro solo quería escapar. Estaba asustado.

Emma se incorporó en la cama.

—Pero ese perro *sí* quería hacer daño al zorro. Iba a por él.

La mujer dudó y, luego, volvió a asentir.

—Sí, aunque no es más que su naturaleza. No puede evitarlo, cielo.

Me quedé a los pies de la cama de Emma mientras April apagaba las luces y cerraba la puerta del dormitorio de las niñas.

Había zorros y había sabuesos.

Y luego estaban los animales que no encajaban en absoluto en el orden natural de las cosas. Animales que causaban daño de forma intencionada.

24. SKYE

KUNA, IDAHO

PRESENTE

La policía tardó tres días en entregar mis restos a mis padres. En ese intervalo, la forense confirmó que la causa oficial de mi muerte había sido el estrangulamiento. Llegaron los resultados del laboratorio. No habían abusado sexualmente de mí y tampoco me habían encontrado materia orgánica debajo de las uñas. En otras palabras, no me había defendido.

—Quise hacerlo —le dije a la forense encargada de la autopsia mientras examinaba mis dedos morados—. No pude hacer nada.

Mis padres decidieron celebrar mi funeral en el parque Hulls Gulch, en Boise, al pie de las colinas, junto al lago en el que cazábamos renacuajos todas las primaveras cuando era pequeña. Aquello fue antes de que mis padres se separasen. Seguía siendo uno de mis lugares favoritos, y me alegré de que lo eligieran.

Fue un funeral corto. Mi madre pronunció un panegírico, pero tuvo que detenerse hacia la mitad cuando el llanto hizo que se le entrecortaran las palabras. Mi padre tomó el trozo de papel al que ella se aferraba con fuerza y terminó, aunque tuvo que aclararse la garganta una y otra vez.

No se habló mucho de Dios ni del cielo. Hacía mucho tiempo que mamá y yo habíamos dejado de ir a la iglesia, y ninguno de mis padres quiso ponerse en contacto con una iglesia local que no conocían. De todas formas, varios curas y pastores se ofrecieron a oficiar el servicio cuando la historia llegó a los medios el día después de que se hallase mi cadáver.

Tras el panegírico, mis padres, un puñado de amigos del instituto y algunos compañeros del Daily Grind se turnaron para decir cosas bonitas sobre mí y luego esparcieron semillas de flores silvestres junto a la orilla del lago, cubierta de maleza. Ken le dio un largo abrazo a mi madre después de esparcir el paquete de semillas. Dijo que todos los días estaba atento por si volvía a ver al tío del chocolate caliente.

Mi madre apretó los labios y le dio las gracias por todo. No le contó que la policía sabía que el verdadero nombre del tío del chocolate caliente era James Carson ni que llamaba todos los días a comisaría para preguntar si habían dado ya con él. El inspector Kittleson no podía decirle mucho, y a ella le habían dado órdenes estrictas de no revelar ningún dato que pudiese comprometer la investigación. Todavía no se había arrestado a nadie.

Las noticias de mi secuestro y asesinato corrieron como la pólvora por todo Idaho durante unos días. La foto de mi anuario me miraba fijamente desde la portada del *Idaho Report,* que mi madre había doblado cuidadosamente y colocado junto al ordenador de su despacho. En el poco tiempo que el cortejo fúnebre tardó en llegar a Hulls Gulch, la historia sobre un asesinato/suicidio en la zona me había desterrado de la primera plana. No me sorprendió. Después de todo, yo no era más que una chica mulata de un barrio pobre de Kuna.

A veces, cuando me sentaba al lado de mi madre en el coche mientras iba a trabajar o pasaba a buscar la cena, observaba los rostros de la gente en la calle y me preguntaba si habría más fantasmas. Y en caso de que así fuera, ¿podría llegar siquiera a saberlo o estaban metidos en sus casas y coches, rondando a las personas que más amaban, igual que yo?

Daily Grind había enviado a mis padres un cheque de mil dólares y una carta de condolencia sorprendentemente conmovedora. Mi padre echaba humo y decía que solo querían evitar que los demandáramos. Ese dinero estaba manchado de sangre, pero mi madre guardó la carta en el cajón de su escritorio.

Antes de que saliéramos de Hulls Gulch para ir en coche hasta el cementerio, papá terminó el funeral leyendo una oración fúnebre celta. Yo la recordaba del libro que me había enviado unos veranos antes por mi cumpleaños, en el que me había dejado una nota dentro que decía que aquel era el único libro que lo había hecho llorar.

Marcha a casa hacia el sueño eterno.
Marcha a casa hacia el lecho inmortal.
Vuelve a tu morada de invierno,
al hogar otoñal, de primavera y estival.

Duerme, duerme y aleja tu pesar;
duerme, duerme en la plena quietud;
duerme ya, querida, a la sombra de las altas ramas;
duerme, ay, duerme en el amor más profundo;

duerme esta noche en el pecho de tu madre;
duerme, querida, mientras ella consuela tu mal;
y tu rostro, querida, vuelto hacia tu viejo hogar,
retorna al vientre que un día te vio brotar.

Que la noche de las siete luces sea tuya, querida,
y la noche de las siete alegrías también, querida.
La sombra de la muerte te envuelve, querida,
pero tu padre pronto contigo se encontrará.

Duerme, duerme, y aleja tu pesar;
duerme, duerme, y aparta tu dolor.
Duerme, ay, duerme sumida en la guía más perfecta;
duerme, ay, querida, el descanso más sereno.

25. MEGHAN

VALLE DE SALT LAKE, UTAH

HACE SEIS MESES

Decidí no asistir a mi propio funeral.

Mis padres viajaron juntos en coche desde Wyoming para recuperar lo poco que quedaba de mí. La agente Domanska ya los había interrogado a través de una videollamada y, cuando llegaron a la morgue, quedó con ellos y me veló mientras mi madre firmaba la autorización con manos temblorosas.

Me dolió ver a mis padres casi tanto como a ellos les dolió verme a mí.

Quise decirles que estaba bien, que los quería, que no era culpa suya que esto hubiese sucedido mientras estaban de viaje, que había encontrado a la abuela Rosie, que algún día ellos también darían conmigo.

Pero, de momento, no podía decirles nada.

Y tampoco podía quedarme con ellos.

No había vuelta atrás. Seguía aquí por una razón, por una sola razón.

El noventa y cinco por ciento de las pistas que llegaron a cuentagotas a través de la línea de información eran claramente falsas.

Y la agente Domanska investigó el cinco por ciento restante en persona.

Algunos casos eran meras confusiones de identidad. Se trataba de tipos que se parecían mucho a la foto de perfil de baja resolución de MatchStrike. Me daban un poco de pena.

Otros me provocaban bastante asco. Uno de ellos, un ayudante de cocina que vivía a unas tres manzanas del Gracie's, aceptó quedar con nosotras en su casa. Vi que la agente Domanska se llevaba la mano a la cadera, a unos centímetros de la cartuchera de su arma, cuando el hombre nos dio la bienvenida y, con una sonrisa, nos invitó a pasar. Una chica de MatchStrike había llamado a la línea de información. Se había puesto demasiado agresivo al final de la cita y la había agarrado del brazo cuando le había dicho que quería irse ya.

Pero no era el hombre que estábamos buscando. Contaba con una coartada sólida: había pasado toda la noche en una fiesta con al menos una docena de testigos. Aun así, mientras la agente lo interrogaba, percibí en su mirada un destello que me resultó familiar. Como si en realidad no le sorprendiera que lo estuvieran interrogando, pero supiera que no le pasaría nada.

Tres días después de habilitar la línea de información, recibimos el mensaje de una mujer que hablaba tan rápido que al principio costó distinguir qué decía. La agente Domanska escuchó el mensaje dos veces. La mujer recitaba del tirón una dirección a las afueras de Salt Lake. Comentaba que el marido de su amiga trabajaba allí. Era idéntico a la foto que había visto en el periódico.

—Se llama James —añadió, y después colgó sin dar su nombre.

La investigadora buscó la dirección. Se trataba de uno de esos enormes edificios que alojaban docenas de oficinas. La empresa del número del local que le había dado la mujer se llamaba Dromo. Tecleó sin apartar la vista de la pantalla y, luego, se dirigió al coche patrulla. No se trataba de una gran pista, pero algo en la voz de la mujer le había llamado la atención.

Cuando entramos en el complejo de oficinas, una recepcionista mayor con mirada amable y un moño ceñido canoso recibió a Domanska.

—¿En qué puedo ayudarla? —preguntó con una sonrisa. Entonces, reparó en la placa de la agente—. ¿Hay algún problema?

—Me gustaría hablar con uno de sus empleados… —comenzó a decir la policía.

Por el rabillo del ojo vi que alguien pasaba junto al mostrador de recepción.

—… James Carson —terminó Domanska. La recepcionista se rio y llamó al hombre que ya casi había desaparecido dentro del despacho.

—Hablando del rey de Roma, por la puerta asoma.

La conmoción y el asco se propagaron por todo mi ser. El ordenador en el mostrador de recepción se apagó de repente y las luces parpadearon una y otra vez.

Nadie pareció darse cuenta.

James sonrió y extendió una mano. Parecía perplejo, ligeramente preocupado, y estaba tan guapo como siempre.

La agente Domanska le estrechó la mano.

—¿Hay algún despacho en el que pueda hacerle unas preguntas? —quiso saber—. Serán solo unos minutos.

Él le guiñó un ojo a la recepcionista y después indicó a la investigadora con la mano que entrasen en una sala de juntas, a unos metros de allí.

—Sin problema, ¿me he metido en un lío o algo?

Me abalancé sobre él a sabiendas de que ya no podía hacerle más daño que la brisa que salía del conducto del aire acondicionado sobre nuestras cabezas, pero es que era incapaz de quedarme ahí quieta.

Lo arañé, lo golpeé y luché como me habría gustado haber hecho en vida.

E igual que entonces, no conseguí nada, aparte del titileo irregular de los halógenos de la sala de juntas.

Seguía sin creerme que fuera él.

Después de todo, habíamos encontrado la aguja.

Aunque no parecía preocupado.

La agente Domanska comenzó con una pregunta sencilla: ¿dónde estuvo la noche del viernes 14 de junio?

Él frunció el ceño y fingió pensar.

—La verdad es que no lo sé. —Y tuvo los huevos de soltar una risita—. Eso fue hace mucho tiempo, lo siento... ¿Pasó algo ese día? Tendría que comprobarlo en el móvil o preguntarle a mi mujer. Seguro que ella lo sabrá.

Tenía mujer. No es que me sorprendiera. No me había hecho ilusiones sobre el tipo de ser humano que era. Eso solo añadió una capa adicional de horror. Intenté imaginármela. Qué aspecto tendría. Cómo se había casado con ese monstruo. ¿Tendría la menor idea de quién era su marido? ¿Sería ella misma la mujer que había llamado con la información de forma anónima?

La investigadora asintió y, luego, le mostró la foto de perfil que había publicado el periódico. Su foto de perfil.

—¿Es usted? —le preguntó con aire despreocupado.

Él agarró el diario y examinó la imagen.

—El parecido es indudable, pero no, no soy yo. Vi la foto ayer en un artículo, ¿no es el tipo al que están buscando?

La agente estudió su mirada y yo la de ella. ¿Podía distinguir que mentía? Si yo me encontrase en su lugar, ¿me habría dado cuenta? Recordé el letrero pegado con celo que vi en el baño del Gracie's: «¿La cita no está yendo bien? Pregunta por Andrea en la barra». Pensé en la confianza con la que había ignorado aquel letrero y vuelto a mi bebida adulterada junto a quien poco después me asesinaría, mientras me imaginaba que aquello era el comienzo de algo bonito.

En ese instante, recordé a la chica del moño despeinado. La que paró a hacerle una foto a mi zapato desteñido en el arcén del camino de tierra. Recordé al guardabosques que llamó a la agente Domanska.

Me incliné y me acerqué todo lo que pude a su oreja, mientras los fluorescentes parpadeaban cada vez más a medida que crecía mi frustración.

—Está mintiendo —le dije—. Es él. Él me mató. No le creas.

La expresión de la investigadora no cambió. Yo había aprendido que era muy buena poniendo cara de póquer. Su expresión podía significar que le creía o que no le creía y disimulaba. No había forma de saberlo. Ella ignoró la pregunta que él le había hecho y añadió:

—¿Ha estado alguna vez en el Gracie's?

James volvió a parecer pensativo y luego por fin contestó:

—Sí. Creo que sí. No queda muy lejos de aquí.

Domanska asintió.

—¿Estuvo allí la noche del 14 de junio?

Él negó con la cabeza.

—No lo creo, pero, como he dicho, tendría que preguntárselo a mi mujer para estar seguro. Mi cerebro es como un colador y no recuerdo ni lo que almorcé ayer. —Se rio—. Estamos preparándonos para mudarnos en un par de semanas. De hecho, hoy es mi último día aquí. Ha tenido suerte de pillarme.

Se le arrugaron los rabillos de los ojos. «Ha tenido suerte de pillarme». Había hecho un juego de palabras.

La expresión de Domanska permaneció impasible.

—Es bueno saberlo. En ese caso, necesitaré su nueva dirección. Por si tengo más preguntas. —Y se le tensó un poco la mandíbula.

No se lo tragaba. Yo grité de alegría y las luces siguieron titilando como velas.

La agente soltó el artículo del periódico en la mesa.

—Para responder a su pregunta, sí, estoy investigando este caso. —Y dio unos golpecitos en mi foto con el dedo—. ¿La reconoce?

Él volvió a poner esa estúpida cara de reflexión fingida.

—No, pero reconozco la foto del artículo que leí. Qué horror.

Volví a inclinarme muy cerca de la oreja de la mujer.

—Sigue. Pregúntale por la camarera. Ella se acordaba de él.

Para mi sorpresa y deleite, lo hizo.

—Hay una camarera en el Gracie's que recuerda que un hombre acompañó a Meghan esa noche. Nos dio una descripción bastante detallada de él. ¿Qué pasaría si lo pusiera en una rueda de reconocimiento ante ella?

De pronto, el ambiente en la sala me pareció tenso y cargado. Algo en la mirada de James se tornó sombrío.

—¿Cómo? —Y montó el numerito de negar con la cabeza como si no diera crédito—. Esa mierda de foto está muy borrosa. No quiero ser maleducado, y espero que encuentre al cabrón que hizo esto, pero ¿necesito un abogado o algo? No quiero terminar como el tío del documental de Netflix.

Domanska siguió en sus trece.

—¿Podría responder a la pregunta, por favor?

—No. La camarera no me reconocería. ¿Puedo irme ya?

—¡No! —le dije a la agente—. Es él. No puedes dejar que se vaya. Sigue haciéndole preguntas.

Pero eso no sucedió.

—Puede irse —contestó la agente lentamente—. Aunque, como he dicho, necesitaré su nueva dirección y sus datos de contacto. Es posible que tenga que hacerle más preguntas.

Dejé que Domanska me tomase la delantera durante unos segundos. Cuando la puerta de la sala de juntas se cerró de golpe y el sonido de sus pasos desapareció por el pasillo, James levantó el dedo corazón en un gesto obsceno.

—Puta arrogante e incompetente —murmuró.

Me sentía en una nube mientras seguía a la agente Domanska de vuelta al coche.

Lo habíamos encontrado. Pero no había pasado nada.

La mujer giró la llave en el contacto y cogió su teléfono móvil.

«Sigue adelante, *bubbelah*». Imaginé a la abuela Rosie al otro lado de la encimera llena de harina y con la masa del pan. Las arrugas alrededor de los ojos de la agente desaparecieron mientras yo veía en mi mente las líneas de expresión de mi abuela.

La voz de Domanska se filtró en el recuerdo conmigo, como si fuera música de fondo, cada vez más baja.

«... pero algo en él...».

La cocina inundada por el sol desapareció cuando volví de golpe al coche. En ese momento, la agente ya estaba conduciendo, con el teléfono en altavoz y sujeto en su soporte.

—A lo mejor me equivoco, pero tengo la sensación de que estaba esperando a que alguien apareciese para hacerle estas preguntas. No estaba ni de lejos lo sorprendido que cualquiera en su situación habría estado, y era clavado al de la foto.

La persona al otro lado de la línea se aclaró la voz.

—¿Quieres que vuelva a contactar con la mujer que dio el chivatazo? Fue anónimo, pero tenemos su número.

—Sí, devuélvele la llamada. Presiónala más. Luego, busca al tipo este, James Carson, en internet. Mira si encuentras alguna foto de mejor calidad que podamos enviar a la rueda de reconocimiento con la camarera. Si lo identifica, con eso bastará para conseguir una orden y registrar su coche.

Domanska hizo una pausa y, al final, añadió:

—Se marcha del estado en dos semanas. Necesitamos dejarlo atado antes. No quiero lidiar con extradiciones.

El corazón —o lo que fuese que me mantenía de una pieza— se me disparó. Era imposible saber cuánto había contribuido yo a la corazonada de Domanska, pero decidí creer que la intuición que había tenido había sido en parte cosa mía.

La abuela Rosie aún me esperaría dentro de dos semanas.

Podía quedarme en el limbo un poco más.

Porque me moría de ganas de ver caer a ese cabrón.

26. BRECIA

KUNA, IDAHO

HACE SEIS MESES

No me enteré de que la policía lo había interrogado sobre el asesinato de Meghan hasta que no estuvimos acomodados en un rancho enorme de los años setenta en Kuna, en Idaho, que consiguió alquilar pagando en efectivo con el nombre de «James Carlson».

April y yo acabábamos de llegar de una «reunión de mamis» con un grupo que había encontrado en Facebook. No me encantaba la idea de dejar a Emma y a Kimmie solas en casa —aunque estuviesen acurrucadas en sus camas—, pero ya no soportaba estar cerca de él y, de todas formas, no podía hacer nada por ayudar a las niñas.

Por tanto, seguí a April hasta un restaurante de moda en Nampa y escuché desanimada la conversación trivial sobre niños de preescolar «dotados y talentosos», mallas con bolsillos y tentempiés orgánicos. Ella sonrió todo el tiempo y metió baza cuando pudo, pero, al volver al coche, se limpió una lágrima que se le había escapado por la mejilla. Estaba empezando de cero. Otra vez.

Igual que él. Solo que yo no quería saber nada del tema.

Ahora apenas estaba en casa, lo que resultaba un cambio significativo con respecto a los días que habíamos pasado juntos en el sótano en Colorado.

Ya se le oía a través de la pared cuando April aparcó en el garaje y apagó el motor del coche.

Estaba descargando su ira contra alguien.

La mujer se quedó petrificada y luego salió a toda prisa del coche. Yo pasé volando a su lado porque creí que le estaba gritando a las niñas. La bombilla del garaje explotó y April gritó cuando la sala se sumió en la negrura.

A continuación, me colé por la rendija de la puerta y me detuve frente a él.

Había oído la puerta del garaje y ya había bajado la mitad del tramo de escaleras.

La puerta del dormitorio de las niñas, a unos pasos más allá por el vestíbulo, estaba cerrada. No les estaba chillando a ellas. Hablaba con alguien por teléfono.

Él bajó la voz mientras desaparecía escalones abajo, pero llegué a su altura sin ningún esfuerzo.

—Tendrán noticias de mi abogado. No me llamen de nuevo. Ya les he contado todo lo que sé, que es nada —masculló.

Me acerqué más a él para escuchar la respuesta al otro lado de la línea.

—Así que, para dejarlo del todo claro, usted jamás conoció a Meghan…

Él colgó el teléfono y lo lanzó.

El aparato se estrelló con fuerza contra la pared y aterrizó bocarriba en la moqueta. Aún se leía «Policía de Salt Lake City» en la pantalla.

Alguien en Salt Lake sospechaba de él lo bastante como para seguirle la pista hasta Idaho.

Retrocedí para alejarme de él y me quedé en la entrada mientras echaba un vistazo a la guarida del sótano. Era la primera vez que ponía un pie ahí dentro desde que nos habíamos mudado, hacía tres semanas.

La habitación era más un refugio para hombres que un despacho. Había una PlayStation conectada a una televisión en una pared y un escritorio pegado a la otra, además de un sillón reclinable de felpa marrón en una esquina. Recogió el teléfono de donde lo había tirado y se lo metió en el bolsillo de la sudadera con capucha. Luego, se sentó en el sillón y encendió la consola.

En ese momento, mis ojos se posaron en un vaso de café del Daily Grind que sobresalía de la papelera junto al asiento. Habían escrito «Chocolate caliente» y el nombre de «James» en una esmerada cursiva con una carita sonriente en la parte de abajo.

Nunca antes lo había visto beber café, y a April tampoco. De alguna manera, me daba la impresión de que iba en contra de sus creencias religiosas.

Me quedé en el umbral sin apartar la vista de la carita sonriente. No era de esas que garabateas con prisa. Se trataba de una carita mona y completa, con pestañas y todo.

Me dije a mí misma que eso no significaba nada, que era un vaso de café.

Trasladé la vista hasta el ordenador. La pantalla se encontraba apagada. Si la policía lo había interrogado, a lo mejor intentaba pasar desapercibido. Mantenerse lejos de MatchStrike. A lo mejor hasta lo pillaban por lo que le había hecho a Meghan. Y a mí.

Las escaleras del sótano crujieron. April estaba bajando. James/Jamie/Jimmy soltó un ruidito de exasperación y examinó el cuarto con la mirada. Entonces, cogió el vaso de café de la papelera y lo metió en un cajón del escritorio, fuera de la vista.

Yo retrocedí hasta el pasillo. April vacilaba al pie de la escalera. Daba la sensación de que intentaba decidir si preguntarle por qué estaba gritando o no. Debía de haber oído el teléfono golpear la pared.

En lugar de eso, volvió a subir las escaleras sin hacer ruido y miró en el cuarto de las niñas. Cuando vio que se encontraban profundamente dormidas, cerró los ojos y dejó escapar un suspiro de alivio.

Después, levantó a Oscar del suelo, fue hasta la habitación de matrimonio y se envolvió bajo la manta.

Normalmente yo no prestaba mucha atención a lo que April hacía con su teléfono. Las pocas veces que miraba, estaba organizando quedadas para Kimmie y Emma, jugando al *KandyKlash* o navegando por su interminable *feed* de Instagram, pero esa noche, el aspecto de su rostro —cuando echó un vistazo a la puerta del dormitorio y después miró la pantalla con el ceño fruncido— hizo que me deslizase hasta allí para ver qué estaba leyendo.

Había abierto un artículo de actualidad sobre el asesinato de Meghan.

Estaba ampliando y reduciendo con el pulgar y el índice una imagen granulada y en blanco y negro de su marido.

Me quedé mirando incrédula cuando abrió otra ventana en el navegador y tecleó: «El trauma infantil puede conducir a la violencia».

April contempló los resultados de la búsqueda sin clicar en ninguno de ellos. El primero mostraba la cita de un artículo de investigación: «Está ampliamente aceptado que el trauma infantil aumenta la probabilidad de comportamiento violento».

Unos segundos después, April abrió una sucesión de mensajes de hacía tres semanas, justo antes de la mudanza. Se trataba de un mensaje que había dejado sin leer de una mujer llamada Nina. El texto era largo, ocupaba casi toda la pantalla. Era una disculpa. Nina creyó que el hombre del artículo del periódico era idéntico a James. Se lo había «mencionado» a la Policía de Salt Lake. Lo más probable era no fuese nada. Debería habérselo contado antes de ponerse en contacto con los agentes. Lo sentía muchísimo, pero no podía dejar de pensar en lo mucho que se parecían. ¿Tendría un hermano?

Yo no tenía ni idea de quién era Nina. Al final del mensaje mencionaba que vería a las niñas el domingo, así que di por hecho que se trataba de una amiga de la iglesia.

April leyó y releyó el mensaje.

Al final, cerró la aplicación de mensajería, borró el historial del navegador y colocó el teléfono con cuidado en la mesita de noche para después hundir la cara en el peludo y vibrante costado de Oscar.

27. SKYE

KUNA, IDAHO

PRESENTE

Dieron con él un mes después de mi funeral.

Una agente lo detuvo en un control de tráfico en Meridian. Llevaba un faro trasero fundido. Cuando la policía procesó las matrículas —marcadas en la base de datos con relación a mi asesinato—, lo llevó a comisaría para interrogarlo.

Yo no estuve presente cuando le preguntaron por mí. Entró y salió de comisaría en veinte minutos. El inspector Kittleson llamó a mi madre al día siguiente.

James se había negado a responder a nada sin un abogado presente y, después, preguntó con calma si podía marcharse.

Y así fue. Lo sancionaron por conducir sin matrícula ni carnet de conducir. Como era la primera infracción, se fue con una multa de 50 dólares.

El inspector Kittleson le dijo a mis padres que el fiscal del distrito albergaba dudas considerables respecto a perseguirlo como sospechoso en ese momento. Las imágenes de seguridad del Daily Grind en las que se veía la matrícula del Kia de color oscuro no me mostraban en ningún lugar cerca del vehículo, y en el vídeo del FroYo, en el que sí aparecía subiéndome a un sedán de color oscuro, no se apreciaba ninguna matrícula. Eso por no mencionar que el conductor era apenas algo más que un borrón oscuro. Una identificación definitiva resultaba prácticamente imposible.

Lo único que podían decir con seguridad era que James Carson había estado en el Daily Grind ese día. Igual que otros cientos de sedanes oscuros. Él trabajaba al lado: ¿por qué no iría a buscar algo de beber durante los descansos? Eso fue lo que dijo su abogado. No había manera de demostrar que me hubiese subido al coche con él.

James dijo que no me había visto antes... bueno, aparte de en la foto de los periódicos.

Cuando mi madre se enteró de que habían dado con él —y no lo habían arrestado—, estaba en el baño, aplicándose con cuidado el delineador, preparándose para ir a trabajar, y yo me encontraba sentada en la encimera, a su lado. Me había convertido en su sombra y, durante el último mes, me había dado cuenta de lo poco que sabía sobre ella mientras estaba viva. Siempre la había llamado mi «mejor amiga». Sabía cuál era su plato salvadoreño preferido —sopa de res— y su programa de televisión favorito —*El número uno*—. La quería, eso era incuestionable, pero apenas sabía nada de su persona. La atención siempre había estado puesta en mí: qué me gustaba, quiénes eran mis amigos, cómo iba el trabajo, qué quería hacer después de la universidad, qué pensaba, qué estaba leyendo... De alguna forma, sentía que la veía por primera vez de la manera en la que quizá lo habría hecho después de unos años de universidad, o puede que tras haber tenido mi propio hijo. A veces, fingía que me estaba hablando a mí cuando la escuchaba charlar en el sofá con su mejor amiga, Lucrecia, en especial cuando la conversación se centraba en temas que no tenían que ver con mi secuestro y asesinato.

Descubrí que había probado la marihuana a los quince años. Que parte de la razón por la que le emocionaba tanto que fuese a la universidad era que ella había dejado los estudios el último año de instituto. Que, cuando yo tenía seis días, apareció en la cita del pediatra sin sujetador porque llevaba sin dormir apenas desde que había nacido. Que por las noches rezaba en secreto, a pesar de que le decía a Lucrecia que seguía sin creer en Dios. Que deseaba mudarse de Idaho. Que seguía pensando mucho en mi padre. Que le habría gustado tener más hijos.

Yo la escuchaba, la observaba y quería decirle que seguía ahí. Que, de alguna manera, a pesar del abismo en el que había caído, ahora me sentía más cerca de ella que nunca.

Después de lo que pasó la primera noche, no volví a intentar susurrarle al oído mientras dormía; pero, a veces, cuando se aplicaba con manos temblorosas el delineador por las mañanas y el baño se encontraba en silencio, aparte de por el rumor del ventilador de techo, le hablaba. Sobre los platos que más echaba de menos. Sobre mis recuerdos favoritos de ella y papá. De vez en cuando, respondía. A su reflejo en el espejo, pero también a mí.

—Skyebird, ¿recuerdas cuando aprendiste a gatear y te encontré dormida en el baño, detrás del váter, con un tapón de desagüe en la boca?

Me reí. Ella también. Y, para mi sorpresa, descubrí que me acordaba exactamente de qué hablaba si escogía con cuidado cómo volver atrás a través de los recuerdos. Estaban todos ahí, claros como el agua.

—¿Te acuerdas del dibujo del pececito que pegaste en el espejo de mi baño cuando tenía dos años y que intentabas que hiciese popó para que así «diese de comer a los peces»? —le comenté.

Ella levantó el pincel del delineador para terminar un trazo y luego bajó la mano mientras los ojos se le arrugaban con una carcajada.

—Recuerdo cuando eras chiquitina y te aterraba hacer caca en el orinal. Te conté que eso alimentaría a los pescaditos, y, después de eso, te uniste a la causa de cabeza. Hasta te hice un dibujito para ayudarte a visualizarlo. Fue Lucrecia la que me mencionó este recuerdo.

Unos días después de que encontraran a James, el inspector Kittleson por fin se las apañó para conseguir una orden de registro para el Kia azul. Estaba segura de que habría tardado más todavía de no ser por las llamadas constantes de mi madre.

Iban a buscar sangre, huellas dactilares, cabello y fibras. Cualquier prueba de que alguna vez estuve dentro de ese coche.

Mamá estaba eufórica, y yo también tenía esperanzas. Había tocado el manillar de la puerta y el interior del vehículo. Seguro que no había podido borrar todo mi rastro de allí.

La orden se ejecutó un martes por la mañana, después de que él se marchase a trabajar.

Tenía toda la intención de ir a mirar. No estaba segura de qué vería o si habría algo que pudiera hacer, pero ¿tenía otro sitio en el que estar?

El modo en que se ejecutó la orden no se parecía en nada a lo que había visto en las películas o la televisión. El inspector Kittleson y un técnico impoluto, ataviado con mascarilla y mono, se detuvieron en el porche y llamaron con cortesía.

Una mujer flanqueada por dos niñas rubias de lo más adorables abrió la puerta.

Cuando se topó con los agentes en el umbral de su puerta, dio la impresión de que la señora hubiera visto un fantasma. Y así era, porque yo me encontraba justo allí, aunque eso ella no lo sabía.

Mientras el inspector Kittleson anunciaba el alcance de la orden —las llaves del Kia y el propio vehículo—, pasé a observar a las dos niñas. A diferencia de April, eran totalmente ajenas a la magnitud de lo que sucedía en su porche delantero. La más alta de las dos, que tenía un flequillo rubio de punta en un ángulo que me hizo pensar que acababa de levantarse de la cama, saltaba sobre un pie y luego el otro mientras le daba golpecitos con el dedo a su madre en la pierna y señalaba el coche de policía en la entrada. La más pequeña alternaba la mirada entre una y otra mientras esperaba pacientemente a que alguien le contase qué pasaba.

Yo estaba tan concentrada en ellas que no me percaté de que había una cuarta persona a unos centímetros tras ellas, en el recibidor, hasta que dio un paso adelante.

Tenía el cabello liso y marrón, y unos enormes ojos color avellana con las pestañas más espesas que había visto en mi vida. Llevaba un chándal de terciopelo burdeos que parecía muy cómodo, y aparentaba tener más o menos la misma edad que April. ¿Sería su hermana? ¿Una niñera? Por la expresión de su cara, lo primero que pensé fue que también parecía haber visto un fantasma.

Y así era.

Porque me miró directamente y susurró:

—¿Estás muerta?

28. MEGHAN

VALLE DE SALT LAKE, UTAH

PRESENTE

Domanska hacía caso a su intuición.

Y eso estaba bien, porque era todo en lo que podía contribuir, aparte de incomodar a Joey, su braco de Weimar, cuando me acercaba más de la cuenta.

Así que la agente no se dio por vencida cuando la nerviosa camarera del Gracie's no pudo identificar de manera concluyente a James Carson en la rueda de reconocimiento con las fotografías de varios hombres morenos y atractivos de veintimuchos.

Observó con paciencia a la delgada mujer de ojos azules examinar cada fotografía y después asentir enérgicamente con la cabeza.

—Este podría ser él. ¿Creo que a lo mejor es este? Recuerdo que era mono. Además, tenía el cabello castaño, así que este tío encaja como anillo al dedo.

Luego, avanzaba hasta la siguiente foto, fruncía el ceño y repetía lo mismo.

Yo le chillé. Me senté encima del escritorio con las fotos y me metí directamente en su tímpano cuando examinó la foto de James que habían sacado de su perfil de LinkedIn.

—Es él. ¡Hablaste con él! Míralo bien. Es ese. Acuérdate.

Lo único que parecía conseguir era aumentar su ansiedad, y para cuando salió de comisaría, temblaba visiblemente. No había manera de que un juez fuera a concederle a Domanska una orden basada en aquella identificación.

Sin embargo, la agente ni se inmutó. Le dio las gracias a la camarera por su tiempo, volvió a guardar las fotos en la carpeta y le pidió a su ayudante que buscase cualquier cámara en Salt Lake y Cedar Fort que todavía contase con copias de seguridad de las imágenes almacenadas en su sistema.

Después de que James Carson se mudara a Idaho, se buscó un abogado de los que se anuncian en las paradas de autobús que puso a Domanska a caer de un burro e hizo una llamada despiadada a su supervisora para contarle que acosaba a su cliente. La agente, muy tranquila, añadió una nota en su archivo, pero lo mantuvo abierto en su escritorio.

No dejaría pasar aquello.

Lo que también me animaba a mí a aguantar un poco más.

Cuando no echaba un vistazo al ordenador por encima del hombro de Domanska o la acompañaba en las visitas, me dejaba llevar. Pasaba más y más tiempo con mis recuerdos a medida que los días se volvían semanas y la agente trabajaba en otros casos. Veintiséis años albergan muchos recuerdos, así que seguía habiendo mundos estáticos de sobra por explorar que me permitían volver al terreno de los vivos. Disfrutaba cada uno de ellos como si fueran la reposición de un programa de la tele al que le tienes cariño, pero, al final, hacer un maratón de recuerdos o de tele sin nadie más resulta solitario. Pensaba en la abuela Rosie —y en los demás que habían pasado a mejor vida— casi constantemente.

Al principio, me quedaba en comisaría cuando Domanska se iba a casa por las noches. En realidad, nunca cerraban. Siempre sucedía algo. Siempre había alguien esperando a que pasara la siguiente desgracia. Resultó interesante durante un tiempo. Presencié de cerca muchas cosas que no había visto en mi vida o no había querido ver. Muchos gritos. Mucho llanto. Un poco de sangre. Muchas llamadas y un montón de preguntas con respuestas incómodas.

La primera vez que me fui a casa con la agente fue la noche que recibieron una llamada de West Valley sobre una niña en peligro y arrestaron a sus padres. No quería estar en el mismo edificio que el hombre callado, con la piel llena de manchas y el cabello canoso que había violado a su hija de diez años, ni compartir espacio con la madre que estaba al tanto de ello. Así que, cuando Domanska se marchó esa noche en su coche patrulla sin distintivos, me subí al asiento del copiloto con ella.

No me sentía cómoda quedándome en su casa cuando ella no estaba. En gran parte porque la única vez que lo intenté, Joey, el braco de Weimar, se hizo pis en la moqueta y luego ladró hasta que me fui.

La comodidad de volver a casa —a cualquiera— al final de la jornada me bastaba para seguir adelante. Siempre que acababa el día, calentábamos en el microondas una de esas cenas congeladas que te envían por suscripción. Después, nos llevábamos a Joey a dar un paseo —me toleraba si Domanska estaba cerca—, volvíamos a casa y veíamos un capítulo de *Parks and Recreation.* A veces, la hija de la agente se pasaba por allí con algo de comida y todas íbamos a dar un paseo y cenábamos juntas.

Yo pensaba mucho en mis padres, en si debería haber pasado mis últimos días persiguiéndolos a ellos en lugar de a Domanska y al personal del Departamento de Policía de Salt Lake City. Los echaba de menos, pero saber que volvería a verlos —que algún día me encontrarían en sus recuerdos— me hacía permanecer donde estaba. La abuela Rosie había dejado claro que, en cuanto tomase la decisión de cruzar al universo de recuerdos no explorados, no podría volver.

Mi asunto sin resolver se encontraba aquí, y tras pasar meses sola con mis propios huesos en la montaña, la casa de Domanska me parecía una especie de hogar.

Pasados unos cuantos meses, por fin me gané a Joey. Cuando me sentaba junto a la agente a ver *Parks and Recreation,* a veces ocupaba mi lado del sofá, se acurrucaba contra el almohadón y me estrujaba entre los cojines. Me encantaba. Era lo único que me hacía sentir como si siguiera existiendo a este lado.

Las cámaras de tráfico resultaron ser inútiles, y la mujer que había llamado con la información sobre James Carson el año anterior tampoco tenía nada más que ofrecer que una corazonada. Había conocido a la mujer del sospechoso en la iglesia. Él le dio mala espina y pensó que era idéntico a la foto que habían publicado en los artículos sobre mi asesinato, pero eso era todo. April Carson —la esposa de James— tampoco hablaba. Cuando Domanska la llamó, dijo que el abogado de su marido le había aconsejado no responder ninguna pregunta. Así que eso era todo.

Lo único que nos quedaban eran corazonadas, pero no podían llevarnos muy lejos. Domanska no quitó mi carpeta del escritorio. Siguió cada nueva pista que llegaba a cuentagotas de manera periódica. Pero ella no sabía lo que yo sabía, y yo no podía contárselo.

Estábamos saliendo de la comisaría por la noche cuando una llamada entró por la línea de colaboración ciudadana.

Supe que se trataba de algo diferente cuando la ayudante de Domanska, Carly, salió corriendo al aparcamiento. Con el resto de avisos anteriores había enviado un correo electrónico con la información para que se archivase. Carly dijo que la persona que había llamado seguía al teléfono, arqueó una ceja e inclinó la cabeza hacia la comisaría.

—Si tienes un momento, creo que deberías hablar con él. Llama por el artículo que vio en la KTVD.

Yo salí del coche patrulla y entré en comisaría antes de saber si la agente había decidido venir detrás de mí. Carly no se emocionaba así como así, y el artículo de la KTVD, publicado un par de días antes, ya había producido un nuevo goteo de pistas que no llevaban a ninguna parte. Era lo que sucedía cada vez que se publicaba algo nuevo sobre mi caso.

Observé la luz roja parpadeando en el teléfono de la sala desierta, mientras esperaba a que Carly y Domanska me alcanzaran y cogieran la llamada en espera.

Era un prefijo 208: Idaho.

La agente llegó antes que su ayudante. Tenía una expresión impasible, pero ya la conocía lo bastante bien como para saber que no habría atendido la llamada si no hubiese notado la misma electricidad en la voz de Carly que yo.

—Agente Domanska —dijo sin alterarse cuando cogió el auricular.

Me incliné junto al teléfono y su oído.

La persona al otro lado de la línea se aclaró la voz.

—Mmm, hola. Siento mucho molestarla. Puede que no sea nada, pero he supuesto que está siguiéndolo todo. Podría ser una pérdida de tiempo para usted…

—¡Suéltalo, tío! —le chillé al auricular.

Domanska esperó con paciencia a que terminase y luego le dio un empujoncito:

—No está molestando a nadie, y, por supuesto, estamos investigando todos los avisos. Le agradezco la llamada. ¿Puede decirme qué le ha llevado a contactar con nosotros?

El interlocutor suspiró con intensidad.

—Ah, vale. Guay. Nos pusieron la KTVD aquí hace un par de meses… ¿Conoce la web de compraventa? Seguro que sí. Pero tienen artículos en la barra lateral, y muchos de ellos tienen titulares muy llamativos, aunque la mayoría son sobre Utah… Juro que estoy yendo al grano…

Volvió a aclararse la voz con nerviosismo, y me imaginé a mí misma golpeando el auricular contra el escritorio con todas mis fuerzas por culpa de la frustración.

—Sí, estoy familiarizada con la KTVD —contestó ella—. ¿Dice que vio el artículo sobre Meghan?

—Sí —contestó, y sonó aliviado—. Y creo que he visto a ese tío antes. Cre-creo que pudo haber asesinado a mi amiga.

Vi que Domanska miraba rápidamente a Carly, que estaba escuchando y grabando la llamada al otro lado de la sala con unos auriculares puestos. Frunció el ceño. Empezaba a sonar como un loco.

—Vale. ¿Puede decirme el nombre de su amiga? Y el suyo también, si no le importa.

Se oyó otro suspiro brusco a través del teléfono.

—Sí, yo me llamo Ken, y a mi amiga Skye la asesinaron hace tres meses.

29. BRECIA

KUNA, IDAHO

PRESENTE

«¿Estás muerta?».

Hice la pregunta de la misma manera en la que a veces le preguntaba a Oscar si iba a matar al ratón o iba pasarse todo el día jugando con él: en realidad, no esperaba una respuesta.

Al principio no le presté mucha atención. Estaba concentrada en el hecho de que había un inspector en el porche de entrada con una orden de registro para el coche de James.

Luego, la joven que se encontraba junto a él dio un paso adelante y asomó la cabeza dentro de la casa.

April ni la miró, y tampoco lo hicieron las niñas.

Oscar, sin embargo, sí. Hizo el mismo sonido leve y gutural que cuando veía al gato de los vecinos en el patio delantero y que ponía los pelos de punta. Luego se escabulló a la cocina.

Pensé que era una técnica o ayudante de los agentes. Era joven: no tendría más de veinte años. De ella destacaba la piel canela y un cabello rizado y negro que le llegaba por debajo de los hombros. No sonreía a nadie. En lugar de eso, paseaba los ojos, muy abiertos y de color avellana, por toda la sala mientras avanzaba y miraba más allá de April, a Kimmie y Emma.

Durante una fracción de segundo me puse furiosa. ¿Quién se creía que era?

Entonces vi cómo rozaba el brazo de April al pasar a su lado.

Se disgregó. Igual que me ocurría a mí.

Cuando le hablé, la muchacha dirigió su mirada hacia mí en un gesto veloz.

Las luces del salón parpadearon cuando el cóctel de conmoción, entusiasmo y terror me afectó de golpe.

—Ay, por Dios —susurró mientras me miraba con una intensidad que yo nunca había experimentado, estando viva o muerta—. Tú estás… —Y la voz se le apagó poco a poco.

No cabía duda.

Estuve a punto de pasar por alto el hecho de que April estaba conduciendo al inspector hasta el salón para recoger las llaves del Kia.

—Vamos —le dije a la chica de pelo negro—. No voy a perderme esto.

Skye y yo íbamos en el asiento trasero del Kia mientras los inspectores remolcaban el coche hasta comisaría.

Nos dimos cuenta de que teníamos mucho de lo que hablar.

April permanecía en el camino de entrada con Kimmie y Emma mientras nosotras nos alejábamos; tenía el rostro demudado por el miedo y el terror. A lo mejor eran imaginaciones mías, pero me pareció ver un destello de algo más: duda.

Hacía un par de meses, después de que el inspector de Utah llamase, James le había explicado con poca paciencia que él era el objetivo de una caza de brujas y que era culpa de ella: la mujer de su antigua congregación en Utah —la que le había enviado aquellos mensajes y llamado a la policía cuando vio el parecido entre James y la foto en las noticias— había abierto la caja de Pandora. April no había hecho una mierda. Ni siquiera le había enseñado los mensajes hasta que él se «topó» con ellos mientras buscaba una foto en su teléfono.

Así que tuvieron que contratar a un abogado que en realidad no podían permitirse.

Yo sabía que sí, que podían pagarlo sin problema, pero ella no. April apenas tenía contacto con las finanzas domésticas. Él le transfería unos cuantos cientos de dólares a una cuenta corriente que utilizaba para comprar comida y, ocasionalmente, ropa, cuando las niñas la necesitaban. Eso era todo. Así que, cuando el inspector de Utah llamó a su móvil unos días después de ponerse en contacto con James, April permaneció al teléfono menos de treinta segundos. Lo justo para repetir la frase que le habían indicado que dijera: que todas las preguntas debían pasar por su abogado. Después de eso, mientras Emma estaba en el colegio y Kimmie se echaba una siesta, abrió un navegador de incógnito y buscó «asesinato de Meghan Campbell». Leyó todos los artículos. Escudriñó la foto del hombre de cerca. Negó con la cabeza, como exasperada consigo misma por haber contemplado la idea de que su marido —su James— pudiese estar involucrado en algo así. Luego cerró el navegador y fue a recoger a Emma al colegio.

Le conté todo esto a Skye mientras seguíamos sentadas en el Kia, que ya se encontraba en el depósito municipal, a la espera de que lo procesaran esa misma tarde. Le conté lo que me había hecho dos años antes, y ella me explicó lo que le había hecho dos meses atrás.

Había acabado con su vida mientras yo estaba en casa con su mujer y sus hijas, fingiendo que a lo mejor había parado porque ya no usaba MatchStrike. Fingiendo igual que April.

—Lo siento muchísimo —le dije dentro del coche oscuro.

No hubo lágrimas. A mí ya no me quedaban, y a ella tampoco, pero el peso eléctrico de la tristeza dentro del vehículo llegó hasta la única farola en la esquina del depósito municipal que acababa de encenderse con un parpadeo, sumida en la tormenta que avanzaba por las colinas.

—Intenté pararle los pies con todas mis fuerzas. Lo seguí a todas partes. Como una sombra. Pero, al final, no fui capaz de hacer nada para evitar que sucediese. Hubo otra mujer, Meghan. Antes de ti. Yo estaba allí cuando lo hizo... Y dejé de seguirlo después de aquello.

Sus ojos parecían dos estanques profundos dentro del Kia oscuro. Luego asintió.

—No es tu culpa, ¿sabes? No es culpa de nadie. Solo suya.

El coche estaba bastante limpio. No había sangre, pelo ni fibras de interés considerable.

Sin embargo, sí que había una huella dactilar. Solo una, que no coincidía con April, las chicas ni el propio James. Se encontraba en el lado del copiloto, donde el asiento se unía a la base del coche.

Skye y yo nos miramos. Las dos sabíamos que aquello podía significar cualquier cosa; que la justicia no estaba asegurada; que a veces la gente mala salía impune cuando cometía maldades y nunca pagaba por ello. Al fin y al cabo, él ya llevaba años impune por mi asesinato. También se había librado del de Skye. No había pagado por nada de aquello.

Existía una posibilidad muy pequeña de que la huella dactilar perteneciese a Skye, y ninguna de que fuese mía. La única vez que me había subido a ese coche fue en calidad de fantasma. Lo más probable era que perteneciese a una de las muchas mujeres con las que había quedado a través de MatchStrike. Aquellas a las que había cautivado, aterrado y molestado, pero no asesinado.

Así que no nos sonreímos como lo habríamos hecho antes. Skye se limitó a seguir a la técnica hasta el laboratorio mientras yo me quedaba con el inspector Kittleson.

Porque una pequeña posibilidad seguía siendo una posibilidad, y eso era lo único que nos quedaba.

30. SKYE

KUNA, IDAHO

PRESENTE

La técnica dijo que tardaría unas dos horas en procesar la huella dactilar que habían encontrado en el coche de James.

Una parte de mí esperaba que fuesen capaces de meterla en un ordenador, que supiésemos de inmediato si había alguna coincidencia o no, pero, a medida que observaba a la mujer preparar y limpiar con esmero la imagen que había digitalizado, me impresionó que solo fuese a tardar dos horas. De cerca, la tarjeta dactiloscópica era como un denso laberinto de crestas, surcos y canales, y —tal vez— al otro lado de aquel laberinto se encontraba la clave para un arresto.

La técnica era joven, no mucho mayor que yo. Probablemente, habían pasado pocos años desde su graduación de la universidad. Llevaba el cabello oscuro recogido en una trenza perfecta, y sus ojos marrones saltaban de un lado a otro de la imagen de la huella con una determinación absoluta. Alguien llamó a la puerta del laboratorio y lo ignoró.

Era una persona increíble.

Cuando mi madre me preguntó con delicadeza en qué me querría especializar, yo le contesté: «¿Ciencias, quizá?». Pero en realidad le había dado muchas vueltas a esa idea. Me encantaban las asignaturas de química y biología. Y pasarme la vida en un laboratorio con muestras y portaobjetos —en lugar de intentando vender, liderar a gente o participar en actividades para «fomentar el sentimiento de equipo»— resultaba inmensamente atractivo para mi introversión. A lo mejor, si las cosas hubieran salido de otra manera, esa podría haber sido yo.

Mientras observaba el trabajo de la muchacha, mi mente regresó a todo lo que Brecia me había contado. Llevaba dos años viviendo con él.

Cuando la chica terminó de digitalizar y limpiar la huella, la cargó en un programa llamado AFIS, una base de datos de huellas dactilares.

Luego, frunció el ceño y se metió un mechón de pelo en la trenza mientras el algoritmo analizaba entre millones de huellas y la barrita que parpadeaba en la parte superior de la pantalla anunciaba el progreso.

Esperaba que aquella parte también tardase un rato; sin embargo, en cuanto la huella estuvo dentro del sistema, la barra de progreso avanzó velozmente del cero al cien por cien en cuestión de minutos, y la búsqueda se había acabado antes de que pudiera darme cuenta.

No había coincidencias.

La técnica anotó el resultado y salió con paso largo de la sala. Ya sabía a dónde se dirigía, porque seguía habiendo una posibilidad de que se tratase de mi huella.

No me las registraron hasta después de morir y, teniendo en cuenta la descomposición, había que limpiar bastante las que tomaron de mi cadáver.

Otra técnica estaba adecentando mis huellas *post mortem* para evitar al máximo la putrefacción y la degradación. Si la del coche fuera mía, no conseguiríamos una coincidencia perfecta, aunque nos acercaríamos.

Intenté no esperanzarme mientras observaba a la analista comparar las dos una hora después.

Pero, cuando superpuso las imágenes, hasta yo me di cuenta de que no eran las mismas.

La luz del despacho parpadeó cuando la decepción me impactó con fuerza.

No era la mía, y podría ser la de cualquiera, porque, perteneciese a quien perteneciese, no se encontraba dentro del sistema.

Atravesé el pasillo en dirección al despacho de Kittleson sumida en una neblina de insensibilidad. Había estado allí tantas veces con mi madre que conocía el camino. No me gustaba particularmente como inspector. Ofrecía mucho consuelo y hacía un montón de grandes promesas para luego tardar una eternidad en llevarlas a cabo. Debería haber tenido listas las huellas de mi autopsia mucho antes, pero hasta yo me daba cuenta de que en realidad no creía que tuviese un caso contra James Carson. O contra cualquier otra persona.

Así que estaba bastante segura de que aquel era el callejón sin salida que dejaría el caso sin resolver para él. Aunque nunca estuvo remotamente cerca de lo contrario.

Brecia estaba sentada en la silla del despacho, hablándole al inspector Kittleson, cuando entré. Como es obvio, él no le respondía. Estaba al teléfono con mi madre, informándola de que la huella dactilar no coincidía con la mía. Sonaba cortante y molesto.

—Ese tonito —refunfuñó Brecia mientras el inspector suspiraba con fuerza y luego le decía a mi madre que ya contactaría con ella (como le había prometido otras veces) si había cualquier otra novedad.

El coche ya se había procesado. Aquella había sido su mejor pista, y mañana dejarían que se lo llevasen del depósito municipal.

Me senté junto a Brecia. Era evidente que ya estaba al tanto de los resultados de la huella.

—Es un poco imbécil —me comentó, y le hizo la peineta a Kittleson—. ¿Qué quieres hacer ahora? ¿Vas a...? ¿Vas a volver a casa de tu madre?

Lo dijo como si fuera una pregunta trivial, pero no había forma de ocultar el trasfondo de tristeza que acompañaba a esas palabras. Llevaba sola mucho tiempo.

Yo no llevaba tanto tiempo como Brecia siendo un fantasma, ni de lejos; pero era incapaz de imaginarme alejándome de la única persona que podía verme. La primera persona en meses que me oía hablar… y me contestaba. La única persona que de verdad comprendía lo que me había sucedido.

Daba igual lo mucho que quisiera y deseara permanecer junto a mi madre, ella ya no podía verme. Nunca, ni viva ni muerta, me había sentido tan sola.

—No —susurré—. ¿Puedo quedarme contigo?

Brecia sonrió y asintió, y su alivio resultó evidente. Después, señaló a Kittleson, que fruncía el ceño mientras leía un correo que acababa de recibir.

—¿Deberíamos apagárselo? —preguntó.

Entonces fui yo la que frunció el ceño.

—¿Qué quieres decir?

Brecia se quedó ojiplática.

—Observa.

A continuación, cerró los ojos y, de pronto, el ambiente se volvió eléctrico por la ira.

Después, la pantalla del ordenador de Kittleson se apagó. El hombre despotricó por lo bajini y enseguida apretó el botón de encendido y apagado.

Brecia sonrió y la electricidad airada chisporroteó.

—Es guay, ¿verdad?

Para cuando el inspector consiguió que el ordenador volviese a arrancar, tenía la cara roja de la frustración.

—Vaya pedazo de mierda —masculló en voz baja.

Cuando la pantalla de inicio de sesión por fin volvió a la vida con un parpadeo, sonó el teléfono del escritorio.

Kittleson echó un vistazo al ordenador y luego miró al teléfono.

—¡Cógelo! —le ordenó Brecia mientras se deslizaba a través del escritorio hasta plantarse ante su cara.

Luego hundió el rostro en el oído del hombre.

Yo me estremecí. Sabía que no podía verla, pero resultaba violento de narices.

—¿De verdad eso funciona?

—A veces.

Ella volvió a sentarse en la mesa cuando Kittleson salió del despacho sin coger el teléfono. Se le ensombreció la expresión.

—Aunque no siempre.

Me acerqué corriendo a ella para escuchar el mensaje en la sala vacía.

La luz roja parpadeante emitió un destello cuando una voz femenina respondió al mensaje grabado.

—¿Inspector Kittleson? Me he enterado de que ha incautado el vehículo de James Carson. Soy la agente Domanska, de Salt Lake City, Utah. Necesito que me devuelva la llamada lo antes posible.

31. MEGHAN

VALLE DE SALT LAKE, UTAH

PRESENTE

Para cuando el inspector de Idaho le devolvió la llamada a Domanska, ya era casi la hora de cenar. Ella le había dado su número de móvil, que sonó justo cuando íbamos a salir por la puerta con Joey.

Era la primera vez que veía a aquella mujer perder el control. No lo había hecho con la camarera lumbreras del Gracie's, ni siquiera con el propio James Carson cuando lo interrogó cara a cara.

Pero cuando se enteró de que el inspector Kittleson había liberado el vehículo incautado de su sospechoso —antes incluso de devolverle la llamada para informarla sobre la huella dactilar que había encontrado—, lo puso a caer de un burro.

Él accedió escuetamente a asegurarse de que analizaran mi huella dactilar en el laboratorio esa noche.

Cuando farfulló algo sobre el pago de horas extras y los recortes de personal, Domanska volvió a explotar del enfado.

Kittleson colgó sin despedirse, y todos nosotros —incluido Joey— volvimos directamente a la oficina para enviar el archivo con mis huellas dactilares.

32. BRECIA

KUNA, IDAHO

PRESENTE

Cuando James recogió el coche del depósito, la sensación en el ambiente era la de un polvorín.

Kittleson seguía sin contestar al mensaje de Domanska. Estaba ocupado con dos casos nuevos: la muerte sospechosa de un bebé rubio y de ojos azules, que llevaba toda una semana acaparando los titulares de las portadas, y un tiroteo en el que había un agente involucrado y que estaba provocando gran conmoción en la comunidad.

En un momento, vio la luz roja parpadeando en su teléfono, escuchó el mensaje, anotó que debía llamar a la agente y después se mantuvo ocupado con otro caso que le habían asignado esa misma mañana. Al mediodía, le apagamos el ordenador dos veces. Solo conseguimos que se fuera a almorzar temprano. Luego, como ninguna de las dos soportaba mirarlo más, Skye y yo aprovechamos el viaje de un agente y esperamos en el aparcamiento del depósito.

Cuando James llegó a recoger su coche, me pareció diferente a la última vez que lo había visto. Menos relajado. Menos interesado en fingir. Muy alerta.

April lo había traído en coche, y Kimmie y Emma se encontraban con ella. Ninguna salió del coche.

Él no ignoraba qué sabían los inspectores —o, más bien, lo que no sabían—, pero sí era consciente de que el círculo se estaba estrechando.

Skye y yo nos miramos mientras James metía las llaves en el contacto. Las dos sentimos el impulso de volver a la comisaría, pero había algo en la mirada de nuestro asesino que me decía que debía subir al asiento trasero de su coche.

Skye vaciló en el umbral de comisaría. Ella también lo había visto.

—Voy con James, ¿vale? —dijo dubitativamente—. No sé si sería capaz de fastidiar el ordenador de Kittleson si hiciera falta.

No quería separarme de ella, ahora no, aunque llevaba razón: alguien tenía que ir tras James. Así pues, asentí.

—Si pasa algo, vuelve a comisaría lo más rápido que puedas, ¿de acuerdo? ¿Conoces el camino de vuelta?

Skye asintió y, después, se subió al asiento trasero del Kia mientras él abandonaba el aparcamiento detrás de April y las niñas.

33. MEGHAN

VALLE DE SALT LAKE, UTAH

PRESENTE

Mi huella dactilar coincidía en un noventa y ocho por ciento.

En cuanto recibimos la noticia, el despacho de Domanska se volvió un hervidero.

Obtuvo la orden de arresto por parte del estado de Utah en menos de dos horas y su ayudante gestionó la cooperación con la comisaría del inspector Kittleson, en Idaho, para llevar a cabo el arresto.

A primera hora de la mañana siguiente, viajaba de copiloto en dirección a Idaho para dar con él, lo que no iba a resultar tan sencillo como debería, ya que le habían permitido sacar el coche del depósito.

El inspector Kittleson insistió en que le habían permitido marcharse con el coche porque no contaban con nada concreto para detenerlo en Idaho. Ninguna prueba que lo relacionase con el asesinato que había empujado a Ken a llamar a Domanska después de ver el artículo de la KTVD.

Aún no.

Pero ahora que contábamos con pruebas físicas de que yo había estado en su coche, gracias a eso podríamos conseguir una orden para registrar su casa. Su ordenador. Su actividad en la red.

Eso significaba que por fin íbamos a descubrir no solo a James Carson, sino a Jimmy Carlson y a todas las identidades que hubiera usado a lo largo de los años.

34. SKYE

KUNA, IDAHO

PRESENTE

Condujo todo el camino a casa pegado al vehículo en el que iban su mujer y las niñas, sin dejar de despotricar por lo bajini sobre lo estúpida que era April. La culpa que tenía de aquello.

Yo lo observé incrédula y me pregunté cómo había sido capaz de meterme siquiera en el coche con él meses atrás. Cómo había llegado a pensar que era guapo o que merecía dos segundos de mis pensamientos. No dejaba de lanzar miradas por los faros traseros del monovolumen y por el espejo retrovisor, y pensé que tal vez estuviera esperando a que la policía apareciese de pronto tras él con las sirenas encendidas.

Yo deseaba que así fuera, pero digamos que ya no contenía la respiración.

El reloj del coche marcaba que ya eran casi las diez de la mañana. No tenía clara la edad de sus niñas, pero me parecía que deberían estar en el colegio.

De pronto, cogió el teléfono que había tirado en el asiento del copiloto, junto a mí, y yo me estremecí cuando buscó a tientas. La radio del coche emitió un pitidito y me pregunté si lo habría provocado yo.

Luego, se sacó un trozo de papel doblado del bolsillo y marcó el número de teléfono mientras daba frenazos para evitar estrellarse contra la parte trasera de su propio monovolumen. Observé a April echar un vistazo por el retrovisor con los ojos como platos. Solo podía imaginar qué estaría pensando ella en aquel instante. Una parte de mí sentía lástima por la mujer. Se había casado con un asesino y no tenía ni idea.

Pero otra parte estaba furiosa, y otra la odiaba, porque ¿cómo era posible que no lo supiese? Por lo que Brecia me había contado, buscó el artículo que habían publicado en Utah sobre el asesinato que cometió allí.

Recordé los meses previos al divorcio de mis padres. Los gritos. El llanto. Las malas sensaciones. Las conversaciones íntimas que comenzaban con un preventivo «sabes que, cuando tu padre y yo discutimos, no es culpa tuya, ¿verdad, Skyebird?». Pero, incluso después de todo eso, cuando por fin sentaron a mi yo de tercero de primaria a la mesa y me dijeron que mi padre se mudaba, me negué a creer que aquello fuese real. No quería que sucediera, así que no estaba sucediendo.

De todos modos, yo estaba en tercero de primaria.

Me incliné para acercarme más cuando alguien respondió a la llamada. Era una mujer.

—Al habla Marjorie.

La voz sonó mayor y recelosa.

—Soy James —contestó sin ninguna emoción.

El recelo de la anciana se diluyó en sorpresa.

—¿James? Dios mío, no he reconocido tu número. Qué maravilla saber de ti. Ha pasado mucho tiempo. No pensé que tendría noticias…

Él no correspondió su tono cuando la interrumpió.

—Necesitamos quedarnos en la cabaña.

La radio volvió a pitar por lo afectada que me dejaron sus palabras. Me perdí la respuesta de Marjorie cuando, atacada, volví la vista a la ciudad a nuestras espaldas, donde la comisaría de policía, y Brecia, habían desaparecido de la vista hacía un buen rato.

James iba a huir.

No podía entrar en pánico, debía concentrarme. Debía escuchar. Cuando contestó, la anciana sonó un tanto confundida, aunque sobre todo parecía contenta.

—¿En la cabaña? Ah, sí. Sí, qué recuerdos más maravillosos tengo de allí. Hace tanto tiempo… ¿Cuándo quieres visitarla? Voy a comprobar mi calendario.

Él puso los ojos en blanco y volvió a dar un frenazo repentino cuando April se paró en un semáforo en rojo.

—¿Recuerdos maravillosos? —Y soltó una carcajada de amargura, pero no dio más detalles—. April y yo necesitamos salir de la ciudad. No tengo tiempo para explicártelo, pero no puedes decir nada sobre esto, ni sobre esta llamada, si alguien te pregunta. ¿Serás capaz? Yo he mantenido el pico bien cerrado durante todos estos años. Ahora es el momento de que me devuelvas el favor.

Marjorie no dijo nada al otro lado de la línea, y yo sentí que él emanaba oleadas de asco y enfado. ¿Quién era esa mujer? ¿Y a qué se refería con mantener el pico cerrado?

James pisó el acelerador a fondo cuando el semáforo cambió de color y April continuó por la intersección. Los barrios comenzaban a resultarme familiares. Si no recordaba mal, ya casi habíamos llegado a su casa.

—Está bien —contestó Marjorie por fin en un tono seco. Había dejado de sonar alegre—. Aunque hace tiempo que nadie va por allí. ¿Recuerdas dónde guardamos la llave?

—Me acuerdo —respondió en tono cortante—. La cabaña fue mía antes que tuya.

Se hizo una pausa larga y, después, Marjorie dijo:

—Entonces bien. Me alegro de que te acuerdes.

—Me acuerdo de todo —le espetó.

Cuando colgó, me deslicé por los conductos de ventilación del coche y salí pitando de vuelta a la comisaría lo más rápido que pude.

35. MEGHAN

BOISE, IDAHO

PRESENTE

Domanska ni siquiera paró para ir al baño. Partimos justo antes de que rayase el alba en el horizonte e hicimos el viaje de Salt Lake a Boise en cinco horas exactas.

Cuando aparcamos en comisaría, supuse que nos encontraríamos con un ímpetu frenético que correspondiese a la energía de no parar ni para a hacer pis que había dentro del coche, pero Kittleson nos hizo esperar incluso después de que la agente volviese del baño.

Entonces, hice lo que Domanska no podía y deambulé por el edificio hasta que di con él. Estaba hablando sobre otro caso con otro inspector en la puerta de su despacho abierto.

—¡Sal ahí fuera y vamos a meterlo en chirona! —le grité.

Por fin hoy era el día en que lo arrestaríamos. El día en que de una vez por todas afrontaría las consecuencias de lo que me había hecho a mí y Dios sabía a cuántas chicas más.

En aquel instante, una mujer asomó la cabeza por la esquina de la puerta del despacho.

Llevaba unas zapatillas de estar por casa de pelo rosa y un pijama de color púrpura con pinta de ser el más cómodo del mundo.

Entonces, clavó la vista en mí.

Pero la sorpresa de que obviamente pudiera verme —y oírme— se tornó en un asombro absoluto cuando susurró:

—Por Dios, Meghan.

En ese momento, retrocedí un paso y ella arrugó la expresión en su rostro.

—Lo siento muchísimo —se disculpó, y los halógenos del pasillo frente al despacho de Kittleson comenzaron a parpadear como locos.

Agité la cabeza en un intento de asimilar todo aquello.

—¿Qué? Un momento, ¿me ves?

¿Se trataba de algún tipo de médium? ¿Eso explicaba de algún modo lo del pijama?

La mujer asintió.

—Me llamo Brecia y lo siento muchísimo. Intenté pararle los pies aquella noche. Quise ir detrás de ti, pero ibas tan rápido, y no quería dejarlo marchar…

Las luces volvieron a parpadear a nuestro alrededor y, de pronto, lo comprendí. Recordé el sonido de la voz femenina mientras huía entre los árboles y bajaba el terraplén creyendo que estaba escapando.

Ella también estuvo allí aquella noche porque James la había matado antes.

Me quedé observándola sin ser capaz de creerlo, y la mujer se estremeció ante mi mirada, como si quizá me estuviera preparando para gritarle.

En lugar de eso, y sin pensarlo mucho, pasé rozando a Kittleson —que seguía vociferando algo que no sonaba en absoluto importante— y me incliné hacia Brecia para darle un abrazo.

Al hacerlo, descubrí la respuesta a todas las preguntas que se me habían pasado por la mente en los últimos treinta segundos y a todas las dudas que habría podido plantearme en un futuro sobre Brecia. Mientras nuestros brazos se tocaban y nos estrechábamos, vi con una claridad cristalina todo aquello que se moría de ganas por que supiera sobre su asesinato, sobre lo que intentó hacer la noche que morí y sobre lo que hizo después. Todo lo que las palabras no habrían podido resumir por mucho que lo hubiésemos intentado.

Cuando nos separamos, me di cuenta de que a ella le había sucedido lo mismo, que también comprendía lo que yo estaba desesperada por contarle. Dónde había estado todo este tiempo. Lo que significaba para mí saber que había tratado de salvarme, incluso a pesar de no haberlo conseguido. Todo lo que quería decirle.

Al final, el halógeno que había sobre nuestras cabezas estalló y Kittleson empezó a despotricar.

—Joder —masculló.

El teléfono volvió a sonar —igual que llevaba haciendo desde la llegada de Domanska—, y por fin entró corriendo al despacho para cogerlo.

Fue en ese instante cuando se escuchó otra voz —agitada y estridente— por encima del sonido del teléfono.

Brecia y yo nos giramos a la vez para ver a una joven latina con el cabello negro y rizado corriendo como una exhalación por el vestíbulo hacia nosotras.

—¡Está huyendo! —chilló.

Y, por cómo pasó rozando los escritorios y atravesó los umbrales de las puertas, supe que ella también estaba muerta.

36. BRECIA

KUNA, IDAHO

Meghan, Skye y yo salimos de comisaría justo cuando —por fin— Domanska comenzaba a coordinarse con los agentes de Boise de Kittleson que la asistirían en el arresto.

Al principio, Meghan se quedó atrás. No quería dejar sola a la agente, y claramente tampoco deseaba volver a ver a James.

Pero no había tiempo para debates, así que al final nos acompañó. Domanska lo tenía todo bajo control. Nos pisaría los talones, y si íbamos a detenerlo de alguna manera, necesitábamos toda la ayuda posible.

No éramos capaces de volar; bueno, no de la forma en la que yo habría imaginado. Eso sí, corríamos como unas campeonas, y a nuestro alrededor la ciudad se volvió un borrón de colores mientras atajábamos por las calles concurridas sin pararnos por el tráfico y acortábamos a través de los listones de las vallas en los patios. Si tuviera que decir una cifra, corrimos unos ocho kilómetros. Por supuesto, para mí ya no existía ninguna manera de medir el tiempo, pero antes de que me diese cuenta, nos encontrábamos paradas en su jardín delantero.

Como si se tratara de una señal, la puerta del garaje se abrió cuando llegamos al acceso para vehículos.

El monovolumen ya estaba en marcha con April y las niñas en el interior. Mientras tanto, James Carson estaba metiendo más equipaje en un maletero que ya estaba lleno de pertenencias desperdigadas.

A estas alturas, ya me había dado cuenta de que aquel no era su estilo habitual. Él era cuidadoso, organizado, metódico. Si el monovolumen tenía ese aspecto significaba que iba a marcharse más pronto que tarde.

Las tres nos miramos entre nosotras. Estábamos muy cerca.

Lo sentía en cada parte de mi ser y, al parecer, él también.

—A lo mejor podemos pararlo —sugerí.

Nunca había tenido mucha suerte fastidiando coches, pero, con Meghan y Skye aquí, tal vez lográramos reventar algo.

Merecía la pena intentarlo una vez.

Dejé que el pánico se expandiera y luché por encontrar la ira y el miedo acumulados durante los últimos dos años. En ocasiones, tenía la sensación de que el pozo se estaba secando. Cada vez me costaba más aprovechar la emoción bruta a la que tan fácilmente accedía los primeros meses y semanas.

Pero sentí la energía que salía de Skye y de Meghan en oleadas que hicieron que el aire a nuestro alrededor restallase por la electricidad.

Skye tenía los ojos cerrados con fuerza. Los rizos oscuros le caían hacia delante mientras mantenía los brazos extendidos.

Meghan clavó la vista al frente y, de pie en el parachoques del monovolumen, se abrazaba con fuerza de tal modo que se convirtió en un minitransformer.

Todo aquello resultaba extrañamente hermoso. Yo volví a centrar mi atención en él para no debilitar la frágil corriente a la que había conseguido sacar provecho.

James se subió al asiento del conductor de un salto, ajeno al hecho de que los dos faros traseros —y con toda probabilidad también los delanteros— acababan de explotar de golpe.

Como no era de mucha ayuda, me zambullí en la furgoneta y me embutí en el hueco entre los asientos delanteros. April tenía el rostro pálido mientras observaba la pantalla negra de su teléfono y no dejaba de pulsar el botón de inicio para comprobar la hora.

Me acerqué a ella en una especie de abrazo desesperado.

—¡Sal del coche, April! Llama a la policía. Aleja a las niñas de él. Sabes lo que hizo. No está huyendo porque lo hayan acusado injustamente. ¡Huye porque es culpable!

La mujer le dio la vuelta al teléfono en su regazo cuando James se subió por el lado del conductor y miró el teléfono con suspicacia.

—No puedes llevarte eso, coño. ¿Es que no has oído nada de lo que te he dicho? Déjalo en casa. Lo van a rastrear.

Cuando ella no se movió, él se lo arrancó de las manos y volvió a salir del vehículo de un salto. Emma empezó a sollozar en el asiento trasero y April salió de golpe de su aturdimiento y se giró para tranquilizar a las niñas.

—No pasa nada. Papi solo está teniendo un día complicado. Vamos a solucionarlo todo y, encima, viviremos una aventura divertida.

Cuando James volvió al coche, puso la marcha atrás y comenzó a retroceder por el camino de entrada.

Las luces estaban fundidas, pero al motor no le pasaba nada. Aquel vehículo se podía conducir.

Yo volví la vista con impotencia hacia Meghan y Skye, que seguían fuera del coche.

No quedaba nada que pudiéramos hacer.

Mientras James daba marcha atrás con el coche por el camino de entrada, Meghan primero y luego Skye se colaron por la puerta del copiloto.

Domanska no iba a llegar a tiempo.

37. SKYE

CASCADE, IDAHO

Aparte de por la banda sonora de *Barrio Sésamo* que April había puesto para las niñas, el monovolumen se mantuvo sumido en el silencio durante la primera media hora de camino.

Brecia, Meghan y yo tampoco hablamos mucho. Según lo que él había dicho antes por teléfono, nos dirigíamos a Cascade —a unas dos horas de viaje—, pero no comentamos gran cosa al respecto. En lugar de eso, nos quedamos calladas, a la espera del momento en el que por fin oiríamos las sirenas de la policía.

A estas alturas, ya debían de saber que se había dado a la fuga.

Por el número de veces que había echado un vistazo por el retrovisor, James claramente pensaba lo mismo. No se pasó ni un kilómetro del límite de velocidad y no aflojó las manos de nudillos blancos con las que se aferraba al volante en la posición de las diez y diez.

April habló cuando Kimmie y Emma se quedaron fritas con el sonido del Monstruo de las Galletas cantando entusiasmado sobre la comida sana.

Se giró para volver la vista a las sillitas, donde las niñas dormían y entre las que se sentaba Meghan. Miraba por la ventana hacia las colinas, que ya daban paso a los pinos torcidos.

April paseó la mirada por las cajas con comida en lata, provisiones de acampada y maletas que habían encajado en cada pedacito de superficie de suelo del monovolumen. Luego susurró:

—¿Vas a decirme al menos qué te ha dicho el inspector cuando has recogido el Kia? Si eres inocente… —Y se mordió la lengua para luego volver a empezar—. Ya que eres inocente, ¿por qué no hablamos con ellos y ya está? Le hacemos entender que jamás conociste a esa chica. ¿Por qué tenemos que…? —E hizo un gesto hacia atrás, hacia el vehículo atestado—. Ahora mismo me siento como en *El fugitivo.*

Esbozó una sonrisa dubitativa, pero esta vaciló cuando él no se la devolvió.

Oí a Brecia suspirar con frustración desde la parte trasera de la furgoneta, donde se había metido y apoyado en una montaña de sacos de dormir.

—Él no es Richard Kimball, April, sino el hombre manco.

James —seguía pensando en él como James, aunque era consciente de que esa persona nunca había existido— entornó los ojos un poco, pero no contestó.

April negó con la cabeza.

—Quiero decir, nos han devuelto el coche. No lo habrían hecho si hubieran encontrado algo, ¿verdad?

Le resultaba imposible ocultar la desesperación en la voz.

Él frunció los labios y no apartó la vista de la carretera.

—Esa agente de Utah quiere colgarme este sambenito desde que tu mejor amiga Nina —escupió el nombre como si se tratase de una palabrota— estaba tan aburrida con su vida que decidió arruinar la mía. —Y le lanzó una mirada desaprobatoria a su mujer—. Y ahora también la tuya —añadió en un sonsonete de rabia contenida.

April se aferró al cinturón de seguridad con una mano cuando James pisó el freno para no chocar contra una rama caída en el camino de un solo carril. Hacía unos kilómetros que habíamos abandonado la autovía asfaltada y entrado en un sendero de tierra estrecho. No nos habíamos cruzado con ningún otro coche desde entonces. La linde de árboles que nos rodeaba se volvía más espesa a medida que ascendíamos por la cuesta. Yo había pasado por Cascade una vez, cuando tenía diez años y mi madre me llevó de acampada a Ponderosa. No tenía ni idea de que había cabañas en esa parte de la montaña.

April lo volvió a intentar.

—¿Le contaste a tu abogado que nos marchábamos de la ciudad? ¿Cuánto tiempo vamos a quedarnos? Si Emma se pierde unos cuantos días de la guardería, tendré que llevar al colegio un justificante médico o lo considerarán absentismo.

James miró el camino con furia.

—¿Puedes callarte, por favor?

Parecía que a April le hubiesen dado una bofetada, y guardó silencio unos segundos. Luego, preguntó en voz baja:

—¿Hay algo que no me estés contando?

Él la ignoró y, tras unos minutos, ella respiró hondo y lo volvió a intentar.

—La última vez que Marjorie trató de ponerse en contacto, después de la muerte de tu padre, le dijiste que si volvía a llamar a casa, conseguirías una orden de alejamiento. Ni siquiera fuiste al funeral. ¿Y ahora vamos a quedarnos en su cabaña?

Él contrajo la mandíbula de manera nerviosa, pero permaneció en silencio. April continuó con tono dubitativo.

—Nunca te he forzado a hablar de ella porque sé cómo te pones cuando sale su nombre en una conversación, pero siempre me he preguntado si ella quizá tuvo… —Entonces, se le apagó la voz poco a poco y lo examinó con recelo. Al fin, susurró—: …algo que ver con las cicatrices.

James clavó la mirada al frente con los nudillos blancos sobre el volante.

—Por favor, habla conmigo. —Se le cerró la garganta de la emoción—. Tengo miedo.

Entonces, él apartó una mano del volante y, durante un segundo, pensé que iba a golpearla. April debió de pensar lo mismo, porque retrocedió para pegarse al asiento del copiloto.

Luego, James le lanzó una mirada fulminante, como si no fuera capaz de creer lo dramática que estaba siendo, y después arrancó una botella de agua del posavasos y soltó las dos manos del volante para abrirla.

—¿Va a hacerles daño? —preguntó de pronto Meghan con un hilo de voz detrás de mí.

Le había dado la espalda a la ventana y estaba observando a Kimmie mientras dormía con una mantita morada de borreguito en la mano.

Brecia se deslizó desde la montaña de sacos de dormir y se metió a presión en el hueco al otro lado de la sillita de Emma.

—No lo creo. Ha traído todas sus cosas.

—Para que April lo acompañase —contestó Meghan sin fuerzas—. No me invitó a las bebidas porque quería que las disfrutase. —Entonces, cerró los ojos y atisbé el mismo brillo reflexivo que a veces veía en mí cuando me miraba en el espejo—. No deberíamos haber venido —susurró—. Sea lo que sea lo que vaya a pasar, no quiero verlo.

El sol brillaba con fuerza para anunciar a bombo y platillo el mediodía cuando llegaron al descuidado camino de tierra que conducía a la cabaña.

No escuchamos sirenas. Tampoco vimos otros coches en la carretera.

Lo había logrado.

Las niñas se despertaron cuando el monovolumen se detuvo, y April se puso la careta de mami feliz. Mientras James buscaba la llave y después arrastraba las maletas al interior de la vieja cabaña, ella y las niñas jugaron al fútbol con piñas bajo los enormes pinos del patio delantero.

Yo lo seguí dentro de la cabaña, y Brecia y Meghan se quedaron atrás. Se trataba de una diminuta estructura de troncos con dos habitaciones que daba la sensación de haberse amueblado en los años setenta: moqueta de pelo largo naranja, lámparas amarillas cubiertas de polvo y encimeras de formica verde lima. Estaba bastante claro que nadie se había alojado allí en mucho tiempo. Al principio, cuando James abrió el grifo, el agua salió de un color rojo óxido.

Se parecía un poco a la sangre.

38. MEGHAN

CASCADE, IDAHO

Cuando Domanska por fin me trajo de vuelta a la civilización, tras pasar meses en la puñetera montaña en la que Jimmy había dejado tirado mi cadáver, jamás habría imaginado que el destino me traería de vuelta al monte, y nada menos que con él, su mujer y sus hijas.

Debo decir que fue todo un viaje.

Ni siquiera durante las horas y los días después de mi asesinato, mientras observaba cómo los pájaros y los coyotes desgarraban mis restos, sentí una ansiedad igual.

Ya tenía claro que no me quedaría por allí si les hacía algo. Si las cosas se ponían feas —más de lo que ya estaban—, no quería presenciarlo. Me sentía muy impotente. Me marcharía a buscar a *bubbie* y desaparecería para siempre.

Me senté en un tronco caído junto a Brecia.

—No puedo creer que lo hayas seguido todo este tiempo. Yo me siento incapaz de hacer nada. ¿Cómo lo soportabas?

A unos metros de allí, Emma blandió un palo cubierto de musgo contra un avispón, este la persiguió y ella volvió corriendo y chillando adonde estaba su madre. Kimmie, todavía aferrada a la mantita morada, aulló y rompió a llorar cuando el insecto se acercó.

Brecia negó con la cabeza cuando Skye salió de la cabaña y caminó hacia nosotras.

—No lo hice. Me rendí.

—Entonces, ¿por qué no te fuiste? —le pregunté—. En plan, para siempre.

Ella me lanzó una mirada expresiva.

—No sabía que fuera una opción.

Paseé la vista entre ella y Skye, que parecía igual de confusa. No lo sabían.

Skye se tumbó en la alfombra de agujas de pino y cerró los ojos.

—Háblanos de tus poderes, Meghan.

Y así les conté lo del *jalá* y el recuerdo de *bubbie* que prometía abrirse a un millón de recuerdos más en cuanto estuviese lista. Gente a la que jamás había conocido, lugares que no había visto, un universo de conciencias conectadas en expansión. Me sentí como un predicador alabando el cielo cuando observé la expresión de Brecia pasar de la incredulidad al asombro.

—No tenía ni idea —susurró—. Si lo hubiera sabido, no creo que me hubiese quedado.

—Yo estuve a punto de irme unas cuantas veces.

Entonces, Skye se incorporó.

—La verdad es que yo no conozco a nadie más que haya muerto. Dudo que haya alguien esperándome con ansia para enseñarme el otro lado. Mis abuelos siguen vivos. No se me ocurre nadie. —Y pareció reflexionar durante un segundo—. Excepto quizá mi profesor de Educación Física de secundaria. Murió de cáncer el verano pasado, aunque dudo que le emocione mucho verme. Siempre fingía tener la regla para librarme de lo que tuviéramos que hacer.

Noté que su tristeza se colaba en el ambiente que nos rodeaba. Con su figura delgada y esos enormes ojos oscuros aparentaba ser más joven que sus dieciocho años. Ella sería quien esperaría a sus seres queridos cuando la encontrasen en sus recuerdos.

—Mencionaste que ibas a ir a la universidad en el estado de Idaho, ¿no? Que allí no conocías a nadie.

Skye se encogió de hombros.

—Sí. A lo mejor es igual.

Alargué el brazo para darle la mano y sentí su pena como si fuese propia.

—Excepto que conocerás a tu familia. Las personas que criaron a tus abuelos y las que criaron a esas personas antes, hasta el principio. Aunque no los conozcas todavía, ellos vendrán a por ti.

Skye pareció darle vueltas a la idea.

—Siempre he querido hacerme uno test de ADN para saber quiénes eran mis antepasados. Mi madre intentó interesarse por la historia familiar. Solo una vez, después de ver un anuncio. Se emocionó un montón y quería saber si teníamos sangre real azteca. No encontramos muchos parientes. La línea se frenaba en seco en mis trastatarabuelos de El Salvador, durante la guerra civil.

Cerró los ojos y volvió a tumbarse bajo las ramas de los pinos.

Brecia y yo nos echamos a su lado.

—Se alegrarán muchísimo de conocerte —le dije—, y seguro que cuando tu madre llegue y te encuentre esperando, al final le presentarás a la realeza.

Skye sonrió.

—Sí, seguro que llevas razón.

Las delicadas hojas de esperanza que estaban brotando entre la tupida tristeza se encogieron de nuevo en cuanto James salió a toda prisa de la casa.

—¿Dónde está la mochila negra? —bramó—. Te juro por Dios que si no la has traído…

Kimmie se quedó callada y Emma alargó el brazo para agarrar la mano de su madre. April ladeó la cabeza un poco y fue derecha al monovolumen, donde cogió una enorme mochila negra que habían empujado debajo del asiento del copiloto y, mientras se la entregaba, le dijo entre dientes:

—Está aquí. No me hables así delante de las niñas. Las estás asustando.

—Es una leona con ellas —masculló Brecia—. Venga, vamos a ver qué hay en la puñetera mochila.

39. BRECIA

CASCADE, IDAHO

La mochila iba cargada de instrumental de supervivencia y fajos de billetes. Por fuera me resultaba familiar, y, cuando busqué en mis recuerdos, la descubrí en la balda superior del armario del vestíbulo, junto a una montaña de provisiones para acampada de aspecto aleatorio y un cubo lleno hasta arriba de comida liofilizada de Mountain Meals.

No le presté mucha atención hasta que una amiga de April de la iglesia —una «trabajadora social escolar» cuya misión era transmitir un mensaje inspirador todos los meses— trajo un plato de *brownies* de vainilla y leyó un pasaje sobre el «acopio de alimentos». April le mostró orgullosa el armario con la mochila, las provisiones de acampada y la comida de Mountain Meals.

—No me considero perfecta en nada más, pero sí que soy totalmente imbatible preparándome para emergencias —le comentó con una sonrisa.

Su interlocutora soltó varias exclamaciones de admiración mientras April le contaba todo sobre la amplia variedad de instrumental de supervivencia y artículos para refugios de su colección. Le dijo que en esos cubos tenían comida para seis meses. Si la complementaban con unos cuantos productos frescos, podrían durar un año en cualquier tipo de situaciones de emergencia.

Las tres lo observamos contar los fajos de billetes y preparar un cuchillo, un hacha pequeña, un puñado de mecheros, varios tipos de cuerda, cerillas, ponchos para la lluvia, kits de cocina, linternas, una radio con manivela, un abridor de latas, un purificador de agua y varias cosas más que no reconocí. Aquella mochila parecía el coche de los payasos de las provisiones para la supervivencia.

—Joder —susurró Skye—. ¿Por qué tiene todas estas cosas preparadas?

Suspiré.

—Es cosa de April. No creo que imaginase que las usaría para esto. Me parece que forma parte de su religión. Estar preparados para las situaciones de emergencia.

—Parece que él ya tiene dominado el preparacionismo —añadió Meghan en tono seco—. Solo necesita trabajar un poco el «no matarás».

La cabaña daba una sensación casi acogedora cuando April por fin llevó a las niñas al interior mientras el sol comenzaba a sumergirse en el horizonte. Las pequeñas la ayudaron a encender un fuego en una redonda y ruinosa estufa de leña, y lanzaron ramitas por turnos a la puerta abierta a la vez que las llamas lamían los trozos grandes de leña que habían cogido de una impresionante pila bajo una lona que había fuera.

James, sin sirenas ni indicios de que nadie tuviese ni idea de dónde había ido, por fin se relajó. Se disculpó con April por el arrebato de la mochila y el viaje en coche. Y por el caos de esa mañana. Hasta tomó la iniciativa de preparar uno de los platos de Mountain Meals en la vieja cocina eléctrica para cenar: ternera Strogonoff.

Sus disculpas no me desconcertaron. Llevaba viéndolo interpretar ese teatrillo dos años, pero Meghan y Skye se retiraron al exterior, asqueadas. ¿Cómo era April capaz de creerlo? ¿Cómo podía dejarse engañar? ¿Cómo estaba de acuerdo con ese plan?

Me quedé en la mesa junto a las niñas mientras cenaban, se preparaban para irse a la cama y recitaban sus oraciones. «Por favor, bendice a mami, a papi, a Oscar y a la abeja de la piña, aunque haya asustado a Kimmie».

April les narró la historia de Tod y Toby de memoria mientras se acurrucaban en una cama de matrimonio que se hundía y se tapaban con una colcha burdamente cosida. No habían hecho coincidir los ositos en los cuadrados de la tela, así que en los bordes había versiones Frankenstein. Los brazos y las piernas les asomaban de las cabezas, tenían cuatro pares de piernas, y suma y sigue. Con todo, las niñas no parecieron darse cuenta.

—Mami, Oscar nos echa de menos —comentó Emma con pragmatismo cuando April terminó de contarles el cuento y se agachó para abrazarlas.

Ella puso su sonrisa de «todo va bien» y le recolocó el pelo a la pequeña.

—Estoy segura de que sí, cariño, pero los gatitos no son como las personas. Se alegrará de vernos cuando volvamos. De momento, se mantendrá ocupado cazando ratones. Le dejamos una montaña de comida, y siempre puede beber del arroyo del patio del vecino.

La niña no había preguntado por la situación de supervivencia de Oscar. Más bien, parecía que April trataba de mitigar sus preocupaciones tanto como las de su hija, aunque Emma pareció satisfecha. Yo también me alegraba de saber que el animal se encontraba bien.

Por algún motivo, albergué la esperanza de que April tratase de mantener otra conversación con James después de que las niñas se fueran a la cama. Sin embargo, en su rostro vi que no le quedaba mucha energía, y lo entendía.

Skye y Meghan entraron cuando ella se estaba lavando la cara y los dientes antes de meterse en la cama de matrimonio de la otra habitación diminuta. La colcha de cuadros no estaba tan mal como la monstruosidad de ositos, pero la cama era igual de vieja y crujía como la otra.

April permaneció tumbada en la cama durante unos minutos con la mirada fija en el techo. Luego, salió de debajo de las sábanas y se arrodilló junto al lecho. Yo conocía muy bien aquella rutina y me puse de rodillas a su lado. A veces intentaba hablarle cuando recitaba sus oraciones. Tenía la teoría de que quizá me oiría durante el momento en el que se esforzaba en despejar la mente y escuchar.

—Tienes que sacar a las niñas de aquí —le dije a la vez que me inclinaba para acercarme más y repetirle todo lo que ya le había comentado antes en el coche.

Meghan y Skye observaron en silencio, y April cerró los ojos con más fuerza mientras se concentraba.

De pronto, Skye preguntó:

—¿Has intentado hablarle mientras duerme?

Fruncí el ceño.

—No, ¿por qué?

Se encogió de hombros.

—La primera vez que llegué a mi casa, mi madre ya se había dormido. Le hablé. Me tumbé en la cama, justo a su lado, y se despertó entre gritos. No estoy segura de si fue por mí o no, pero no lo he vuelto a intentar. Fue algo intenso.

Meghan la miró asombrada.

—Eso es una genialidad. Vamos a intentarlo.

Nos quedamos levantadas con James mientras esperábamos a que April se quedase del todo dormida. A oscuras y sumida en el resplandor de la estufa de leña en la esquina, la sala casi parecía acogedora.

Casi.

Volvió a hacer inventario del instrumental de supervivencia, de la comida liofilizada y la leña. Escribió los números por detrás de un recibo que encontró en la mochila negra.

Había ciento ochenta platos de comida. Cada uno incluía dos raciones. Anotó «180 días». Luego, frunció el ceño y golpeteó el recibo con el boli.

Entonces, dio la vuelta al trozo de papel y miró la fecha: era de hacía ocho años. Después, despotricó en voz baja.

—Solo tenías una misión —mascculló a la vez que lanzaba una mirada de descontento a la puerta cerrada del cuarto donde dormía April.

—¿Qué pasa? —preguntó Meghan, ansiosa—. ¿Por qué de repente vuelve a estar molesto?

—En realidad, no hay tanta comida. Creo que hicieron el kit de emergencia antes de que las niñas nacieran. Si todos comen tres veces al día, solo les durará… —Hice un cálculo rápido—. Treinta días. No seis meses.

James le dio vueltas al bolígrafo con los dedos sin apartar la vista de la puerta del cuarto.

—Habla, pedazo de mierda —le espetó Skye directamente al oído.

No se inmutó y tampoco habló. En lugar de eso, fue hasta la pila de provisiones de acampada, que estaba en el suelo al lado de la puerta, y cogió una de las dos lonas que había junto a los sacos de dormir. Extendió los brazos para abrirla a lo ancho. Luego, la sostuvo contra su propio cuerpo. Le llegaba por la barbilla y era más ancha de lo que podía estirar los brazos. Después, examinó la superficie sujetándola bajo la luz. Estaba buscando agujeros.

—¡No! —gritó Meghan—. No. ¿Qué hace?

—No lo sé —susurré—. Puede que no sea nada. A lo mejor quiere tapar la leña.

—¡Va a asesinarlas! —volvió a chillar Meghan, y las luces de la cocina parpadearon como locas.

James volvió la vista hacia las bombillas, irritado. Después, se giró para doblar la primera lona y la dejó de nuevo en la pila. Todas contemplamos horrorizadas cómo cogía la segunda, más grande. Hizo lo mismo que con la primera.

—Dijiste que nunca les había hecho daño, ¿verdad? —preguntó Skye a la vez que ella y Meghan se giraban hacia mí, como si yo pudiese tranquilizarlas.

Y asentí lentamente.

—Sí. Quiero decir…

La voz se me apagó poco a poco mientras recordaba las veces que le había gritado a April y a las niñas, y lanzado el teléfono contra la pared. La ocasión en que Kimmie se hizo daño en el codo porque él abrió la puerta de golpe cuando la pequeña intentó entrar en su despacho; la envió de vuelta arriba sin ni siquiera una disculpa. Había veces en las que April se alejaba de él temblando tanto que sabía que se estaba preparando para el momento en que los ataques verbales aterrizaran en su piel. A lo mejor ya había pasado. Yo no lo veía todo.

Entonces, salió por la puerta de la cabaña y las tres fuimos en desbandada tras él.

No se alejó mucho. Solo fue a uno de los laterales de la casa, donde había una pala apoyada en una pila de leña. La cogió y comprobó cuánto pesaba. Luego, aparentemente satisfecho, la dejó de nuevo contra el montón de troncos y volvió adentro.

Meghan se desplomó en el suelo del salón. James se estaba lavando los dientes en el fregadero de la cocina ante nosotras.

—Las va a matar —repitió otra vez.

Skye se sentó a su lado.

—Es posible, pero todavía no lo ha hecho. Así que venga, vamos a hablarle a April.

Luego, la agarró de la mano y observé cómo una serie de emociones, primero sorpresa y después compasión, tristeza y horror, se adueñaban de su rostro.

—Vamos, hermana. Yo siento lo mismo y estoy contigo. Quédate con nosotras, ¿vale?

Meghan negó con la cabeza, pero siguió a Skye hasta el dormitorio del fondo sin soltarle la mano.

40. SKYE

CASCADE, IDAHO

No esperaba que funcionase. Y eso que la idea había sido mía.

Brecia fue quien habló. Conocía mejor a April y a las niñas, y ni Meghan ni yo íbamos a pelearnos con ella por ese honor. Tuvo que tumbarse justo entre April y James, que se había quitado los vaqueros y metido en la cama veinte minutos antes.

Sabía que Meghan llevaba razón. Cabía la posibilidad de que hubiera arrastrado a su mujer e hijas hasta aquí llevado por el pánico; al fin y al cabo, eran su familia. Hasta los psicópatas valoraban mucho algunas cosas, ¿no? Aun así, mi cinismo me recordaba que dejarlas atrás en la casa de Boise habría sido una carga. April lo conocía mejor que nadie, lo que no era mucho decir.

Si juzgaba bien la forma en la que calculaba los recursos y riesgos, April y las niñas también se convertirían pronto en cargas. No sabía cuándo había planeado actuar ni qué tenía pensado hacer. Las tres habíamos visto de lo que era capaz, incluso cuando no se encontraba acorralado; sin embargo, a diferencia de Brecia, jamás me habría imaginado siendo capaz de pararle los pies. Él ya había matado antes que a mí e iba a seguir.

Todo lo que teníamos eran susurros y luces que parpadeaban.

Bueno, o eso pensaba yo.

Brecia no se anduvo con chiquitas con sus palabras cuando se acurrucó pegada a la oreja de April en la cama hundida y cubierta por la colcha.

—Cuando te despiertes, debes encontrar la manera de llevarte a las niñas y salir cagando leches de aquí. No puedes esperar. Va a matarlas, y también acabará contigo. Exactamente igual que me hizo a mí. —Se quedó callada un momento y añadió—: Soy Brecia, por cierto, y lo he seguido durante los dos últimos años. Y a ti también. ¿Recuerdas las noches que llegaba tarde a casa del «trabajo»? ¿La historia que leíste sobre la chica a la que asesinaron justo en tu ciudad natal? ¿La joven por la que lo están interrogando? Recuerda la foto que te envió Nina. ¿Te acuerdas de…?

Ahí se detuvo. Durante todo el tiempo que Brecia habló, April había movido los ojos de un lado a otro a la tenue luz que entraba por la ventana del pequeño dormitorio. Luego, de pronto, estaba sentada con la espalda recta en la cama, llorando y destapándose con dificultad a la vez que agitaba los brazos en busca de su teléfono, sobre la mesita de noche.

Pero el aparato no estaba ahí. Entonces, retrocedió hacia la esquina del cuarto con las pupilas clavadas en la figura tranquila de James mientras jadeaba y se frotaba los ojos con fuerza.

—Joder —susurró Meghan a la vez que se giraba hacia nosotras—. Ha funcionado rápido.

Brecia seguía con la vista clavada en April.

—No puedo creer que durante todo este tiempo fuera capaz de hacer esto. Jamás pensé…

Di un paso adelante y la agarré de la mano, justo igual que había hecho con Meghan unos minutos antes. Incluso antes de tocarla, sabía que iba directa a un bucle de «y síes». Que, si de alguna manera hubiera averiguado esto antes, podría haberle parado los pies.

—No —le dije—. No. No cargues con eso. No le traerá nada bueno. —Hice un gesto con la cabeza en dirección a April, que cerró con cuidado la puerta del dormitorio tras ella y caminó sin hacer ruido por el pasillo—. Venga, vamos.

Mi esperanza era que April envolviese a las niñas en mantas; que metiera sus cuerpecitos adormilados en el monovolumen, encontrara las llaves y condujera hasta dar con la policía; que volvieran aquí antes incluso del alba, antes de que él supiera lo que sucedía.

En lugar de eso, se desplomó a oscuras junto a la cama de sus hijas, con la vista clavada en los ositos escalofriantes de la colcha. Las lágrimas le caían a mares por las mejillas con un resplandor plateado por la luz de la luna, que la bañaba al entrar por la ventana. Después, se sentó en el suelo, entrelazó las manos con fuerza en el regazo y negó con la cabeza.

Las tres nos acomodamos en el suelo, a su lado. Resultaba imposible saber qué estaba pensando o cómo las palabras de Brecia se habían adentrado en sus sueños.

Me alegré de que eso hubiese bastado para sacarla de la cama.

Solo esperaba que también bastase para que por fin abriera los ojos.

41. MEGHAN

CASCADE, IDAHO

Alrededor de las cuatro de la madrugada, April por fin se secó los ojos, remetió la escalofriante colcha de ositos por los hombros de las niñas y volvió a acostarse.

Sentí que mis últimos destellos de esperanza me abandonaban y se sumían en la oscuridad más allá de la puerta cerrada de la habitación.

Ahora solo podíamos esperar.

Aun así, volvimos a intentarlo a la noche siguiente, y a la otra. Con más o menos el mismo resultado.

Una vez, después de la «charla en sueños», como Skye había comenzado a llamar aquello, April terminó agitando las extremidades y gritando tan alto que despertó a las niñas, en la otra habitación. James se dio la vuelta y la zarandeó con brusquedad para despertarla y, como no dejaba de sollozar, la empujó con tanta fuerza que la tiró al suelo en una maraña de colcha y sábanas.

Cuando la ropa de cama cayó en una pila, él comenzó a despotricar a voz en grito y se estiró por el colchón para tirar de ella y recuperarla. Ignoró los gemidos agudos y débiles que provenían del otro dormitorio hasta que April se levantó tocándose la cabeza con cuidado.

—Tú las has despertado, tú te las apañas —masculló.

Luego, se dio media vuelta y cerró los ojos.

En cuanto su respiración se tornó lenta y profunda, Skye dijo:

—Vamos a hacérselo a él.

Yo la miré fijamente sin comprender del todo a qué se refería.

—¿Hacerle qué a él?

—Lo de charlar en sueños. La peor pesadilla que se nos pueda ocurrir.

Brecia negó con la cabeza.

—Él es la primera pesadilla que se me ocurre. ¿Qué asusta a un puto narcisista que encuentra placer en asesinar a mujeres?

Su pregunta pendió en la oscuridad que nos separaba durante un buen rato.

—April —susurré al final—. Y las niñas. Que no se dejen engañar por él y lo delaten; que se coman todas las provisiones y echen a perder su estrategia de fuga.

Skye cerró los ojos y asintió. No podíamos provocarle esas pesadillas.

James sonrió y murmuró algo en sueños, como si las olas de una rabia cociéndose a fuego lento que ascendían y rompían a su alrededor lo acunaran hasta quedarse dormido.

Los días pasaron con más lentitud que cuando me encontraba sola en la montaña. No teníamos mucho que hacer. No había televisión ni *tablets* para entretener a las niñas. Solo unos cuantos libros y juguetes que ya estaban en el monovolumen. Además, los platos Mountain Meal, que al principio habían sido una novedad, se estaban estropeando rápidamente, incluso solo con dos comidas al día. Todos se iban por la pata abajo, lo que significaba que el único baño, con una puerta que no cerraba del todo, se encontraba ocupado constantemente.

Habría tenido su gracia si no fuera tan espantoso.

James se quedaba dentro de la cabaña la mayor parte del tiempo, cada vez más irritable. Hablaba mal a las niñas cuando preguntaban por la hora de comer o decían que necesitaban ir al baño. Él recorría la vivienda de un lado a otro, observando la mochila y las perfectas hileras de equipo de supervivencia y comida que había ordenado en raciones y días.

Incluso con dos comidas al día, los alimentos se estaban agotando rápidamente. Igual que su paciencia.

April se las apañó para mantener a las niñas ocupadas con lo que llamó la «escuela de la naturaleza». Caminatas cortas y lecciones sobre pájaros y fauna. Historias y proyectos de arte hechos con hojas caídas y frutos silvestres. Kimmie fue capaz de convertir una piña fina y alargada en una muñeca, y la llamó Pippa. Emma convenció a una ardilla para que comiese un poco de muesli de su mano. Su madre sonreía de oreja a oreja y alababa el ingenio de las chicas. No volvió a preguntar sobre el colegio ni el absentismo escolar. Tampoco por el plan, la policía o cuándo iban a volver.

Durante la tercera noche, después de que April se fuera a dormir, James se sentó en la mesa de la cocina con la vista clavada en las provisiones. Se puso de pie para observar la comida y tocar las lonas. Luego, fue hasta el dormitorio en el que su mujer dormía, pero, en lugar de desvestirse para meterse en la cama, apagó la luz del vestíbulo y se quedó allí, en la penumbra, escuchando la cadencia de la respiración de April.

—Está harto. Va a librarse de ellas —dije en un tono pragmático, como si el terror no se acumulara a mi alrededor—. Miradle la cara.

Brecia y Skye ya tenían la vista clavada en él. Su mirada era distinta. Calculadora. Aunque no parecía ansioso, sino simplemente determinado.

April se dio la vuelta durmiendo, pero mantuvo la respiración profunda y regular.

Entonces, él cerró la puerta sin hacer ruido y volvió al salón, donde sacó un frontal de la mochila, se lo metió en la chaqueta y se escabulló por la puerta de la cabaña.

—¿A dónde va? ¿Se marcha? —preguntó Skye, esperanzada—. A lo mejor coge el coche y se larga de aquí.

Pero el haz del frontal se detuvo en la pala junto a la pila de leña.

Observé en un silencio horrorizado cómo la cogía y se adentraba en el bosque.

Eligió un lugar a medio kilómetro de la cabaña, junto a un sendero de paso de ciervos. Al abrigo de los pinos, la tierra estaba lo bastante blanda y cubierta de mantillo como para no tardar mucho en terminar el primer agujero a su gusto.

Las tres nos encontrábamos en el sendero, intentando darle algún sentido a sus actos.

El hoyo era de aproximadamente un metro de ancho, dos de largo y uno de profundidad.

Él cavó en silencio, alzando la vista solo cuando el crujido de las ramitas provocado por alguna criatura se abría paso entre el silencio de la noche y el suave chas de la pala golpeando la tierra una y otra vez.

Nos quedamos el tiempo suficiente para permitirnos asimilar la realidad de lo que estaba llevando a cabo. Lo bastante como para ver que el agujero era, inequívocamente, una tumba… y que estaba comenzando una segunda.

Fue en ese momento cuando salimos volando de vuelta a la cabaña.

42. BRECIA

CASCADE, IDAHO

No tardamos mucho en despertar a April.

Despertarla no era el problema, sino conseguir que escuchara, y el tiempo se nos estaba agotando muy rápido.

No tenía ni idea de qué sucedía exactamente cuando le hablaba mientras dormía. ¿Podía ver las imágenes de las tumbas poco profundas mientras se las describía al oído con urgencia? ¿Me oía hablar a lo lejos? Cuando se despertaba, ¿recordaba siquiera lo que había pasado o solo me consideraba un terror nocturno que le daba una descarga de adrenalina, pura e indescriptible en medio de la oscuridad?

Cuando se levantó sobresaltada en la cama vacía, me giré y vi a Skye y a Meghan rondando tras de mí.

Ya sabía que aquellos podrían ser nuestros últimos momentos juntas. Meghan no iba a quedarse y, ahora que sabía que contaba con una opción, yo tampoco lo haría. Era demasiado, y el margen para hacer algo se estaba agotando. Si llegaba a eso, no podría mirar. Llegado el momento, ya había decidido a quién iría a buscar entre mis recuerdos: a mi tía Nelly. Cuidaba de mí cuando era pequeña y la quería con toda mi alma. Recién salida de la universidad, se mudó con nosotros cuando yo tenía cinco años y se quedaba conmigo cuando salía de la escuela, hasta que un año después encontró un trabajo de verdad. Chapoteábamos en la piscina infantil del YMCA, hacíamos collares de cereales y macarrones, cepillábamos las crines y las colas de mis caballos de plástico y veíamos dibujos animados juntas. Murió en un accidente de coche cuando yo tenía seis años, justo después de mudarse a otra casa.

Entonces me forcé a volver al presente, al dormitorio a oscuras con April. No me cabía duda de que, si hubieran dejado alguna luz encendida en la cabañita, estaría parpadeando como loca. La sala, sumida en las tinieblas, estaba repleta de chispas invisibles que no podían descargarse. Ya no me cabía duda. Iba a asesinar a su propia familia. Iba a dejarlas en el bosque.

April estaba jadeando y parpadeando en la cama desvencijada para orientarse dentro de la habitación a oscuras. Vi que se mordía el labio en un intento de no hacer ningún ruido, hasta que palpó con cautela al otro lado de la cama y se dio cuenta de que James ni siquiera se encontraba allí.

Se inclinó hacia delante mientras apretaba la colcha entre las manos para que dejasen de temblarle y tratar de calmar la respiración.

En ese momento, aguzó el oído.

Y nosotras con ella.

Se oía el zumbido constante y quedo del viejo frigorífico de la cocina. El coro de grillos que se intensificó para después desvanecerse. El suave y ligero rumor de los álamos temblones. El leve chirrido del somier cuando tiró más de la colcha para envolverse las rodillas.

Entonces, se oyó: el chas repetitivo y lejano de algo golpeando el suelo. Ni siquiera era consciente de que el sonido pudiera viajar tan lejos, aunque seguramente eso no habría pasado si no nos estuviéramos alojadas en las profundidades del bosque.

Volvió a oírse el ruido: el chas quedo del metal en la tierra.

April permaneció inmóvil durante un buen rato.

Se quedó petrificada, sentada en la cama, ya sin temblar. Sin mover ni un dedo. Solo escuchando. Después, se envolvió en la colcha y fue a la cocina sin hacer ruido, donde clavó la vista en el exterior, en la negrura.

El sonido continuaba, errático y amenazante.

—¿Es consciente de lo que él está haciendo? ¿Creéis que lo comprende? —susurró Skye a la vez que echaba un vistazo atrás, a la puerta del dormitorio de las niñas.

Ninguna contestó. Aún no había respuestas. Observamos paralizadas mientras April se dirigía a la entrada, cogía sus zapatos y se los ponía. Luego, pasó los dedos por los de las niñas. Resultaba obvio que las zapatillas de James no se encontraban ahí.

Se quedó inmóvil con la mano en el pomo de la puerta durante al menos un minuto, y las chispas invisibles que nos rodeaban a todas empezaron a arremolinarse a más velocidad.

—No puede salir ahí fuera. Si él se entera de que lo sabe, lo hará ya —espetó Meghan.

La vi abrazarse la cintura con los brazos, sumida en la oscuridad de la cabaña.

Ignorando la advertencia, April abrió con cuidado la puerta de entrada y salió al porche.

Después, clavó la vista en la espesura de árboles a su alrededor durante un instante y, a continuación, con tal lentitud que supe que se estaba preparando para lo que pudiera ver, echó un vistazo a la pila de leña.

La pala no estaba ahí.

A lo lejos, todas oímos el suave chas, silencio, chas.

April se dirigió al otro lado de la pila, examinando cada centímetro con la mirada, como si a lo mejor se le hubiese pasado la enorme pala la primera vez. Tenía el rostro inexpresivo, pero estaba apretaba la colcha con los dedos tan fuerte que, en la oscuridad, las puntas albergaban un ligero resplandor blanco en contraste con el estampado bordado.

Chas, silencio. Chas, silencio.

Silencio. Silencio. Silencio. Se oyó el crujido amortiguado de una ramita en algún lugar a lo lejos, y April retrocedió un paso hacia la puerta abierta de la cabaña.

—Ay, mierda —dijo Meghan con un grito ahogado—. Viene hacia aquí. Ya vuelve a por ellas. No puedo…

Rápidamente, Skye alargó el brazo y la agarró de la mano para después ir tras April, que estaba regresando al interior de la cabaña a toda prisa.

—Vamos. Al final lo conseguirá. Quédate conmigo, hermana.

Mientras Meghan y Skye seguían a April al interior, yo salí corriendo por el sendero de paso de los ciervos para encontrarme con él.

Llevaba la pala inclinada sobre el hombro, como si volviera de un día de trabajo honrado en lugar de haber atravesado con cuidado el bosque sumido en las tinieblas, como un lobo.

No pude contenerme. Sabía que no ayudaría en nada, pero me abalancé sobre él de todas formas. Tiré con fuerza de su espantosa chaqueta de cuadros e intenté sacarle los ojos marrones y dorados que tanto me embelesaron la primera vez que los vi en persona. Chillé como habría querido gritar en mi patio trasero la noche que me dejó sin voz con el alargador que llevaba en las manos. Agité los brazos y las piernas, le di patadas y lo aporreé con los puños de la manera en la que me había imaginado durante todos estos años, pero que nunca había hecho porque ¿para qué?

Una repentina ráfaga de viento sopló por el sendero y le azotó la camisa y el pelo con violencia, aunque solo tuvo el efecto de una suave brisa en las hojas de los álamos temblones sobre nuestras cabezas, que se agitaron tranquilamente. Sabía que era yo, que yo lo había provocado, pero, por supuesto, aquello no le paró los pies. Solo se trataba de una ráfaga de viento aleatoria.

James se sacudió un poco y se recolocó la pala.

Después, continuó su camino.

Cuando llegó a la cabaña, la puerta se encontraba cerrada. No se veía a April por ninguna parte. Meghan y Skye tampoco estaban. Él se sacudió unas cuantas motas de tierra de la chaqueta a cuadros, apoyó con cuidado la pala en la pila de leña y abrió la puerta sin hacer ruido.

Yo lo rocé al adelantarlo para entrar en la sala, donde se sentó y se quitó las botas.

Vi a Meghan y a Skye desde el oscuro pasillo, en pie como centinelas, a la vez que las tres lo observábamos. Meghan retrocedió lentamente a la cocina cuando él se levantó y escudriñó el diminuto salón hasta que posó la mirada en la colección de instrumental de supervivencia. Skye se mantuvo donde estaba, fulminándolo con una mirada iracunda que hasta yo sentía desde el otro lado de la sala.

Él permaneció clavado en el salón durante unos segundos, sopesando sus opciones.

—¿Dónde está April? —le pregunté a Meghan en voz baja, con la esperanza de que no se hubiera marchado todavía.

Había dejado de verla.

—Está en el dormitorio. —La respuesta queda vino de la cocina—. Se está haciendo la dormida.

Una oleada de desesperanza tiró de mí como si se tratara de aguas revueltas.

—¿Qué hay de las niñas? ¿Ha cogido un cuchillo o algo, por lo menos?

Skye negó con tristeza.

—No.

James volvió a ponerse en movimiento, pero se dirigía hacia la cocina y Meghan, no a los dormitorios.

Se detuvo delante del reloj de pared y entornó los ojos para mirar el plástico resquebrajado en la oscuridad. Eran las tres de la madrugada.

Se encontraba a pocos metros de Meghan, y ella se quedó mirándolo a la cara, sin mover los brazos con los que se rodeaba la cintura, como para contener el impulso de embestirlo.

—Si quieres lanzarte sobre él, hazlo —le dije—. Yo no he podido evitarlo. Sienta bien durante un segundo, aunque no sirva de nada.

Ella asintió con firmeza, pero no me miró ni se movió para atacarlo como yo había hecho en el sendero.

—Te hemos oído ahí fuera.

En ese momento, él se frotó la nuca con la mano y se estiró. Luego, bostezó y suspiró con fuerza. Skye hizo un sonido de repulsión.

—Pobrecito. Está cansado por haberse quedado despierto hasta tarde cavando tumbas.

Era cierto: parecía exhausto.

—A lo mejor se espera —comenté con indecisión mientras sentía que la desesperanza aún amenazaba con hundirme.

Si no lo hacía esta noche, sería mañana. O al día siguiente. Todavía no había ninguna señal en cuanto a si sus planes eran a largo plazo, pero, desde luego, ya no incluían a su familia.

Aquello me hizo pensar en el hámster que tenía de pequeña y que, cuando se me olvidó darle de comer durante un par de días, se comió a sus tres retoños. Cuando miré en la jaula, lo único que quedaba eran unas cuantas gotas de sangre oscura.

En ese momento, negué con la cabeza. No. No se parecía en nada a un animal. En el caso del hámster, la supervivencia estaba en juego. Él, en cambio, asesinaba porque quería, porque le apetecía. Ningún animal que conociera hacía tal cosa.

James vaciló en el pasillo cuando miró hacia el alijo de material de supervivencia y después a la puerta del dormitorio. Intenté no conjeturar sobre lo que pensaba, pero no pude evitar la imagen mental de los diferentes objetos letales que tenía al alcance de la mano. Los cuchillos. La cuerda. La pala fuera, junto a la pila de leña. Si deseaba hacerlo esta noche, tenía un montón de instrumental a su disposición.

Bostezó de nuevo y giró el cuello para observar las perfectas torres de comida. Llevaba un par de días sin contarlas, pero parecía que los cubos seguían relativamente llenos. Teniendo en cuenta los efectos que habían tenido los platos preparados en el sistema digestivo de todos, nadie comía con el mismo vigor que los primeros días.

Entonces, suspiró con fuerza y recorrió el pasillo sin hacer ruido en dirección al dormitorio de April. Skye y yo fuimos tras él, pero Meghan se quedó atrás. Ninguna de las dos la empujamos a seguirlo.

Una vez allí, abrió la puerta sigilosamente y proyectó un cuadrado de tenue luz a lo largo de la cama en la que su mujer yacía de lado, dándole la espalda. Observé el pecho de April, que subía y bajaba. Respiraciones profundas y regulares, como un reloj. Si tuviera que hacer alguna suposición, diría que estaba contando cuántas veces inhalaba y exhalaba.

James clavó la vista en ella durante unos segundos y, después, cerró la puerta con cuidado, se quitó los vaqueros y la camisa de cuadros, y se acostó en el otro lado del colchón.

43. SKYE

CASCADE, IDAHO

Echaba muchísimo de menos dormir. La capacidad de apagar el cerebro sin más durante unas horas era algo que no valoraba de verdad cuando estaba viva. Sin un cuerpo que necesitase dormir para recargarse físicamente, mis pensamientos no se apagaban nunca, excepto por las veces que me quedaba atrapada en un recuerdo.

Meghan lo llamaba «dejarse llevar». Era así como había dado con su abuela, la que estaba esperándola para darle la bienvenida al final de este terrorífico espectáculo.

Las tres nos reunimos alrededor de April para contar por turnos las verdades sobre su marido.

Sus ojos, como platos en la oscuridad, no indicaban que notara nada de aquello. Por fin los había abierto a la gravedad de la situación, pero solo el tiempo diría si ese despertar sería suficiente.

Yo conocía esa mirada. Transmitía la misma sensación animal que experimenté cuando me di cuenta de que podría haber cometido un terrible error al subirme al coche de James y de que, en ese momento, mis posibilidades habían quedado limitadas a la piedad que el universo fuera a concederme. En mi caso, no hubo misericordia, pero quizá las cosas resultaran diferentes para April y las niñas. Al menos, eso esperaba.

En cuanto la respiración de James se volvió profunda y acompasada, April se largó a la otra punta de la cama aferrándose a la colcha. Ya no fingía que estaba dormida.

Los segundos pasaron como si fueran horas mientras esperábamos a que se moviera. A que hiciera algo. A que huyese.

—Muévete, tía —le decía sin parar—. Está dormido. Vamos.

Brecia negó con la cabeza.

—Las niñas pesan demasiado como para llevarlas en brazos, y si las despierta, ellas lo despertarán a él. Son demasiado pequeñas para escuchar cuando están cansadas y de mal humor. Es muy arriesgado.

Así que nos quedamos ahí sentadas en torno a April, escuchando el sonido silbante de la respiración de James al inhalar y exhalar, inhalar y exhalar.

Contuve mis pensamientos para que no se alejasen de mí una y otra vez, como si fueran un cachorrito atado con una correa, negándome a dejarme llevar. Resultaba insoportable permanecer allí y, por la sensación que se respiraba en el cuarto, sabía que no era la única que se sentía así.

De pronto, tuve una idea.

—Brecia, ¿recuerdas lo que pasó en el depósito municipal cuando hablamos?

Ella asintió.

—Me sucedió lo mismo con Meghan cuando la abracé. —Y miró a la otra chica, cuya expresión confusa se transformó en comprensión.

—¿Podríamos intentarlo de nuevo? —les pregunté, y me sentí extrañamente tímida. Literalmente, les estaba pidiendo echar un vistazo a sus almas—. No fue como dejarme llevar dentro de mis propios recuerdos. No me sentía absorta ni distraída del todo. Solo tenía algo así como… no sé, una imagen muy clara de la historia que me estabais contando. Como si me la mostrarais.

—Parecía una película —comentó Meghan—. Una película en superalta definición con una butaca D-BOX. De hecho, lo sentí un poco.

De pronto, Brecia se echó a reír.

—Una D-BOX. Si mi padre supiese que consigues tu cine personal con una de esas butacas cuando mueres… —Y se cortó a sí misma—. Lo siento, Meg. No me estaba riendo de ti.

Ya entiendo a lo que te refieres. Es la forma perfecta de describirlo. —Y, a continuación, preguntó—: ¿Puedo enseñaros a mi gato? Sé que es raro, pero lo echo de menos. Es muy mono. Se llama Frank.

—Por favor, diosito, sí —le respondí—. Enséñanoslo.

Nos arrastramos por el suelo, junto al lado de la cama de April, para acercarnos más. Luego, extendimos las manos. Fue como una sesión espiritista, pero al revés, nosotras establecíamos contacto con el reino de los vivos.

En cuanto nos tocamos las manos, vi los recuerdos como si se tratara de una película que se podía palpar y con un detalle impresionante. Casi podía acariciar a la tierna bolita peluda de suave pelaje blanco y orejas naranjas que ronroneaba en el regazo de su dueña. Y cuando susurré: «Ay, es un muñeco», la Brecia del recuerdo alzó la vista hasta mí, con los ojos llenos de alegría gracias al gato dormido en su falda mientras veía Netflix antes de acostarse.

Solo se trataba de un gato, pero, en ese momento, lo era todo.

Juntas, nos dejamos llevar así toda la noche, intercambiando recuerdos. Algunos dulces, otros superficiales, algunos desoladores, y otros ocuparon la habitación con una tristeza tan densa que nadamos en ella. No estaba segura de cómo sucedía, pero comprendía lo que Meghan había dicho sobre su *bubbie:* el recuerdo ya no era estático, más bien una puertecita secreta.

Durante todo ese tiempo, April no movió un dedo. Se quedó petrificada y respirando de forma entrecortada y acelerada hasta que los primeros rayos de sol por fin alcanzaron la ventana del pequeño dormitorio.

Ante esa evidente señal de la mañana, se levantó con cuidado por el borde de la cama y fue en silencio a la cocina. Las niñas seguían dormidas, y ella no las despertó.

Meghan, Brecia y yo la contemplamos con impaciencia mientras examinaba las encimeras con la mirada, palpaba los bolsillos del abrigo de James y abría los cajones sin hacer ruido en la diminuta cocina.

—Está buscando las llaves —comentó Brecia sin poder creérselo—. Se ha puesto manos a la obra. Por Dios.

—Pero ¿dónde están? —se inquietó Meghan—. No vi dónde las dejó. ¿Alguna de vosotras lo sabe?

No era el caso, y mientras la búsqueda de April se volvía más creativa —bajo las manoplas polvorientas junto a los fogones, debajo de la alfombra hecha jirones, al fondo de las alacenas— y se paraba ante el más mínimo ruido que saliese de los dormitorios, la esperanza de que las llaves estuviesen en algún lugar donde pudiera encontrarlas disminuía cada vez más.

James las había guardado en algún sitio en el que sabía que no miraría, porque, igual que las tres fantasmas que nos encontrábamos en esa cocina, puede que ella se hubiese subido al coche por voluntad propia en un momento dado. Sin embargo, en cuanto lo hizo, las posibilidades de que saliese con vida de aquella situación se redujeron drásticamente.

Entonces, April inclinó la cafetera para mirar debajo del viejo recipiente de plástico, y la tapa se deslizó y cayó al suelo con un fuerte sonido metálico.

Se quedó petrificada cuando al ruido lo siguió un chirrido amortiguado y luego unas fuertes pisadas procedentes del otro extremo del pasillo. Entonces, agarró la cafetera y fue corriendo al fregadero para llenarla de agua.

—¿Qué cojones hace? —chilló Meghan—. Ni siquiera toman café.

Cuando él apareció por la esquina del pasillo con una expresión amargada en la cara mientras se frotaba el sueño de los ojos, la miró con enfado.

—¿Estás de coña? Apenas es de día. ¿Por qué vas dando golpetazos por ahí? —Entonces, enfocó la vista en la cafetera que llevaba en la mano y frunció el ceño—. ¿Qué haces?

April lo miró con una sonrisa deslumbrante a la vez que cerraba el grifo porque ya había llenado el recipiente de agua hasta el borde.

—Cielo, lo siento mucho. Me he acordado de que teníamos un par de sobres de chocolate a la taza y estaba intentando hacer algo divertido para desayunar. Sorprender a las niñas antes de que se despierten. —Y puso una mueca mientras miraba la cafetera—. Pensaba que el agua se calentaría más rápido aquí que en los fogones. ¡Siento mucho haberte despertado!

—Joder, April —comentó Brecia—. Bien salvado.

Yo también estaba impresionada. Estuve a punto de creérmelo, pero ¿y él?

Examiné su rostro mientras el ceño fruncido se suavizaba y daba paso a la irritación. Estaba rabioso, pensaba que era una idiota, pero no llegó al punto de perder los estribos. April se aferró a ello y le posó la mano en el brazo.

—Lo siento muchísimo, cari. Vuelve a dormir, ¿vale?

Él no se movió.

—Gasta solo un sobre —mascculló mientras observaba las hileras de comida.

Ella siguió su mirada y, entonces, vi que se le iluminaban los ojos.

—¿Qué te parece si hoy hago una excursión rápida al pueblo? Podría comprar algo de comida en lata y algo fresco que dure un poco. Manzanas, alubias…

—Sí —la animó Meghan—. Sí, tía. Sal de aquí.

A mí no me dio tiempo a gritar de la alegría porque James frunció el ceño una vez más.

—April, ¿estás de guasa? ¿Cómo puedes ser tan estúpida? ¿Crees que puedes ir de compras y después volver dando un paseo hasta aquí y punto? Alguien te reconocerá. Alguien reconocerá el coche. A no ser que eso sea lo que quieras.

Frunció más el ceño y su expresión se convirtió en algo todavía más desagradable. Era la primera vez que lo veía considerar seriamente la idea de que ella pudiese huir. A pesar de echarle la bronca constantemente desde que habían llegado a aquella triste y pequeña prisión, era obvio que nunca había pensado que lo delataría. Para él, ella no era real. Las niñas y April nunca fueron más que accesorios de su vida. Mereció la pena mantenerlas cerca mientras le fueron útiles. No existía razón para no deshacerse de ellas cuando se volviesen un inconveniente.

April lo volvió a intentar mientras se pasaba la mano por la parte trasera del cabello rubio y ralo para ahuecárselo, en una señal de nerviosismo que yo había empezado a reconocer. Ahora oía la desesperación infiltrándose en su voz.

—Te están buscando a ti, no a mí. Aparcaré mucho antes de llegar al pueblo e iré andando. Nadie verá la matrícula ni nada. Podría ponerme un sombrero, y sin maquillaje la verdad es que no parezco yo…

James la interrumpió arrebatándole la cafetera de la mano y tirándole el agua por la parte delantera de la camisa.

—Tienes que enchufarla, idiota, y no, no vamos a correr ese riesgo por unas manzanas y unas alubias. Lo siento si no estamos comiendo como reyes, pero fuiste tú quien se encargó de preparar toda esta comida. A lo mejor, si hubieras hecho bien los cálculos o descubierto lo asquerosa que sabía y que todos nos iríamos por la pata abajo, las cosas serían un poco más agradables.

Ella lo miró fijamente en un silencio atónito, y recé a Dios para que él no estuviera tan seguro como yo de que su mujer oía cada palabra que decía con un nuevo filtro. Ya no había más raciocinio ni más fingimiento. Aquel hombre era una bomba de relojería a punto de explotarle en la cara.

Él le devolvió la mirada como si la desafiara a que lo intentase otra vez. Desde el otro lado del pasillo, se oyó el ruido de una puerta abriéndose y unas voces infantiles.

De repente, April volvió a ponerse la máscara y cogió el paño hecho jirones que había encima del fogón para pegárselo a la camisa empapada.

—Llevas razón —le contestó en tono de disculpa—. Lo siento. Ha sido una idea estúpida. Voy a limpiar esto y les diré a las niñas que me ayuden con el desayuno. Lo siento —repitió mientras volvía a alargar la mano hasta su brazo.

Él la apartó y se giró hacia el pasillo, sin molestarse en contestar al coro emocionado de «¡Hola, papi!» cuando volvió al dormitorio.

Sobre nuestras cabezas, los largos fluorescentes de la cocina comenzaron a parpadear erráticamente durante unos segundos. Al parecer, eran menos susceptibles a nuestras emociones que las halógenas. Sabía que esas habrían estallado hacía bastante tiempo.

April echó un vistazo a la luz y sonrió cuando las niñas irrumpieron en la cocina.

—¿Papá está enfadado otra vez? —preguntó Emma con un puchero.

Los ojos de Kimmie aterrizaron en la camisa empapada de su madre.

—Mami, ¿has tenido un accidente?

—Dios, da con la manera de sacar a estas niñas de aquí —murmuré mientras veía a Kimmie darle palmaditas a April en la cadera para consolarla.

Aún no sabía qué pensar sobre Dios. La verdad era que, a esas alturas, había esperado encontrar algunas respuestas. Aun así, rezaba de todas formas; no había mucho más que hacer.

—No pasa nada, mami —le aseguró la pequeña, repitiendo las palabras que le decía su madre cuando ella tenía un accidente real de vez en cuando.

Durante una décima de segundo, pareció que a April se le iba a caer la careta. El labio le tembló al mirar a las niñas y a la pequeña cocina, y posó la vista en el pasillo por el que James se había marchado hacía unos segundos. Las pequeñas estaban despiertas. Era imposible encontrar las llaves. Estaban atrapadas.

Entonces, apretó los labios y tomó la mano de Kimmie para conducirla hasta la comida dispuesta a lo largo de la pared del salón.

—¡Ay, solo se me ha caído, cielo! Estaba intentando daros una sorpresa con un chocolate caliente. ¿Me ayudáis a encontrar el sobre? Vamos a compartirlo y a tomarlo en tacitas de té.

Las niñas la ayudaron con empeño a buscar entre los cubos mientras April respiraba para calmarse y rápidamente se secaba la lágrima que había conseguido huir por una de sus mejillas.

44. MEGHAN

CASCADE, IDAHO

Encima le llevó una tacita del puñetero chocolate caliente.

Yo no estaba segura de poder haber hecho lo mismo, pero ella fue capaz. Él se mostró agradecido a regañadientes y no intentó pararle los pies cuando le dijo que iba a salir a jugar con las niñas para construir más «personas piña».

Las tres la seguimos hasta el claro junto a la cabaña en el que siempre jugaban las pequeñas. Kimmie y Emma, con la energía a tope por el chocolate caliente, estaban tan enfrascadas en una conversación sobre si la gente piña comería agujas de pino o musgo que no se dieron cuenta de que April las había llevado a un camino, más allá del claro, hasta que su madre las tomó de la mano y tiró de ellas para ocultarse tras un pino alto y de largas ramas que caían lo bastante y eran espesas como para tapar la visión de la cabaña, a cien metros de allí.

—¡Mami! —comenzó a protestar Kimmie, cuyos labios rojos y redonditos ya empezaban a fruncirse.

Aquel no era el lugar adecuado.

—Escucha a tu madre —le susurró Skye al oído, y la pequeña guardó silencio antes de que April se lo pidiera.

La niña se calló a mitad de la palabra y frunció el ceño.

April se quedó sorprendida por un momento ante la aparente habilidad de su hija para leerle el pensamiento, pero no hizo preguntas. Skye y yo nos miramos.

—Guau —susurré.

En ese momento, April alargó la mano para acariciar las mejillas de las dos pequeñas. Tenía una expresión seria, pero acompañada de una sonrisita conspirativa.

—Chicas, ¿sabéis que papi ha estado un poco gruñón y todos nos hemos notado las barrigas un poco revueltas? —Y se llevó un dedo a los labios para interrumpir cualquier respuesta más alta de la cuenta.

Las pequeñas asintieron.

—Bueno, ¿os acordáis de la sorpresa que os he dado esta mañana con el chocolate caliente? Quiero darle otra a papi.

Todas nos inclinamos hacia April, nos moríamos por conocer el plan.

—Bueno, iremos a buscar un buen montón de frutos del bosque y se los traeremos a papi para cenar.

Emma pareció escéptica.

—¿Frutos del bosque?

Kimmie, por su parte, estaba contentísima. Nadie había tomado nada fresco desde hacía demasiado tiempo.

—Ay, mami, buena idea —susurró—. ¿Dónde están?

—Muy lejos, y tenemos que ir muy en silencio para no arruinar la sorpresa —musitó April.

—Ay, joder —dijo Skye en un murmullo—. Sí, tía. Sí. Id ahora mismo.

Brecia se asomó por el árbol para echar la vista atrás, hacia la cabaña.

—Sigue dentro —anunció—. ¡Vamos! ¡Deprisa!

Como si pudieran oírla, Kimmie y Emma se agarraron a las manos extendidas de su madre.

—No queremos que papi nos vea marcharnos o sabrá que estamos tramando algo —les indicó a las niñas a la vez que les mostraba cómo agacharse ligeramente por debajo de la altura de los arbustos que recorrían el camino de paso de los ciervos—. Andad sin hacer ruido hasta que nos alejemos un poco, ¿vale? Dentro de un ratito, ya no tendremos que ir en silencio.

Las pequeñas siguieron sus instrucciones con exactitud y las tres comenzaron a bajar por el camino de los ciervos, conmigo y Skye pisándoles los talones.

Brecia se quedó en el sitio, con la cabaña a la vista.

—Luego os alcanzo, ¿vale? Sé que no cambiará nada, pero necesito saber si se entera. Cuando se dé cuenta de que pasa algo, iré colina abajo hasta que os encuentre.

El sonido de los pájaros entre los árboles se había acallado hasta un trino quedo. El aire se notaba cargado de peligro, incertidumbre y el rayito indispensable de esperanza.

Yo también me rezagué un pelín para echar un último vistazo a la cabaña. «Llego dentro de poco, *bubbie*», pensé para mis adentros. Por primera vez, tenía la sensación de que a lo mejor conseguiría abandonar este limbo siguiendo mis propias condiciones; de que a lo mejor, después de todo, podría zanjar este asunto. Solo veía la parte de arriba de la coleta rubia de April balanceándose a lo lejos sobre los arbustos. Entonces, el sendero describió una curva y descendió. El sonido de las ramitas partiéndose se volvió más débil. Brecia seguía de espaldas vigilando la cabaña, así que me apresuré para alcanzar a Skye y al resto.

April caminaba en la dirección opuesta a las tres tumbas abiertas que las esperaban sendero arriba. Me alegré de que no las hubieran visto. Sabía lo que se sentía al mirar tu propia tumba, y cuanto más se alejaba de las fosas, más oportunidades tenía de no acabar enterrada en una.

Repasé el recuerdo del viaje en coche hasta aquí mientras avanzábamos a través del bosque, trepábamos por los troncos y gateábamos para atravesar los arbustos en el sendero de ciervos, que se volvía cada vez más estrecho. Recordaba cada detalle con una claridad cristalina, pero no había mirado el reloj del coche después de entrar en la carretera principal. Costaba saber exactamente la rapidez a la que viajábamos y la distancia. En su momento se me hizo eterno. En realidad, ni siquiera sabía a qué distancia se encontraba el pueblecito de Cascade de la salida al camino de tierra. ¿A diez kilómetros? ¿Quince? ¿Treinta? Sentí que el destello de esperanza comenzaba a desvanecerse. Acompañada de dos niñas pequeñas, hasta mi estimación más optimista resultaba tremendamente inalcanzable.

Skye también buscó en su recuerdo mientras me agarraba de la mano para que pudiese verlo.

—Miré el reloj del coche cuando aparcamos en la cabaña —comentó—. Llegamos justo antes del almuerzo, a las 11.58. ¿Cuándo fue la última vez que tú le echaste un vistazo?

Revisé los recuerdos de antes de que saliéramos al camino de tierra.

—La última ver que lo miré antes de tomar la salida fue a las 10.32. A lo mejor condujimos otros diez minutos antes de girar.

—Un momento, podemos deducirlo —contestó Skye—. Respetaba el límite de velocidad porque le preocupaba la poli, que era de cincuenta hasta que llegamos al camino de tierra. Así que debían de ser las 10.45 cuando tomó la salida. Entonces, es aproximadamente una hora.

Las dos nos quedamos calladas un momento mientras pensábamos lo mismo. Habíamos tardado una hora en coche para completar el recorrido desde la salida a la cabaña. Tardaríamos una eternidad a pie y con las niñas.

Skye continuó.

—Por carretera íbamos bastante lentos. Había muchas curvas y baches. Recuerdo pensar que, si quisiera, podría ir corriendo junto al coche. ¿Cuánta velocidad es eso?

Me reí.

—Ahora soy mucho más rápida que antes. ¿Puede que entre quince y veinticinco kilómetros hora?

Skye asintió.

—Parece correcto. Así que, si tardamos unos cuarenta y cinco minutos en llegar a la cabaña, significa que está a unos diez kilómetros.

Decidí creer a pies juntillas en los cálculos de Skye, en parte porque sonaban mejor de lo que había imaginado, y también porque las matemáticas parecían no encontrarse entre los limitados poderes que se me habían legado a mi muerte.

—¿Lo conseguirán antes de que anochezca? —le pregunté, aunque en realidad no esperaba ninguna respuesta.

Skye volvió a asentir con determinación.

—Incluso si van muy lentas, a un kilómetro y medio por hora, lo lograrán. Solo tienen que caminar sin parar.

Mientras lo decía, Emma soltó un chillido porque un avispón le aterrizó en el brazo. La pequeña comenzó a golpearlo histérica y se tropezó con una raíz del suelo. April se giró atacada para tranquilizarla.

—Mierda —susurré mientras miraba tras nosotras.

No había ni rastro de Brecia, todavía no, pero recordé cómo el sonido de la pala había viajado la noche anterior. Si todas oímos el chas de la pala golpeando la tierra desde la cabaña, un chillido como ese recorrería la distancia suficiente.

Igual que había hecho antes, Skye extendió el brazo para posar una mano en el hombro de Emma.

—Cariño, deja de llorar —le pidió por encima del sonido de las plegarias de April.

La niña, con lágrimas en los ojos, se mordió el labio y dejó de llorar, ya fuera gracias a los esfuerzos de su madre o a los de Skye.

Al principio, pensé que a lo mejor nos habíamos salido con la nuestra, que a lo mejor no nos había oído, que a lo mejor nos encontrábamos lo bastante lejos. Llevábamos caminando por lo menos una hora, pero ni cinco minutos después, Brecia nos alcanzó.

—Viene hacia aquí —anunció—. Está en el coche.

Skye y yo nos miramos con impotencia.

—¿Viene en coche?

Lo había imaginado dándonos caza a través del bosque.

Como una señal, oímos a lo lejos un ruido sordo de lo que debían de ser unos neumáticos sobre el camino de tierra, en algún lugar entre los árboles. Yo me había preguntado lo cerca que podríamos estar del sendero por el que habíamos llegado en coche, pero April no parecía tener prisa por averiguarlo. Todavía no.

—Creo que quiere adelantarlas —respondió Brecia.

El tono inalterado de su voz no consiguió que el bosque se pareciese menos a un polvorín.

Todas miramos a April, que claramente también había escuchado el sonido a lo lejos. Las niñas no se habían dado cuenta todavía. Entonces, examinó la maraña de troncos y claros desperdigados y luego anunció a sus hijas en voz baja:

—¡Creo que los frutos del bosque están un poco más lejos en esa dirección!

Y les señaló con un gesto una bifurcación en el sendero de paso de ciervos que se alejaba del camino y del sonido del vehículo en la distancia.

Kimmie y Emma fueron tras ella, pero yo sabía que solo era cuestión de tiempo que empezaran a preguntar cuándo volverían a casa para el almuerzo, que alguien se resbalase en la alfombra de agujas de pino o se tropezase con una de las ramas caídas que cubrían el sendero, o que las tres se alejasen lo bastante del camino como para que April se desorientara y no supiera volver a este. La mujer no dejaba de entornar los ojos hacia el sol en un intento, imagino, de no perder el sendero, pero no podía resultar sencillo guiar a las niñas para que sorteasen los obstáculos, seguir la pista del amenazante sonido de los neumáticos en el camino y ofrecer una larga charla motivacional a sus hijas para que no parasen.

Ni siquiera habían traído agua. Tampoco chaquetas. Ahora mismo se estaba bastante bien al aire libre, pero no sería así en cuanto llegara el ocaso. Recordé cada detalle de la primera noche que pasé sola en las montañas. Los ojos resplandecientes de los coyotes. El sonido de las ramitas partiéndose en la oscuridad. La sensación de que me encontraba total y completamente sola. Y estaba muerta. Ya nada podía tocarme. Yo también mantuve la vista clavada en el sol y deseé que se quedara alto en el cielo. Deseé que ellas continuasen adelante.

La sonrisa de April ya dejaba entrever la tensión del estrés, y todavía faltaban horas para que hubiese alguna esperanza de encontrar la manera de salir de allí. Eso si él no daba con nosotras antes.

El ruido de los neumáticos se acercó, aunque resultaba imposible saber cuánto por la forma en la que viajaba el sonido.

Entonces, de pronto, el ruido cesó.

April llevó a las niñas por otra bifurcación del irregular sendero en dirección contraria al camino.

No nos acercábamos nada a la ciudad, pero, de pronto, eso había dejado de importar. Me imaginaba el desagradable gesto de su mandíbula apretada y la ira en sus ojos. Ignoraba qué habría metido James en el maletero, pero no me cabía duda de que se dirigía hacia nosotras con una intención firme y letal. Y no iba a llevar a dos niñas con él mientras huía.

April cerró los ojos y apretó la mandíbula. Dejó que la careta se le cayera durante un momento mientras clavaba la vista en las cabecitas rubias ante ella que seguían avanzando con diligencia —y lentitud— por el sendero.

No había tiempo. Necesitaba alguna manera de ir más rápido.

—Chicas —las llamó en tono serio, y las dos pequeñas pararon de golpe y se dieron la vuelta.

Resultaba obvio, incluso para mí, que April no usaba ese tono de voz con ellas.

—¿Mami? —empezó Kimmie, pero su madre la cortó y negó con la cabeza.

—Necesito que hagáis algo por mí, y no hay tiempo para asustarse porque eso nos retrasaría.

Las dos niñas la observaban con unos ojos como platos que rebosaban terror. Brecia y Skye tenían la misma expresión mientras intentábamos averiguar qué les iba a contar.

April respiró hondo.

—Hay un oso detrás de nosotras, así que debemos correr lo más rápido que podamos haciendo el menor ruido posible, ¿vale?

Instintivamente, Skye fue junto a Kimmie a la vez que Brecia se acercaba a Emma.

—Escucha a tu mamá —le pidió esta última, y Skye susurró las mismas palabras.

Fue mérito de ambas que ninguna de las pequeñas se parase a llorar ni a hacer preguntas. Sabían del peligro de los osos por las canciones que a veces cantaban mientras jugaban con las personas piña y los cuentos que su madre les contaba a la hora de dormir.

Así que, si April les decía que corrieran, correrían.

45. BRECIA

CASCADE, IDAHO

Sinceramente, me impresionó lo rápido que las niñas avanzaron después de aquello.

Si había llegado a conocer un poco a April, ahora mismo se estaría fustigando por mentir a las chicas; por asustarlas para que corriesen; por no huir antes; por inventarse un oso.

Pero yo quería abrazarla. Había hecho lo correcto.

No había tiempo para explicar a dos niñas pequeñas que algo mucho peor que un oso les estaba dando caza a través de los senderos mientras se abrían paso por el bosque jadeando y con la respiración agitada, pero sin parar.

Yo echaba la vista atrás cada pocos segundos, esperaba verlo detrás de nosotras. Esperaba el chasquido de una rama y que eso significase el final de la cacería. Pero, poco a poco, la linde del bosque se volvió menos densa y la pendiente de la montaña fue un terreno escalonado. La luz del sol se filtraba mejor a través de las copas de los árboles, y avanzar sin el miedo a tropezar con los troncos caídos resultaba más sencillo.

April por fin tomó a las niñas de las manos y les ordenó que parasen. Necesitaban descansar. Tenían las caras coloradas y el sudor les formaba regueros sobre el polvo de las mejillas.

—¿El oso sigue detrás de nosotras, mami? —preguntó Emma, aterrada, mientras miraba de un lado a otro a través de los árboles a sus espaldas.

Su madre le apretó la mano y tomó una bocanada entrecortada de aire.

—Estamos huyendo de él, peque. Estoy muy orgullosa de vosotras. Vamos a pedir ayuda a alguien, ¿vale?

—¿Y luego volveremos a por papá? —quiso saber Kimmie, con los ojos llenos de lágrimas, claramente desconsolada por haber dejado atrás a ese cabrón para que se defendiese por sí mismo.

Skye negó con la cabeza y se dio la vuelta para examinar cualquier indicio del camino a lo lejos. Yo no tenía ni idea de cuánto habíamos corrido, pero me dije que debíamos de estar acercándonos. El sol se aproximaba cada vez más al horizonte, y las niñas ya llevaban más de una hora corriendo a intervalos, tras haber caminado bastante antes de eso.

April asintió con seguridad y le peinó el cabello sudado hacia atrás con los dedos.

—No tienes que preocuparte por él, cielo. Descansa unos segundos y después continuamos.

Fue Skye quien por fin anunció con júbilo que casi habíamos llegado a la carretera principal. La salida a la autopista 55 pavimentada seguía al menos a un kilómetro y medio —se había echado una carrera para comprobarlo—, pero se encontraba a nuestro alcance. A otra media hora si manteníamos el paso. Lo conseguiríamos. Las niñas estaban agotadas y empapadas en sudor. Cada vez que se tomaban un descanso corto, a April le temblaban las manos mientras examinaba el sendero recorrido. Yo sabía que estaba practicando su discurso por si él las encontraba, pero también tenía tan claro como ella que no había nada que pudiera decir. James no se tragaría el cuento del oso. Era consciente de que él era el oso.

—He seguido caminando para ver lo cerca que estamos del pueblo, y no está lejos en absoluto —nos comentó Skye—. A lo mejor a otros ocho kilómetros por carretera. Es una mujer blanca con niñas. Alguien parará para llevarlas en coche. Le hará señas a algún coche, ¿verdad? Y después llamará a la policía.

Yo sonreí, lista para celebrarlo, y entonces April se cayó y aterrizó cuan larga era sobre la tierra. Kimmie y Emma, conmocionadas, se volvieron hacia ella.

Al principio, pensé que había perdido el conocimiento. Habría tenido sentido. No había bebido nada —mientras huía por su vida— en las últimas horas.

Pero no estaba inmóvil. Les hizo una señal a las niñas para que se tumbasen a su lado, y en el mismo tono que había empleado para avisarlas del oso, les dijo entre dientes que no hicieran ruido. Imagino que las madres emplean ese tono en momentos desesperados cuando reúnen a sus polluelos bajo el ala mientras la muerte se aproxima. Un tono que expresa: «No hagas ninguna pregunta. Lo peor se acerca, y estas palabras, combinadas con que me hagas caso a pie juntillas, son tu única esperanza de estar a salvo».

Dejé de escuchar a April y a las niñas y centré mi atención en el peligro. El sonido de ramas al partirse y fuertes pisadas se aproximaba deprisa. Habría resultado inútil huir cuando se hallaba tan cerca. Si él se paraba a escuchar, aunque solo fuera durante un segundo, estaba lo bastante cerca como para oírlas. Quizá ya lo hubiese hecho.

Salí a encontrarme con él mientras Meghan y Skye se quedaban con April y las niñas. Cuando eché la vista atrás, la única persona visible era Meghan, que se abrazaba el vientre con los brazos mientras me observaba marcharme. Las demás estaban completamente ocultas en la posición privilegiada desde la que las miraba, junto a un tronco derrumbado que lindaba con un par de pedruscos cubiertos de musgo.

James venía de la carretera y, cuando lo divisé, también vi el monovolumen encaramado de cualquier manera en el estrecho arcén de tierra, en la cima de la acusada pendiente. En nuestra huida en tropel por el bosque, nos habíamos acercado al camino más de lo que pensaba.

Ajeno al ruido que hacía, James soltó un gruñido cuando se le enganchó la camisa a la rama seca de un árbol y se le rasgó una parte. Examinó los senderos para ciervos que se bifurcaban ante él en busca de algún indicio de April o las niñas. Cuando avanzó hacia mí armando un estruendo, vi que agarraba algo con fuerza. Se trataba de la herramienta multiusos del kit de supervivencia: mitad hacha, mitad martillo.

Había dejado de fingir. El espectáculo había llegado a su fin. No quedaba rastro de serenidad ni planificación metódica en aquella persona que se acercaba a mí. Su cabello, pegado a la frente por el sudor, estaba apelmazado y revuelto. Tenía la mirada seria y llena de ira. Ya no quedaban juegos a los que jugar ni tiempo que perder. April lo había traicionado. Había huido antes de que él estuviera preparado para acabar con ella, e iba a asesinar a las tres en cuanto las encontrara.

Yo no sabía en qué pensaba en ese momento, y tampoco quería saberlo. Sin embargo, noté la desesperación y la rabia que emanaban de él en sofocantes oleadas que surcaron el aire que nos separaba cuando pasó junto a mí, mientras movía rápidamente la cabeza de un lado a otro y escudriñaba el terreno.

Aquella desesperación era el único consuelo que yo encontraba. James había pasado horas yendo de acá para allá en el puñetero monovolumen sin éxito. A lo mejor, solo a lo mejor, daba media vuelta y conducía un poco más allá al no dar con ellas cerca del camino.

Pero James avanzó como un rayo mientras soltaba otro gruñido de rabia. Yo fui tras él, tan incapaz como siempre de hacer algo que le parase los pies si las encontraba.

46. SKYE

CASCADE, IDAHO

Al principio, me quedé escondida con April y las niñas mientras el terror me aplastaba como si fuese un tubo enorme de pasta de dientes al oír cómo se acercaba. Sabía que no podía verme, pero una parte de mí estaba segura de que, si asomaba la cabeza por encima del tronco caído, vería aquellos ojos oscuros fijos en los míos.

Meghan no parecía compartir mis miedos irracionales. Permanecía clavada junto a nosotras rodeándose con los brazos en una especie de abrazo desesperado, como si intentara no hacerse añicos.

April había hecho bien en decirle a las niñas que nos perseguía un oso, porque era así exactamente como sonaba James mientras recorría con paso pesado los caminos para ciervos, partía ramas y emitía ese desagradable ruido gutural de ira. Sonaba como un animal, una bestia decidida a hacer trizas a alguien.

Las pequeñas se quedaron totalmente quietas y en silencio; el único movimiento era el temblor de sus cuerpecitos y el fuerte vaivén de sus pechos.

Kimmie tenía el rostro inclinado hacia el suelo y su cuerpo se encontraba en gran parte arropado bajo los brazos de su madre. Emma se hallaba acurrucada en el borde. April había agarrado con fuerza su camiseta azul de Elsa mientras el pecho le subía y bajaba en jadeos trémulos y acelerados.

James se alejó unos metros sin seguir un rumbo determinado y después se acercó un poco. Estaba peinando la zona.

Al final, no pude contenerme cuando se paró a un tiro de piedra. Observé en la dirección en la que miraba Meghan, ojiplática, y lo vi clavado, tal y como me temía, devolviéndonos la mirada.

Jadeaba con fuerza y abría la boca con una mueca de enfado mientras recuperaba el aliento y miraba a lo largo del sendero de ciervos que se bifurcaba ante él. ¿Nos había visto? ¿Habría oído a las niñas? Quizá no importase, porque, si avanzaba un paso más en esa dirección, pasaría a nuestro lado y las vería.

En la mano derecha llevaba la herramienta multiusos agarrada con fuerza. Sus pupilas viajaron por los angostos senderos que tenía delante, y traté de ver lo mismo que él.

No había huellas en esa dirección y el terreno no estaba alterado. Veníamos del otro lado del sendero. Estaba casi segura de que no podía avistar ningún rastro que nos delatara. Todavía no.

Entonces, emitió un sonido grave en lo más hondo de su garganta y dio un paso adelante.

Acto seguido, Emma soltó un débil gemido y April le agarró la camiseta de Elsa con más fuerza y le dio una ligera sacudida.

James se paró y escuchó mientras volvía a examinar el terreno con la mirada.

En ese momento, Meghan saltó hacia adelante.

Al principio pensé que iba a atacarlo igual que Brecia había hecho la noche anterior cuando cavó las tumbas, pero al cabo de un segundo se encontraba junto a su oído.

—No han podido llegar tan lejos. Están mucho mucho más atrás. ¡Te has pasado! —le gritó con la misma locura que se veía en los ojos de James.

Él continuó con la vista clavada al frente. Emma no hizo ruido. En el bosque que nos rodeaba no se oía nada. Deseé que los pájaros empezasen a cantar otra vez, que un oso de verdad atravesara el sendero en nuestra dirección, pero, obviamente, no sucedió. Aquí había algo mucho más peligroso.

Solo el silencio y el sonido de sus jadeos.

Volví a acurrucarme junto a Emma con la esperanza de que, de alguna manera, sintiera el parachoques invisible en su otro costado. La pequeña no emitió ningún ruido, pero, por cómo le temblaba el pecho, supe que lloraba en silencio.

Kimmie estaba tan quieta, arropada bajo el hombro de su madre, que apenas atisbaba su respiración entrecortada. Luego, acerqué la boca al oído de Emma para susurrarle certezas en las que no creía.

—El oso no te atrapará, peque —le decía. «El oso me atrapó a mí»—. Tu mamá está aquí, ella te protegerá —«A veces nadie puede evitar las desgracias»—. Aguanta solo un poco más, ¿vale? No hagas ningún ruido. —«Viene hacia aquí».

Volvieron a oírse las pisadas sobre las agujas de pino. Me preparé e intenté acercarme más a la pequeña, sin dejar de susurrarle una y otra vez las palabras en las que no creía del todo, acompañadas de los gritos de Meghan —y ahora también de Brecia, que se había unido a ella— que lo instaban a darse la vuelta. Que insistían en que en esta parte del bosque no había nadie y que las encontraría si daba media vuelta y regresaba por el camino que había venido.

En ese instante, oí el sonido más espléndido del mundo.

—¡Me cago en…! —gritó de la frustración. La expresión apenas fue inteligible y quedó interrumpida cuando la escupió y se convirtió en un aullido.

El estruendo de los pasos se alejó de nosotras a medida que volvía como una exhalación hacia el camino y el monovolumen.

April esperó a oír el sonido a lo lejos del motor arrancando y el rumor de los neumáticos por el camino de tierra para soltar las manos con las que agarraba a las niñas y ponerse en pie temblando. Entonces, volvió los ojos llenos de lágrimas hacia sus dos aterradas pequeñas.

—¿El… oso… se ha marchado? —gimoteó Kimmie.

—Parecía que hablaba —consiguió decir Emma con voz trémula mientras miraba a su madre con los ojos color avellana más abiertos que había visto en la vida.

April pestañeó para contener las lágrimas y las agarró de las manos.

—Lo que importa es que se ha alejado y que ya casi estamos a salvo. Las dos sois muy valientes. Unas chicas valientes. —Y volvió a susurrar cuando las palabras se le atascaron en la garganta—. ¿Podéis correr conmigo un ratito más?

Las dos cabezas rubias asintieron.

Alcé la vista hacia Brecia y Meghan, que seguían donde James había estado solo unos segundos antes, a un tiro de piedra de donde todas nos encontrábamos agachadas junto a un tronco grande.

En el aire se respiraba una nueva determinación de hierro. Meghan había dejado de abrazarse. De hecho, daba la sensación de que estaba entusiasmada, y por la media sonrisa en el rostro de Brecia, ella también lo notaba.

La balanza se estaba inclinando. Aún no había bajado del todo, pero se decantaba gracias a la ligera presión de unas manos invisibles.

47. MEGHAN

CASCADE, IDAHO

A medida que nos aproximábamos a la salida de la autopista 55, el sol empezó a esconderse por el oeste tras la cadena de montañas, lo que sumió al valle en una especie de oscura penumbra que precedía al atardecer.

April llevaba varios minutos cargando a Kimmie en brazos, y Emma se agarraba a la parte trasera de la camiseta de su madre mientras avanzaba a trompicones bajo los efectos de la adrenalina. Las tres estaban al borde del colapso.

Pero al final lo conseguimos. April pararía a alguien que se compadecería de la joven madre exhausta con dos niñas pequeñas cubiertas de polvo y que respiraban entre jadeos. Alguien llamaría a la policía. Las niñas estarían a salvo. Esto llegaría a su fin.

Todas oímos el sonido de un vehículo acercándose desde algún lugar por el asfalto, cuyos neumáticos surcaban la superficie lisa de la autopista 55 como una bala.

Cuando el sonido se aproximó más, April colocó a Kimmie junto a Emma.

—Ahora mismo vuelvo, ¿vale? Quedaos aquí.

Las dos pequeñas parecían a punto de entrar en pánico, y lo entendía. Que te dejaran sola no resultaba una opción atractiva en ese momento.

April les señaló al arcén de la carretera en lo alto de una pendiente.

—Solo me alejaré unos metros. Me podéis ver, pero tengo que darme prisa.

Antes de que las niñas pudieran protestar, se dio la vuelta y trepó por el costado del empinado arcén para escudriñar por el borde.

Brecia y Skye se quedaron con las pequeñas y les susurraron palabras de consuelo. Yo escalé por el destartalado arcén junto a April, con la mirada clavada en la carretera sumida en sombras cada vez más oscuras.

Cuando el vehículo se acercó por la curva, ella entornó los ojos con fuerza.

Sentí que se me caía el alma a los pies cuando la vaga figura se aproximó a nosotras. Con los faros delanteros encendidos, resultaba complicado decir de qué tipo de vehículo se trataba hasta que se encontrara justo a nuestro lado. ¿Era un SUV? ¿Una camioneta? ¿Un monovolumen?

No había forma de saberlo con seguridad.

En el garaje, Brecia, Skye y yo habíamos hecho estallar los faros delanteros y traseros de su vehículo, pero eso había sido durante el día. En mi opinión, nadie se había dado cuenta siquiera. Además, nadie había conducido el coche desde que habíamos llegado a la cabaña.

Que James se saliera de la carretera a oscuras era demasiado pedir, y dada la tendencia de los Carson a la preparación para emergencias, era probable que contaran con bombillas de repuesto en el coche.

Hasta donde sabíamos, cualquier par de faros podía ser él. Y si se trataba del monovolumen y de James, entonces vería a April antes de que pudiera volver a bajar a su escondite como un rayo.

Así que permaneció oculta y cerró los ojos cuando el polvo y las piedrecitas salieron disparados, se derramaron por la pendiente del arcén y le cayeron en el pelo.

La única opción real era seguir adelante.

Las chicas no hicieron preguntas cuando April volvió a bajar corriendo por el montículo y las tomó de las manos. Comenzó llevándolas por la parte de abajo del terraplén, pero luego, en busca de un camino más sencillo, las hizo subir hasta la carretera en sí, donde la pronunciada pendiente se nivelaba y no se oían neumáticos ni había faros a la vista.

En cierta manera, la protección de la oscuridad resultaba reconfortante. A menos que nos descubriese el resplandor de los faros de alguien, ahora April y las niñas eran invisibles, pero, cuando se oyeron otros neumáticos acercarse zumbando y ella volvió a tirar de sus hijas hacia el escaso refugio que ofrecía el estrecho saliente del arcén para meterse en el ralo matorral, las niñas empezaron a llorar en serio.

—¿Estaremos perdidas para siempre? —preguntó la mayor entre hipidos—. ¿Tendremos que dormir en el bosque?

—Me ha picado algo. ¿Dónde está el oso? —sollozó Kimmie mientras se pasaba los dedos por la cara, que ahora estaba ligeramente surcada por una serie de ronchas irritadas debido al arbusto.

Luego, cuando una rama se partió en algún lugar oculto por la oscuridad de los árboles, sus palabras se diluyeron en grititos.

April la cogió en brazos y avanzó trastabillando sin contestar, a la vez que Emma se volvía a agarrar a la parte trasera de su camiseta. La niña casi tira a su madre y a su hermana al tropezarse con una piedra.

La verdad era que no estaba segura de cuánto podría continuar así April. No había un final claro a la vista. Seguía en el punto de mira de un depredador y era la única protectora de dos niñas pequeñas al borde del colapso total. Incluso observarlo resultaba agónico.

No sé cómo, pero nuestra pandilla avanzó con paso fatigado e insoportablemente lento por el estrecho y ruinoso arcén que se hundía, bajaba y zigzagueaba a través de los imponentes y elevados pinos. Avanzamos en un silencio que solo se interrumpía por el ligero crujido de los pasos de April y Emma, el runrún de un vehículo aproximándose de vez en cuando, las ramas partiéndose entre las tinieblas y los susurros de ánimo de parte de Skye, Brecia y yo cuando Kimmie o Emma comenzaban a sollozar de nuevo.

Pensé en las historias que había oído sobre madres levantando coches bajo los que se encontraban sus bebés o luchando contra una manada de lobos en la ruta de Oregón. De alguna manera, siempre había pensado que se trataba de exageraciones o, como poco, sucesos muy puntuales. Pero ahora creía que a lo mejor lo raro era la manada de lobos en tu puerta o el coche encima de tu hijo. A lo mejor esa fuerza, ese poder sobrehumano, siempre estaba ahí, latente. Pensé en mi propia madre y en cómo le enseñaría este momento algún día, cuando volviéramos a encontrarnos. Del mismo modo que sabía que ella también me habría llevado a lo largo de toda esa distancia imposible.

Debió de pasar una hora antes de que Brecia dijese de pronto:

—¡Mirad! ¿Veis eso?

Observé el tramo de carretera, que se había enderezado y describía una larga pista recta. El arcén, ahora flanqueado por hierbas altas en una especie de prados, era más ancho. A lo lejos, más allá de los pinos que enmarcaban la estrecha autopista, el horizonte resplandecía levemente.

—Creo que eso es Cascade —comentó Skye a la vez que examinaba el prado y la linde de árboles que se abría un poco más allá—. Eso no son faros de coches, y el sol no tarda tanto en ponerse. Son las luces de una ciudad.

April también las vio y, de pronto, la expresión ceñuda se le relajó un poco. Aceleró el paso y agarró a Kimmie con una sola mano para darle un apretón a Emma en el hombro.

—Peques, ya casi hemos llegado. ¿Veis esas luces a lo lejos? Enseguida estaremos a salvo. Estamos muy cerca. Seguidme el ritmo y ya está, ¿vale? Solo un poquito más.

48. BRECIA

CASCADE, IDAHO

Unas luces de neón iluminaban el Big Cat Mountain, un pequeño edificio de madera de pino a las afueras de Cascade, y anunciaban «el mejor chuletón de ternera de Idaho» en el centelleante panel de letras intercambiables. Más allá, a través de los densos árboles, se distinguían otras muchas luces desperdigadas que anunciaban la civilización un poco más lejos, siguiendo la autovía, aunque el bar-asador rústico de iluminación brillante y rodeado por unos cuantos vehículos era lo más cercano con diferencia.

Cuanto más nos aproximábamos, más escudriñaba April cada sombra y silueta sumida en las tinieblas. Cuando alcanzamos los árboles que lindaban con el aparcamiento, se detuvo unos minutos para observar con los ojos entornados en la oscuridad cada uno de la decena de vehículos que había estacionados allí, en busca del monovolumen.

Estábamos muy cerca, pero si él albergaba sospechas de que se las hubiesen apañado para llegar al pueblo, terminaría en aquel lugar.

Skye se adentró en el aparcamiento para verificar lo que todas nosotras habíamos visto a falta de comprobación: el monovolumen no se veía por ninguna parte, y había un teléfono y ayuda a pocos pasos de allí.

Kimmie se espabiló y echó un vistazo por encima del hombro de su madre a las brillantes luces y el sonido de la música que salía del Big Cat.

—¿Lo hemos conseguido? —preguntó con una vocecita.

—Lo hemos conseguido —contestó su madre con voz temblorosa, sin moverse de donde se encontraba, entre las sombras en la linde del aparcamiento.

—No creo que esté por aquí —anunció Skye desde el pequeño grupo de vehículos que había en el aparcamiento—. Lo ha conseguido de verdad.

El alivio que se respiraba en el ambiente parecía helio, porque nos elevó a todas cuando rodeamos a April y a las niñas y nos apresuramos a entrar.

La euforia que sentí cuando agarró la puerta y entró al resplandor naranja del bar con las niñas fue más emocionante, rica y de alguna forma más profunda que casi cualquier cosa que recordase haber sentido en la vida.

Tenía claro que las luces del porche en la parte exterior del edificio iban a explotar, pero, en lugar de eso, resplandecieron con más fuerza y una sobrecarga repentina iluminó todo el aparcamiento.

En ese instante, miré a Skye y Meghan con pura dicha.

No había duda de que lo habían conseguido, y tampoco la había, al menos en mi mente, de que, de alguna ínfima manera, nosotras habíamos inclinado la balanza para traerlas hasta aquí.

Nada cambiaba el pasado ni arreglaba la violencia que nos había llevado a aquella noche oscura. April y las niñas no tenían ni idea de que estábamos ahí, pero el mero hecho de saber que no podrían vernos a ninguna de nosotras me hacía sentir la mayor felicidad que podía recordar. Imaginé que quizá, cuando pasaran las décadas, nos conoceríamos todas, aunque eso sería después de que hubieran disfrutado de vidas largas muy lejos del monstruo que nos conectaba.

Atrapada en mi ensimismamiento, ni siquiera me di cuenta de que April se había detenido en seco justo al cruzar la puerta.

Porque, solo a unos metros de ella, sentado en la barra, estaba James.

49. SKYE

CASCADE, IDAHO

Estaba apalancado al final de la barra, con el cuerpo frente a la puerta. En ese instante, tenía el rostro ceñudo vuelto hacia el camarero, que había estado a punto de recogerle el vaso vacío de cerveza que tenía delante.

Lo había imaginado ahí fuera, buscando entre las tinieblas. En su lugar, había venido aquí y esperado a este momento exacto.

Había puesto todo su empeño en alterar su apariencia en muy poco tiempo. Vestía un abrigo enorme y acolchado que lo hacía parecer mucho más grande de lo que era en realidad. El cabello, que daba la sensación de estar empapado, se lo había peinado hacia atrás con los dedos y lo había engominado para pegárselo al cuero cabelludo. Además, se había puesto un par de gafas que April dejaba en el coche para conducir. Deseé con todas mis fuerzas que le hicieran daño en los ojos. Parecía un turbio vendedor de coches de antaño. Habría sido para mondarse de la risa si no fuera aterrador.

Si April no lo hubiera visto en el momento exacto en que lo hizo —y hubiese levantado en brazos a Kimmie y Emma para doblar la esquina a toda prisa y entrar en el restaurante—, las habría descubierto. Y todo gracias a los escasos segundos de riña con el camarero, que puso los ojos en blanco y dejó el vaso vacío donde estaba, sobre la barra.

Yo me quedé observando sus ojos, que se clavaron en la puerta oscilante y después vagaron hacia el restaurante.

—¡Que viene! —grité a Brecia y a Meghan, que habían ido tras April y las niñas.

Pero, cuando giró la esquina a zancadas para asomar la cabeza por la zona de restauración, ellas habían desaparecido en el aseo.

James volvió a sentarse en la barra y yo lo fulminé con la mirada, mientras él fijaba los ojos en la puerta de nuevo, esperando.

Estábamos atrapadas. Otra vez. No sabía qué haría en este lugar público si la veía. ¿Tendría un arma guardada dentro del abrigo grande de cojones? ¿Sacaría a April y las niñas a rastras por la puerta hacia la noche, jugando la carta de la «esposa loca»? Estaba arrinconado de tal manera que había decidido correr el riesgo de abandonar la cabaña. No se marcharía sin ellas, costase lo que costase.

Yo sabía de lo que era capaz, pero nadie más en el aletargado bar-asador era consciente. Por supuesto que llamaría algo la atención y despertaría interés. Quizá tuviese que hacer uso de su encanto para excusar el escándalo doméstico. ¿Habría alguien que no se dejaría engañar? ¿Alguna persona intentaría pararle los pies?

Quería creer que la joven pareja de la barra llamaría a la policía, que el hosco camarero con largos bigotes canosos lo tiraría al suelo con un placaje en cuanto agarrase a April por el brazo. ¿Los cazadores con ropa de camuflaje reunidos en torno a la mesa del fondo cogerían la mochila en el suelo que —quizá— contenía algún tipo de arma?

Sabía que no sucedería así. Las chicas temían a un oso, no a su padre. En cuanto lo vieran, correrían hacia él aliviadas y le rodearían la cintura con los bracitos mientras se alejaban asustadas de su madre, que les gritaría que se detuvieran. Ya imaginaba cómo se desvanecerían las ansiosas miradas de preocupación de los clientes cuando James desapareciera con las tres por la puerta en dirección al aparcamiento mientras se disculpaba por el comportamiento en apariencia demencial de su mujer, con las niñas asustadas aferrándose a él y April revolviéndose con fuerza. El camarero, la joven pareja y los cazadores intercambiarían miradas de cautela que dirían:

«¿Qué cojones ha sido eso?», y después volverían vacilantes a sus cervezas y hamburguesas.

Más tarde, cuando los entrevistaran para las noticias, afirmarían: «Sabía que había algo raro en él», aunque por ahora le darían el beneficio de la duda. No había bastantes pruebas como para entrometerse en los asuntos de un extraño. Posiblemente, yo tampoco habría hecho nada si siguiera con vida.

50. MEGHAN

CASCADE, IDAHO

April echó el pestillo de la puerta del aseo y después arrastró a las niñas hasta el enorme cubículo para personas con discapacidad, en el otro extremo del baño. La extenuación sorda había desaparecido y dado paso a una desesperación frenética que le otorgó una expresión de locura en la mirada.

Las pequeñas la observaban confundidas. Para ellas, aquel día había sido toda una hazaña agotadora y sin sentido que había terminado con ellas metidas a toda prisa en el servicio.

—Mami, ¿por qué estamos aquí todas juntas? —comenzó a preguntar Kimmie, mientras miraba el sucio cubículo con desconcierto.

Parecía que estaba a punto de echarse a llorar otra vez. Tenía las mejillas coloradas cubiertas de surcos veteados marrones.

—Necesito beber agua. Tengo hambre.

A April le tembló todo el cuerpo al soltar a las dos niñas en el suelo sucio. Emma no dijo nada. Daba la sensación de que lo que más la había impresionado era que la hubiesen cogido en brazos. Aún no sabía con seguridad qué edad tenía —¿puede que siete años?—, pero imaginaba que llevaban bastante tiempo sin cogerla de ese modo.

Skye se deslizó por la rendija de la puerta del servicio y se dispersó por debajo de la bisagra.

—Estoy convencida de que no las ha visto. Simplemente está ahí sentado, mirando la puerta.

April alargó la mano para alisarle el cabello a Kimmie mientras balbuceaba algo sobre que todas debían usar el retrete primero. Las dos pequeñas intercambiaron una mirada, pero fueron obedientemente al baño. April salió del cubículo y cerró la puerta tras ella para, después, dejar que sus pupilas vagaran por las paredes del aseo, como si existiera una puerta trasera para salir que, de alguna manera, no hubiera visto al entrar.

Cuando el sonido del pis invadió el silencio del baño, April fue hasta el lavabo y contempló su reflejo en el espejo.

Unos segundos después, alguien llamó a la puerta y ella esbozó una mueca y negó con la cabeza mientras las lágrimas se le acumulaban en los rabillos de los ojos. Se oyó una voz femenina.

—¿Va todo bien ahí dentro?

April vaciló mientras sus ojos no paraban de moverse como locos y sin control por los espejos y el servicio.

—Mmm, un momento, ¿vale? Un segundo.

Junto a los espejos, había un tablón de corcho repleto de anuncios de un espectáculo de fuegos artificiales en la localidad, paseadores de perros, alquileres de barcas, venta de *quads,* canguros… La típica basura de un pueblo pequeño. Algunos estaban manchados de agua, como si alguien los hubiese usado para secarse las manos en un momento de apuro porque se habían acabado las toallitas de papel.

—¿Por qué no la deja pasar y punto? ¿Y si le pide que llame a la policía? —preguntó Brecia con frustración.

Skye negó con la cabeza.

—No creo que sea tan simple. ¿Y si él vuelve aquí y ve a la señora llamando a la policía en la puerta del baño? No es estúpido.

Brecia sopesó aquello mientras April daba un paso hacia el lateral del espejo y escudriñaba el tablón de corcho más de cerca. El sonido del pis permaneció ininterrumpido de fondo.

—Vale, pero si no abre la puerta, ¿no se va a montar una escena cuando vuelva la señora? ¿No puede sencillamente arrastrarla adentro y después echar el pestillo? Ella tendrá un teléfono, ¿no?

Fruncí el ceño.

—¿Y si grita? No sabe nada. Yo gritaría si alguien tirase de mí para meterme en un baño y echase el cerrojo de la puerta. Él la oiría.

Mientras debatíamos, observé que el pánico en los ojos de April se había convertido en determinación. En ese momento, apartó la vista del tablón de corcho y fue rápidamente a paso largo hasta la puerta, descorrió el pestillo y abrió solo una rendija para revelar a una mujer mayor al otro lado.

En aquel instante, examiné el punto del tablón que April había observado y ahogué un grito. Brecia y Skye vieron el letrero de papel a la vez que yo.

«¿La cita no está yendo bien? Pregunta por Andrea en la barra. Nos aseguraremos de que llegues a casa sana y salva».

Acto seguido, noté las miradas de Brecia y Skye en mí. Sabían dónde había visto ese letrero antes porque les enseñé el recuerdo de aquella noche en el Gracie's.

La bombilla fluorescente del baño titiló mientras April le ofrecía una sonrisa trémula a la mujer y le hacía señas para que entrase, a la vez que paseaba los ojos rápidamente por la franja de la barra que se veía desde la puerta.

Observé que la mujer vacilaba al otro lado del umbral. Parecía tener cuarenta y tantos. Llevaba el cabello rojo intenso recogido en una coleta despeinada y vestía una sudadera *oversize* negra de la Universidad Estatal de Idaho con unos pantalones de chándal grises. La mujer miró detenidamente a April —que había retrocedido tras la puerta y casi no se la veía— para examinarla.

Esta echó un vistazo rápido a su derecha cuando el cubículo grande se abrió de golpe y salieron Kimmie y Emma.

—Un segundo, peques. —Y volvió a girarse hacia la mujer—. Por favor, ¿puede ayudarme? Es muy importante. Solo dígale al camarero que se necesita a Andrea en el baño. Por favor, no diga nada más. Solo eso, ¿vale? Solo tiene que hacer eso.

April escrutó el rostro de la mujer a la espera de una reacción. A la espera de que la apariencia perpleja de su cara se insensibilizase y convirtiese en escepticismo. A la espera de que retrocediese lentamente y le dijese al camarero a voz en grito que había una pirada en el baño.

La mujer de la sudadera de la Estatal de Idaho observó a Kimmie y Emma, que parecía que acababan de bajar rodando la montaña. Y a grandes rasgos, así era. April parecía estar loca y fuera de sí. Con semejante panorama, era demasiado obvio que algo iba muy mal, y di por hecho que la señora necesitaba usar el baño más que analizar lo que sucediera aquí. Entonces, asintió lentamente y se alejó unos pasos.

—Vale, cielo. Espera.

—Gracias —le susurró ella, cerró y volvió a echar el pestillo.

Solo pasó un minuto o poco más antes de que oyéramos unos suaves golpes en la puerta.

April se puso tensa a pesar de haber escuchado junto a las bisagras a la espera de aquello, y trasladó la mirada hasta el pomo de la puerta. Kimmie y Emma habían dejado de hacer preguntas y estaban recogiendo agua del lavabo del baño con las dos manos y llevándosela a la boca.

Se trataba de la voz de una joven.

—¿Andrea? ¿Estás ahí?

Cuando esta pronunció las palabras y April abrió la puerta una rendija para dejarla pasar, miré a Skye y Brecia victoriosa. Si hubiera podido gritar, desde luego que lo habría hecho.

La camarera no tendría más de dieciocho años, más o menos la edad de Skye, pero la seriedad y complicidad con que escuchó a April mientras le susurraba las partes fundamentales de la historia, intentando evitar que Kimmie y Emma la oyeran, me indicaron que ella también había visto cosas.

La chica le dio un apretón tranquilizador en el brazo y le pidió que volviera a cerrar la puerta del baño. Después, desapareció de nuevo en el restaurante.

Brecia, Skye y yo fuimos tras ella. La joven le echó un vistazo inadvertido a James, que seguía apalancado cerca de la entrada del restaurante, con la vista clavada en la puerta y bebiendo a sorbos de un vaso de agua. Luego, se estiró con impaciencia e hizo un breve contacto visual con ella.

La joven no permitió que su mirada se entretuviese en él ni dejó de caminar. En lugar de eso, fue hasta el fondo del restaurante, abrió un armario que contenía su teléfono y su bolso, y llamó a la policía.

Cuando las luces rojiazules aparecieron por las ventanas del barasador, James mantuvo la compostura. No se levantó del taburete. No estiró el cuello para mirar a los agentes de policía mientras atravesaban el aparcamiento a oscuras y cruzaban la entrada del restaurante.

No reaccionó, ni siquiera cuando vio que se acercaban. Supongo que a lo mejor seguía pensando que había una oportunidad de que no fuesen a por él. De que estuviesen ahí por otra persona. Al fin y al cabo, la probabilidad de que alguien en aquel pueblucho lo hubiese reconocido o hubiese visto el monovolumen, dondequiera que lo hubiese escondido, era escasa.

No tenía ni idea de que April se le había escapado, y la cara que puso cuando un agente larguirucho de barba poblada le ordenó que se levantase y colocara las manos sobre la cabeza fue lo mejor que había visto en mi vida.

Los ojos se le pusieron como platos de la conmoción y después de la ira cuando empezó a escupir mentiras sobre que estaba esperando a su mujer. ¿Por qué lo hostigaban? ¿Qué sucedía?

—James Carson, queda arrestado por el asesinato de Meghan Campbell —le indicó el agente—. Tiene derecho a guardar silencio. Cualquier cosa que diga podrá usarse en su contra ante un tribunal. Tiene derecho a un abogado…

Sentí que Brecia y Skye se deslizaban hasta mi lado y entrelazaban sus brazos con los míos mientras a él lo paseaban esposado hasta la puerta ante la mirada de todos. La guirnalda decorativa de bombillas Edison que colgaba sobre la barra brilló con más intensidad. Aquella zona del bar, ocupada unos segundos antes por un ligero murmullo de voces y el estrépito de los platos, de pronto se acalló lo bastante como para que durante unos segundos solo se oyeran el susurro de los agentes y el crujir de sus pasos por el suelo de madera. Los cazadores le dedicaron una sonrisita de pena y diversión. La pareja de jóvenes en la barra lo observaron con horror. La camarera que había llamado a la policía lo contempló con un gesto de satisfacción adusta desde el fondo del restaurante, junto a la cocina.

Mientras los agentes lo conducían a la calle, James no dijo ni pío. Se limitó a girar rápidamente la cabeza buscando en vano a April, que se encontraba encerrada y a salvo en el baño.

Sentí que algo dentro de mí se relajaba, como si hubiese contenido la respiración durante mucho mucho tiempo. No tenía ganas de dar saltos ni gritar de alegría. No se trataba de ese tipo de felicidad. La única manera en la que podría describirla era recordando cómo me sentí cuando me despedí de *bubbie* junto a su cama el día que falleció: aliviada por haber llegado a tiempo; agradecida por estar en ese momento en aquella habitación acompañada de personas a las que quería; devastada por casi todo lo demás.

51. BRECIA

CASCADE, IDAHO

En la barra desierta, contemplé cómo Emma ayudaba a Kimmie a echar un chorro de kétchup y mostaza sobre su perrito caliente. Increíblemente, las dos niñas sonreían de nuevo. Aún no sabían nada sobre su padre. Todavía no eran conscientes de que se trataba del verdadero monstruo del que habían huido todo el día, que las había obligado a atravesar el bosque de noche y a entrar en un sucio cubículo del baño solo para evitar convertirse en víctimas de la misma violencia que había llevado a cabo delante de sus narices durante toda su vida.

April debería contárselo algún día. No había manera de esquivarlo, pero sospechaba que yo no estaría presente en esa conversación y, cuando miré las caritas infantiles de Kimmie y Emma y su cabello fino y suave, me alegré. No quería ver cómo se les rompía el corazón. Ya resultaba bastante complicado ver a April, con los ojos rojos y todo el cuerpo temblándole, sentada con la policía en la sala de personal.

Los agentes le estaban tomando una declaración inicial en aquella sala del bar-asador mientras esperaban a que la agente Domanska, que venía de camino desde Boise, llegase a la escena. La búsqueda a nivel estatal del hombre ya había llegado a su fin, y James estaba ingresando en la prisión del condado.

Le dijeron a April que habían conseguido una orden de registro para la casa que compartía con James, incluido el ordenador, las cuentas en redes sociales y los registros telefónicos.

Las piezas del puzle comenzaban a unirse. Si no lo habían hecho todavía, encontrarían MatchStrike.com, lo que significaba que, si indagaban lo suficiente entre los alias y las cuentas fantasma, también me encontrarían en su bandeja de entrada.

Estaba convencida de que los agentes que interrogaron a April deseaban descubrir todo lo que sabía. Se preguntaban, igual que yo al principio, si era inocente, estúpida o ambas; si, en el peor de los casos, habría sido cómplice. Pero April no hacía más que llorar y disculparse por lo que había intuido demasiado tarde. Pedía perdón por lo que sospechaba, pero negaba, incluso ante ella misma. Les habló a los policías sobre Nina y el mensaje que recibió en Utah. Admitió que había buscado el nombre de Meghan después de la llamada de Domanska. Lloró con más fuerza cuando la agente le preguntó por Skye.

A medida que llegaban agentes, interrogaban a los camareros y los dejaba marchar, descubrimos que habían localizado a la misteriosa Marjorie en Caldwell, Idaho, donde la habían arrestado por ayudar a James a escapar de las autoridades.

Mientras April balbuceaba la secuencia de sucesos que las llevó a la huida de la cabaña, le contó a la policía que Marjorie era la madrastra de James. Su madre había fallecido cuando él tenía seis años y su padre volvió a casarse con ella ese mismo año. Se divorciaron cuando James cumplió los diez. Él insinuaba, aunque jamás lo había admitido directamente, que la constelación de leves cicatrices en sus brazos, piernas y espalda —cualquier lugar que una camiseta o unos pantalones cortos pudiesen ocultar— se la había hecho ella.

Marjorie había llamado a casa durante los primeros años de su matrimonio y había pedido conocer a April y después a las niñas, pero James le había dejado claro que no quería volver a verla. Hasta que él llamó para preguntar por la cabaña.

Cuando Domanska llegó a Cascade, llevó en coche a April y las niñas —y a Skye, Meghan y a mí— a un motel cercano para que pasaran la noche allí. Llegados a ese punto, ya eran casi las once de la noche. No habían arrestado a April, y las niñas se estaban quedando dormidas en la barra.

Cuando por fin llegaron a la pequeña cabaña de madera del motel, Domanska acompañaba de la mano a una Emma adormilada, mientras que April cargaba con Kimmie en brazos. Skye y yo nos quedamos allí cuando la madre de las niñas se subió a la cama de matrimonio junto a las pequeñas sin molestarse siquiera en quitarse la ropa, y Meghan siguió a Domanska por el pasillo hasta su habitación.

—No se marchará sin despedirse, ¿verdad? —me preguntó Skye con voz queda, mientras April apagaba la luz de la lamparita de noche y el dormitorio se sumía en una oscuridad aterciopelada.

La tristeza en su voz se instaló en mí, fría y densa, igual que la niebla.

Yo sabía que, de las tres, ella era la menos interesada en seguir adelante. No estaba segura de lo que le esperaba ni de cómo llegar hasta allí. No como Meghan con su abuela. Incluso yo, a pesar de que no me había permitido dejarme llevar de esa manera, estaba preparada. Preparada para encontrar a mi tía Nelly. Para contarle lo mucho que significaba para mí cuando era una niña pequeña, y para descubrir en profundidad quién era ella más allá de los collares de macarrones y las horas que pasábamos jugando. La idea de volver a dar con mi tía me llenaba de un cálido resplandor. Estaba lista para dirigirme hacia esa luz.

—Volverá —le aseguré a Skye, mientras mi propio alivio y esperanza se filtraban por la húmeda neblina de su tristeza como la luz del sol.

Una hora después, Meghan se deslizó dentro de la oscura habitación portando novedades de la semana pasada sobre el caso. Ken —el gerente de Skye en el Daily Grind— había reconocido a James en una rueda de reconocimiento fotográfica como la persona que flirteaba con ella de vez en cuando en el mostrador.

Aun así, en el vídeo que mostraba su matrícula en el aparcamiento no se veía a Skye montándose en el coche. Y en la grabación de seguridad de la heladería FroYo, que sí la mostraba subiendo a un vehículo, el rostro de James quedaba oculto.

Cuando Domanska llamó a Kittleson —que ya estaba en la cama, en Boise—, él dejó claro que, a no ser que hubiese alguna prueba más allá de las circunstanciales que ya tenían y que lo conectasen con el asesinato de Skye, el fiscal del distrito no pensaba presentar cargos en ese momento. El coche estaba limpio. Ya lo tenían por el asesinato de Meghan en Utah. Además, habían descubierto que había quedado con ella —y con muchísimas otras mujeres— a través de una página web llamada MatchStrike.com.

Cuando Meghan me contó que Domanska había mencionado mi nombre —el caso sin resolver de Brecia Collier—, sentí que me recorría un escalofrío cargado de electricidad. Un inspector de Colorado venía de camino a Idaho. Mis padres y mi hermana por fin descubrirían lo que me había sucedido. Tal vez otras mujeres que se hubieran cruzado en su camino a través de la aplicación acudiesen a la policía. Nicole. Elle. Ellas también encontrarían respuestas.

Sabía que el asunto no había concluido del todo. Para muchísima gente, la angustia y el dolor no habían hecho más que intensificarse; sin embargo, era consciente de que mi papel en esta historia por fin había terminado, y estaba lista para seguir adelante sin James Carson.

Luego noté a Skye a mi lado y su tristeza helándose hasta convertirse en desesperanza.

En un segundo, mi alivio se heló también.

Las respuestas que su familia necesitaba parecían estar justo ahí, al alcance de la mano. Sabían quién había asesinado a su pequeña, pero por el rumbo que llevaban las cosas, el nombre de Skye no se oiría en el juicio. Tampoco lo encontrarían en MatchStrike.com. Su caso quedaría sin resolver.

Me imaginé a su madre, la persona que nos había mostrado en sus recuerdos. La mujer atlética de pelo oscuro con los mismos rizos y la misma piel dorada que ella. La imaginé viendo la cobertura informativa de las familias de luto relacionadas con el caso MatchStrike. Leyendo los detalles artículo tras artículo mientras los abogados luchaban por meterlo entre rejas por dos asesinatos, no tres. Sabiendo que habían dejado que el caso de su hija pasara inadvertido porque se trataba de algo «demasiado difícil de probar», a pesar de la prueba aparentemente clara.

La desesperanza de Skye se transformó en resignación cuando me dio la espalda para mirar a April, que por fin respiraba con suavidad y dormía profundamente.

—No pasa nada. Sabía que esto podía suceder. —Entonces, cerró los ojos y añadió en voz baja—: Al menos, yo seguía importando.

Meghan frunció el ceño.

—Aún importas. —Tenía una expresión pensativa cuando volvió la cara hacia el resplandor de la luna que se filtraba a través de las esquinas de las persianas del motel—. A lo mejor se les ha pasado algo. A lo mejor todavía pueden acusarlo de algo por lo que te hizo.

Skye resopló.

—Seguro que a Kittleson se le han pasado un montón de cosas por alto. Estaba listo para dejar el caso atrás antes siquiera de que me encontraran.

Meghan fue corriendo a su lado y nos tendió las manos a Skye y a mí.

—Entonces, vamos a ver juntas qué se ha perdido.

Pasamos el resto de la noche revisando recuerdos.

Observamos cada doloroso detalle de «James» flirteando con ella en el Daily Grind.

Cada segundo atroz que una tímida y dubitativa Skye empleó para subirse a su coche en el aparcamiento después de la jornada de trabajo.

Cada momento indescriptible que vino después de aquello.

Por supuesto, solo podíamos ver y recordar su experiencia.

Pero, mientras mirábamos el recuerdo de Skye en la cafetería, el de la última vez que él había ido, yo grité de pronto.

El vaso de café desechable que llevaba en las manos. Aquel con la carita sonriente, las pestañas y las palabras «James» y «chocolate caliente» en una esmerada caligrafía.

Lo había visto antes en mis recuerdos, en su casa.

Lo había metido en el cajón del escritorio.

En ese instante, me separé exaltada de mis dos compañeras para decirles:

—Skye, ¿iba sujetando un vaso de café en alguna imagen de seguridad?

Ella negó con la cabeza.

—No lo sé. No lo he visto todo. Solo las partes que mi madre veía una y otra vez. Aunque sé que sale en el vídeo cuando estuvo en la cafetería esa mañana.

Entonces, le agarré la mano y le mostré el recuerdo del vaso de café dentro del cajón de su escritorio. No existía ninguna manera de saber si seguía ahí o no. Incluso si así fuera, ¿los inspectores que ejecutaban las órdenes de registro sabrían qué buscar?

—Debemos contárselo a Domanska —insistió Meghan, que ya se dirigía a la puerta del motel—. Nos escuchará.

52. SKYE

KUNA, IDAHO

Simplemente, tenía la certeza de que Domanska no encontraría el vaso de café donde Brecia recordaba que estaba.

En fin, ¿quién sabía si aún seguía ahí? No me lo imaginaba quedándose algo como eso.

Aquella noche, mientras susurrábamos a la agente en sueños, me preparé para la decepción.

Mi asesinato permanecería sin resolver. Sucedía a menudo. Obviamente, yo seguiría muerta de todas formas, así que ¿qué más daba?

Aunque costaba más mentirse a una misma sin las distracciones de cuando estaba viva. Sin teléfono. Sin tele. Solo mis propios pensamientos y el hormigueo de desilusión que me reptaba por el cuerpo cuando miraba fijamente a la agente —que había luchado tanto por Meghan— mientras dormía.

—No lo encontrará —le dije a mis acompañantes en un tono pragmático.

No me corrigieron, pero tampoco dejaron de susurrar.

Yo tenía la certeza de que no hallaría el vaso.

Justo hasta el momento exacto en el que lo hizo.

Ya no estaba guardado en el cajón del escritorio. De hecho, estaba al fondo del cubo de reciclaje del garaje, oculto bajo cajas de Amazon y envases de comida, listo para que se lo hubiesen llevado a principios de esa semana si él no hubiera huido con April y las niñas.

Antes de dar con el propio recipiente, Domanska lo encontró en la grabación de las cámaras de seguridad del Daily Grind, en un fotograma de James con el vaso en la mano mientras salía a la calle la mañana que acabó con mi vida.

Por cómo se detuvo en la imagen fija e hizo *zoom* hasta que se vio la carita sonriente que había dibujado en él, incluidas las pestañas, supe que nos había escuchado.

Mi madre gritó cuando se enteró por el inspector Andrews, que reemplazaría a Kittleson en todos sus casos por el momento, de que mi asesinato se añadiría a los cargos contra el «Asesino de MatchStrike».

Todas nosotras —Brecia, Meghan y yo— nos hallábamos presentes cuando se lo comunicó. Nos habíamos quedado con mi madre en lugar de con April o Domanska.

Deseaba lo mejor para la mujer y sus hijas, pero no acababa de sentir hacia ellas lo mismo que sentía Brecia. Me alegraba de haberlas ayudado, por supuesto, pero no quería ver el terror ni las lágrimas cuando descubriera los detalles de lo que su marido había hecho.

No la culpé de los actos de él; sin embargo, estaba bastante segura de que yo seguiría viva si April hubiese observado a su pareja con un poco más de atención en lugar de haber mirado para otro lado.

Visitamos a James, que se encontraba en prisión y sin fianza acusado de tres asesinatos.

Fue idea mía.

Quería despedirme como es debido. Todas lo deseábamos.

Daba pena. La barba ya había comenzado su decadencia para convertirse en un nido de pájaro repugnante, y llevaba un mono naranja sucio que le quedaba demasiado corto por los tobillos.

Confinado en una celda diminuta con un gigante larguirucho al que se le estaba pasando el efecto de la meta, mientras esperaba una posible sentencia de muerte, por fin se encontraba tan temeroso e impotente como merecía.

Pasamos tres días completos con él.

Cada vez que se quedaba dormido, nos acercábamos a él y conformábamos nuestra *magnum opus* de pesadillas.

April contándole a la policía todo lo que sabía. La frialdad de su mirada cuando le comentaba al reportero que la pena de muerte no le parecía excesiva.

Mujeres poniéndose en contacto con los telediarios de Idaho, Utah y Colorado para contar que también habían sufrido un encontronazo con él.

Los ojos de Elle encendidos mientras hablaba sobre lo que le había hecho y lo asqueroso que era en realidad.

La risa de alivio y desprovista de alegría de Nicole cuando compartió los mensajes que le había mandado a una amiga para salir corriendo de su cita y dejarlo plantado en el restaurante con la cuenta.

Marjorie vendiendo su versión de la historia a la prensa amarilla. «Mi hijastro, el asesino en serie».

Sus compañeros de trabajo de Colorado, Utah e Idaho contándole a la prensa que no era tan listo como fingía en el trabajo.

Las pesadillas tenían exactamente el efecto deseado.

Siempre se despertaba gritando y jadeando después de unos minutos de balbuceos sobre «putas» y «mentiras».

Empezó a intentar quedarse despierto solo para evitar las pesadillas que sabía que lo esperaban cada vez que caía dormido. Eso lo volvió más susceptible, abatido y delirante a medida que pasaban los días.

A su compañero de celda, el yonqui de la meta, no le gustaba nada de eso.

Al final, al tercer día, a las tres de la madrugada, el drogadicto se hartó. Cuando James se despertó con un aullido patético, se levantó de un salto de su cama en la litera de abajo y tiró a nuestro asesino de la de arriba con un movimiento rápido.

James cayó al suelo con un desagradable golpe sordo y fue gateando hasta la esquina de la celda, mientras miraba de un lado a otro e intentaba orientarse para saber qué sucedía. Se protegió el brazo derecho, que le colgaba en un ángulo extraño.

El yonqui avanzó.

James pidió ayuda a gritos.

Las luces de la cárcel permanecieron apagadas.

Cuando los chillidos frenéticos resonaron por el módulo de la prisión, las tres cruzamos el vestíbulo y nos adentramos en la luz de la luna, más allá de las rejas y el alambre de espino. No miramos atrás. Ya nos había robado bastante en vida, y también muertas.

Resultaba imposible encontrar placer en lo que sucedió después. Solo justicia.

Después de aquello, nos quedamos con mi madre durante una semana, impregnándonos de la luz del sol de la pequeña cocina y del hogar que, a diferencia de la comisaría o la cabaña, parecía un refugio seguro.

No alargué las despedidas, y ni Meghan ni Brecia hablaron sobre volver a Colorado y Utah para ver a sus padres una última vez. Saber que nos reuniríamos con nuestros seres queridos en un futuro hacía que esos últimos adioses resultaran menos tristes.

Las tres pasamos aquellos últimos momentos buscando una conexión entre mis recuerdos. Tratando de encontrar a alguien que me diese la bienvenida en la matriz que albergaba a mis abuelos y bisabuelos y a todos aquellos que vinieron antes.

Al final, la encontramos en El Salvador. Solo había estado ahí una vez, cuando no era más que un bebé. Visitamos a la hermana de mi madre y a sus dos hijas, Rocío y Érica. Las dos tenían más o menos mi edad —y seguían vivitas y coleando—, pero en aquel viaje corto conocimos a docenas de personas más; algunos, amigos; otros, familiares. Mientras rememoraba aquel recuerdo para Brecia y Meghan, asistí a las presentaciones de primos segundos, hermanastros y una tía abuela.

Me sentí tonta cuando decidí hablarle a las personas que se encontraban en mi memoria mientras saludaban a mi madre con grandes abrazos y alargaban las manos para tocar mis mejillas rosadas. ¿Qué se suponía que iba a decir? ¿«Hola, ¿también estáis muertos?»? Los recuerdos permanecieron igual hasta que mi tía abuela Marcia levantó en brazos a mi yo regordete de un año.

—¿Me oyes? —le pregunté en voz baja mientras miraba cómo mis manos de bebé le agarraban el pelo canoso.

Justo al pronunciar esas palabras, sentí que el recuerdo cambiaba. Meghan y Brecia desaparecieron de pronto, y supe que Marcia me estaba mirando directamente *a mí* cuando se le pusieron los ojos como platos de la sorpresa y dijo mi nombre. No Skye —el nombre que sonaba a inglés por el que tanto insistí que me llamaran cuando empecé secundaria—, sino el que me pusieron al nacer: Estela. 'Estrellas en el cielo'.

—Ah, *mija,* Estelita. ¿Cómo es posible?

—Ve —oí a lo lejos desde los confines de mi recuerdo.

Y, durante solo un momento, me recreé en la sensación de ser amada desde tantos lugares diferentes a la vez.

Imaginé a Meghan envolviéndose por fin en el recuerdo de su abuela como si se tratase de una cálida manta.

Pensé en Brecia y su tía Nelly.

Luego, dejé que el recuerdo me abrazase, igual que los brazos que me estaban esperando.

NOTA DE LA AUTORA

Significaría muchísimo para mí que dejaras una reseña positiva si has disfrutado de esta novela. Al igual que otros autores de editoriales independientes, dependo mucho de las recomendaciones del boca a boca para acercarme a nuevos lectores.

Te prometo que leo todas y cada una de las críticas, porque en todos los casos se trata de una nueva ventana a la historia y porque, si te ha encantado este libro, lo escribí para ti, razón por la cual he situado esta nota antes de los agradecimientos.

¡Gracias por haberlo leído!

Una última cosa: si quieres saber qué le sucedió a April, corre a mi Instagram @noelleihliauthor. En mis destacados encontrarás un enlace a una historia corta gratuita en inglés llamada *The River*.

AGRADECIMIENTOS

Mi gratitud sincera a todos los que han entregado su tiempo, talento y apoyo a este libro.

Gracias a Brett Stanfill. Tus ánimos, entusiasmo y valoraciones han sido un regalo.

Bryan y Jeanne Allen, os agradezco vuestra amistad, vuestras preciosas mentes y el respaldo a este proyecto. Lo habéis mejorado.

Mis agradecimientos a Stephanie Nelson. Me siento muy agradecida por tu generosidad y perspicacia. Somos espíritus realmente afines.

Gracias a mi editora, Patti Geesey: eres una verdadera joya, y aprecio muchísimo cómo has cuidado esta obra.

Por último, pero no menos importante, gracias, Nate, por ser mi primer lector, mi hogar y mi mejor amigo.